상처 입은 당신에게

글쓰기를 권합니다

상처 입은 당신에게 글쓰기를 권합니다

박미라의 치유하는 글쓰기 안내서

그래도봄

치유를 목적으로 하는 글쓰기 프로그램을 만들어보지 않겠냐고 처음 제안받았을 때, 이렇게 반문했던 걸 지금도 기억한다.

"그런 프로그램을 사람들이 돈 내고 참여할까요?"

당시 국내에는 선례가 없었으니 그런 의구심을 가질 만도 했다. 그런데 놀라운 일이 벌어졌다. 기대 반 의심 반으로 시도했던 15명 정원의 첫 번째 프로그램에 120명이 넘는 신청자가 몰렸다. 강의명은 '치유하는 글쓰기 워크숍'이었다.

그로부터 17년이 흘렀다. 나는 여전히 치유하는 글쓰기를 안내하고 있는데, 시간이 흐를수록 글쓰기가 가진 치유의 힘에 대해선 믿음이 커진다. 글쓰기를 통해서 얼마나 치유되고 행복해지는지 지금도 듣고 있기 때문이다.

"글을 쓰면 답답한 마음이 사라져서 살 것 같아요."
"와, 어떻게 마음이 이런 말을 하죠? 신기해요!"
"글을 써보니 알겠어요. 몰랐던 내 마음을요."

"열심히 글을 쓰면서 내가 많이 성장한 걸 느껴요."
"매일매일 글 쓰는 시간이 가장 행복한 시간이에요."

당신도 이런 멋진 경험을 할 수 있다. 글을 써서 당신의 내면과 이야기를 나누면 짙은 외로움이 고요한 평온함으로 바뀌는 걸 경험한다. 고통스러운 이야기를 한 자 한 자 글로 옮기다 보면 어느새 괴로움이 옅어지면서 안개 속에 가려진 문제의 실마리를 찾게 되기도 한다. 누구든 작은 노트와 펜만 있으면 지상에서 가장 듣고 싶은 위로의 말을 내 자신에게 해줄 수도 있다. 뿔뿔이 흩어져 혼란스럽던 생각들을 조금씩 글로 옮기면 생각지 못한 삶의 해답이, 자기 이해가, 통찰이 종이 위에 펼쳐진다. 그 경험을 당신도 해봤으면 좋겠다.

사람들이 달라지는 걸 실감한다. '마음'에 대해 강한 호기심을 보이고, 자신이 어떤 사람인지, 인간이란 본질적으로 어떤 존재인지 알고 싶어 한다. 사실 자신을 잘 알지 않고는 세상에 적응하기 어려워졌다. 너무나 많은 길, 너무 많은 선택이 우리 앞에 펼쳐져 있으며, 매 순간 우리의 선택을 종용한다. 자신의 내면에 선택의 기준을 갖고 있지 않으면 한 발짝도 앞으로 나아갈 수 없다. 내가 누구이며 무엇을 원하는지, 어떤 강점과 약점을 갖고 있으며 고려해야 할 상처가 무엇인지 알지 못하면 선택이 불가능해져서 삶이 미궁으로 빠지는 경험을 할 수밖에 없다. 자기 이해, 자기 공부가 절실한 시대를 사는 것이다. 이럴 때 치유 글쓰기가 당신을 도울 수 있다. 그래서 이 책《상처 입은 당신에게 글쓰기를 권합니다》를 썼다.

이 책을 읽은 것만으로 치유하는 글쓰기를 체험할 수 있도록 노력했다. 글을 읽으면서는 직접 글을 써보고 싶은 욕구를 느끼게 될 수도 있다. 먼저 이 책은 치유하는 글쓰기가 무엇이며, 어떻게 써야 하는지 설명한다. 치유 글쓰기는 글을 잘 쓰기 위한 작가들의 방법론과는 사뭇 다르다. 글을 쓸 때 각고의 노력 같은 게 전혀 필요하지 않다. 사람들은 책상 앞에 앉아서 편안한 마음으로 친한 사람에게 수다 떨듯, 떠오르는 생각과 감정을 그저 받아적으면 된다. 반면에 치유 글쓰기는 글을 잘 쓰기 위해 반드시 거쳐야 하는 작업이기도 하다. 작가는 마음의 가장 밑바닥까지 내려가 자신을 만나는 사람이 아닌가. 치유를 위한 글쓰기도 그렇다. 자신을 정직하게, 뿌리까지 낱낱이 이해하고 깊게 껴안는 작업이 바로 치유 글쓰기의 과정이다.

프로그램에 참여한 사람들이 쓴 진지하고 감동적인

사례 글을 많이 소개했다. 글쓰기로 마음을 치유한다는 게 무엇이며 성찰적 글이 어떤 것인지, 깊은 슬픔이 글쓰기를 통해 어떻게 따뜻하고 아름다운 시가 되는지 그들의 글을 통해서 경험할 수 있다. 인간의 고통과 상처가 글로 진지하게 기록될 때 희한하게도 화학적 작용이 일어나 전혀 다른 모습으로 드러난다. 자기 긍정과 희망이 그것이다.

글쓰기는 꽤 오래전부터 인간들에게 치유의 힘을 선사했다. 격변의 역사를 살아낸 개인이 소외와 두려움을 극복하기 위해 남긴 일기, 수행자들의 종교적 체험기, 언어를 예술의 차원으로 끌어올린 작가들의 몸부림까지, 글쓰기와 관련된 모든 행위가 위로와 치유의 과정이라는 것을 우리는 잘 알고 있다.

그러나 본격적인 치료 현장에 글쓰기를 도입한 역사는 그리 오래지 않다. 정신과 의사나 치료사가 병원에서 환자에게 글쓰기를 권해 효과를 보았다는 기록이 약 100년 전부터 등장하지만, 글쓰기 치료의 성과가 과학적으로 검증되고 보고되기 시작한 것은 대략 1950년 이후다.

글쓰기 치료는 우울증이나 스트레스, 분노, 성폭력 같은 심리적 상처의 치료는 물론, 감정을 통제하고 사회적인 관계를 발전시키는 데도 효과가 있다. 특히 심장병 같은 육체의 질병과 면역체계의 변화에도 영향을 미친다고 알려져 있다.

우리나라에도 글쓰기 치료와 관련한 책들이 속속 번역되거나 출판되었다. 무엇보다 반가운 일은 치유 글쓰기 안내자들이 그새 아주 많아졌다는 사실이다. 그들을 중심으로 또는 자율적으로 모여서 마음공부와 자기 성찰을 위한 글쓰기를 오래 지속해온 모임이 많이 존재한다. 그들에게도 이 책이 도움이 됐으면 좋겠다. 자기 앎을 지속하는 멋진 그들에게 이 책이 진심을 다해 부르는 응원가가 되기를 기대한다.

《상처 입은 당신에게 글쓰기를 권합니다》는 2008년에 출간한 《치유하는 글쓰기》가 근간(根幹)임을 밝힌다. 그후에도 치유하는 글쓰기 프로그램은 꾸준히 변화하고 체계화되었고 13년이 지난 지금쯤 일부 내용을 수정 보완할 필요가 있어 2021년 새로이 출간하게 됐다. 무엇보다도 기쁜 일은 이 책과 한 짝이 될 책《모든 날 모든 순간, 내 마음의 기록법》을 함께 출간한다는 사실이다.《상처 입은 당신에게 글쓰기를 권합니다》가 치유 글쓰기의 이론적, 인문학적 근거가 되어줄 책이라면,《모든 날 모든 순간, 내 마음의 기록법》은 치유 글쓰기를 경험하는 일종의 '글쓰기

실습서'라 하겠다. 이제야 이론서와 실습서가 한 짝으로 서로를 보완하며 치유 글쓰기를 보다 충실하게 만들어주는 것 같아 내심 만족스럽다.

이 책의 취지와 의미를 누구보다 잘 이해하고 두 권의 책을 기꺼이 출판해준 그래도봄 오혜영 대표에게 가장 먼저 감사드린다. 변함없이 내 일을 지지해주는 남편과 두 딸 그리고 지금 병원에서 사투 중인 시어머니에게 사랑의 마음을 전하고 싶다. 나와 함께 글쓰기를 안내하는 세 동지, 김미숙 김보라 한경은 선생님, 여성 노동자와 활동가들에게 치유하는 글쓰기를 전파하고 있는 양향옥 유정임 이원아 선생님에게도 고맙다는 말씀을 드린다. 누구보다 지난 17년간 치유하는 글쓰기 프로그램에 참여한 수많은 글쓰기 수행자들, 이제는 마음공부로 백전노장이 된 〈치유하는 글쓰기 연구소〉의 오랜 고객들, 그분들께 감사의 마음을 전한다. 그분들이 나를 가르치고 성장시켜서 여기까지 올 수 있었다. 이 책이 출간되면 또 많은 분과 글 쓰며 마음을 나누는 행복한 시간을 가질 생각으로 가슴이 설렌다.

2021년 가을
박미라

차례

1부

글쓰기,

그 치유의 힘

모든 글은 저마다
절실한 이유가 있다

天不生無祿之人 地不長無名之草
하늘은 복 없는 사람을 내리지 않고,
땅은 이름 없는 풀을 자라게 하지 않는다.
《명심보감》 성심편

출판사에서 근무할 때 종종 이름 모를 필자들의 두꺼운 원고 뭉치를 받곤 했다. 자신의 인생을 소설로 썼다는 간절한 편지와 함께 보내온 원고는 대부분 내 책상 서랍의 가장 깊숙한 곳에 고이 모셔져 있다가 시간이 흐르면서 사라져갔다.

"내 인생을 소설로 쓴다면 열 권으로도 모자랄 거야"라고 말하며 한숨을 내쉬던 내 어머니 세대 여성들을 살아오면서 많이 만났다. 그럴 때 나는 상투적인 신파 유행어를 듣는 기분으로 슬몃 웃기도 했던 것 같다.

돌이켜보면 죄송하고 가슴 아프고 또 아쉽기도 하다. 지난한 삶을 살았던 그때 그 익명의 필자들, 그가 누구였든 온몸으로 썼을 그 글을 진심으로 읽어볼 걸 그랬다. 열 권의 소설로도 모자랄 거라던 그 한숨 같은 여성들의 이야기에도 더 귀 기울일 걸 그랬다.

글쓰기와 말하기가 쓰는 이와 읽는 이 모두에게 그토록 '치유적'이라는 사실을 그때도 알았더라면, 그리고 이 세상 그 어떤 글도 함부로 취급해도 될 만큼 무의미하지 않다는 사실을 그때도 알았더라면, 그들의 글과 이야기 속에서 많은 것을 배울 수 있었을 것이다.

사람들은 저마다 어떤 고통을 갖고 있으며 그 고통으로 인해 어떤 인생을 살게 됐는가, 그 긴 글을 무슨 심정으로 썼으며 글을 쓴 후에는 어떻게 달라졌을까, 한 인간이 고난으로 점철된 삶에 맞서거나 그것을 받아들일 때는 또 어떤 모습인가…….

그때, 출판을 거절해야 한다는 부담감, 귀찮은 일을 떠맡은 것에 대한 짜증 없이 진솔한 마음으로 필자를 만났다면 어땠을까? 약간의 시간을 내서 그의 글을 읽고, 직접 만나서 글로 기록된 그의 삶에 대해 얘기를 나누고, '당신의 인생에서 내가 느낀 점은 이랬노라'고 솔직하면서도 따뜻한 말을 건넸더라면 어땠을까? 그랬다면 출판은 어렵겠다고 말했다 한들 그의 자존심에 큰 상처가 되지는 않았을 것이다.

나의 수행을 지도해주던 스승님 한 분은 기도하거나 명상하는 제자들 앞에서 종종 트로트 가요를 구성지게 부르곤 하셨다. 인간의 내면엔 신파나 트로트에 공명하는 부분도 있다는 게 그분의 주장이었다. 내면에 뭉친 인간적인 한을 풀어내는 데는 '고상한' 클래식 음악이나 명상 음악보다는 대중적인 트로트가 특효라는 것이다. 그때는 좀 낯설고 민망하기도 했는데 살면서 더 그 사실을 인정하게 됐다. 클래식이나 록 음악이나 트로트 모두 각자의 역할이 있다. 클래식 음악을 들을 때 행복한 감정을 느끼는 사람이 있을 것이고, 마찬가지로 트로트를 들어야 위로받는 사람도 있을 것이다. 더 정확히 말하자면 우리 내면엔 클래식 음악도, 록 음악도, 그리고 트로트적인 요소도 공존하고 있을 것이다. 그러니 우리 내면의 신파를 위로하기 위해선 신파의 감수성을 가진 음악과 영화가 필요하다.

우리는 세상에 발표된 작가들의 글에 대해서도 등급을 매겨가며 이러니저러니 평가하기를 좋아한다. 유명세에 비해 천박하다거나 수준 이하의 작품이라 실망했다는 뒷말과 비평도 종종 접하게 된다. 혹자는 상업성으로 포장

된 얄팍한 내용에 열광하는 독자들의 맹목성을 개탄하기
도 한다.

그러나 이유 없이 인기를 끄는 작품은 없을 것이다.
무엇보다 우리 내면의 유치함이나 신파의 심정을 건드리
고 대변해줬기 때문에 거기에 열광했을 것이다. 사실 우리
가 드러내고 풀어내야 할 것은 고상하고 지고한 것들보다
유치하거나 어두운 것들 혹은 신파인지 모른다.

이 세상에 이유 없이
태어난 글은 없다

이 세상에 이유 없이 태어난 글은 없다. 실제로 글은
모두 제 몫의 사명을 가지고 태어난다. 어떤 글은 인간 내
면의 가장 높은 차원을 건드리지만, 우리 안에 숨은 어두
운 측면이 활성화되도록 부추기는 글도 있다. 어떤 글은
대중매체를 떠들썩하게 하거나 '불후의 고전'이라는 명예
로운 칭호를 얻고 오랜 시기 수많은 사람의 사랑을 받는
다. 또 어떤 글은 글쓴이 외에는 아무도 모르게 쓰였다가
조용히 생을 마감하기도 한다. 하지만 어떤 누군가에게는
톨스토이의 《전쟁과 평화》보다 자신이 쓴 낙서가 더 절실

하게 자신의 고통을 위로해줄 것이다.

글은 가장 먼저 그 글을 쓴 사람을 위해 자기 역할을 다한다. 어떤 글이든 그렇다. 미완성의 토막글, 수첩 한 귀퉁이에 쓰인 단말마의 한 구절, 아이들 연습장의 욕설, 오늘 할 일의 목록, 하다못해 누군가의 연락처를 적은 메모까지도. 다른 누군가에게 그 글이 읽힌다면 그에게도 영향을 미친다. 어떤 깨달음이나 감동, 공감, 이해, 또는 반대로 불편함과 분노를 일으켜서라도 말이다.

이처럼 그 어떤 글이라도 치유의 도구가 될 수 있다고 생각하는 게 바로 치유적 글쓰기다. 길고 짧음에 상관없이, 문학적 수준의 높고 낮음이나 지적인 정보의 많고 적음에 상관없이 어떤 식으로든 나름의 가치를 가지고 있으며, 그 가치에는 등급도 없다. 그러니 치유를 위한 글은 잘 써야 한다는 부담을 가질 필요가 없다. 그저 쓰면 된다. 문장이 만들어지지 않는다면 단어의 나열이라도 상관없다. 유난히 생각나지 않는 단어가 있다면 왜 내가 거기에 걸려 있을까 생각해보는 계기가 되기도 한다.

그런데 사람들은 자신에 대해 수치심을 느끼듯 자신이 쓴 글도 수치스러워하는 경향이 있다. 수치심은 자기 존재에 대한 회의로부터 온다고 했던가. 그러나 이 세상에 이유 없이 태어난 글이 없다는 나의 주장에 한 번만이라도 귀 기울인다면 그 글의 부족함이 아니라 자신에게 어떤 존재 이유를 갖는지 생각해볼 일이다.

글쓰기의 치유적 힘을 고민하면서부터 나는, 일류와 삼류는 바로 필자와 독자가 글을 통해서 얼마나 자신을 성찰하는가에 따라 결정된다고 믿게 됐다. 글을 쓰면서 얼마나 위로받고 변화했는가. 글을 읽으면서 자신의 내면에서 무엇을 발견했는가. 삼류에 냉소적인 나, 징징거리는 문체에 치를 떠는 나, 지적인 정보에 압도당하는 나, 평가나 판단에 급급해 글에 몰입하지 못하는 내가 보이는가. 신파에 눈물짓는 나, 로맨스 소설을 읽으며 남몰래 짜릿함을 느끼는 내가 보이는가. 그 외에 어떤 것들이 보이는가.

그게 무엇이든 나에 대해 봤다면 된 게 아닐까. 치유는 바로 나 자신을 있는 그대로 보는 것에서 시작되니까.

그런 의미에서 보자면 자신을 성찰하고 치유하기 위해 쓴 글은 그 자체로 높은 가치를 지닌다. 평범한 사람들이 온 마음을 다해 쓴 글들을 읽을 때 강렬한 생명력마저 느껴진다. 게다가 맞춤법이나 띄어쓰기도 제대로 지키지 않은 채 커피나 촛농, 가끔은 눈물로 얼룩진 종이 위에 쓰인 글이라면 그 자체로 작품이다. 그런 글을 읽으면서 나 자신에게 묻는다. 이 세상에 절실하지 않은 삶이 어디 있으며, 의미 없는 글이 어디 있을까.

내 인생이 서러운
100가지 이유

다음 글의 제목은 '내 인생이 서러운 100가지 이유'다. 치유하는 글쓰기 프로그램에서 글쓴이를 위해 별도로 내준 과제물이었다. 참여자는 한 회사의 고위직 간부였는데, 퇴근 시간 이후에 틈틈이 글을 완성했다. 직원들이 모두 퇴근한 텅 빈 사무실에 혼자 앉아 과거를 회상하며 울며 쓴 이 글은 맞춤법도, 띄어쓰기도, 심지어 번호 매기기도 제대로 되어 있지 않았다. 글을 다듬을 상황도 아니었지만 무엇보다 느낌을 잃어버리지 않으려고 서둘러 써야 했기 때문이다. 글의 내용으로도 그가 살아온 고단한 인생이 느껴지지만 서툴게 쓰인 글이 어린 시절 그의 마음을 더욱 잘 대변해준다.

1. 초등학교 3학년때 사회과목을 좋아하던 나는 학교에서 백지도 책을 산다고 300원을 가져오라그랬느데 엄마는 주지않았다. 엄마에게 처음으로 욕을 했었다. 물론 마음으로. 반 아이가 미술시간 준비물로 풀을 대신해서 흰쌀밥을 가져왔다. 난 그 밥이 먹고 싶었다

2. 집에는 언제나 먹을 것이 부족하였다. 나는 밀가루 음식을

좋아하지 않았다 그래도 쌀이 없어서 맨날 국수, 수제비 그런 것을 해먹었다. 난 그럴 때마다 밥을 안 먹든지 조금 억지로 먹었다. 왜 그렇게 밀가루만 먹었을까. 화가 난다. 난 지금도 수제비는 안 먹는다.

3. 아버지는 언제나 집에서 담배만 피고 있었다. 엄마는 갖은 장사를 해가며 우리를 먹여 살리고, 지금도 엄마의 보따리장사 얘기를 한다. 예전엔 울었다. 그런데 지금은 화가 난다. 엄마의 기억을 지워버리고 싶다.

(중략)

6. 언니랑은 너무 사이가 좋지 않았다. 언니는 차갑고 정확한 성격이었고 나는 무디고 지저분한 성격이라 언니는 나를 너무 싫어했다. 더럽고 지저분하다고 자기 물건엔 손도 못대게 하는.. 중학교 2학년 때 언니가 빗자루로 때려서 내 앞니를 부러뜨렸다. 언니는 엄마에게 받는 스트레스를 우리에게 풀었나 보다. 엄마에겐 길에서 넘어졌다고 하고 앞니는 그 뒤로 죽어서 검게 변한 채 20대 초반까지 갔었다.

7. 20대 중반 정도에 나는 이를 해 넣었다. 오로지 나의 힘으로. 그 이가 지금까지 있다. 참 힘든 세월이었다. 언니는 결혼 전에 내게 미안하다고 말을 했지만 나는 그것에 대한 수용여부 권한이 내게 있다고 생각이 들지 않았다.

8. 학교시절 공부를 열심히 하지 않았다. 그렇다고 놀 줄도 모

르는…… 그냥 가게 나가서 엄마 장사거들고 누구도 내게 공
부 열심히 하라는 사람이 없었고 공부를 열심히 하면 어떻게
된다고 얘기해 주는 사람도 없었다. 그때는 모두 그렇게 방치
되어진 삶을 살고 있었다.

9. 실업계고등학교를 들어왔다. 교복을 물려받지 않는 학교
라 참 좋았다. 중학교와는 달리 세련된 것 같은 학교, 그렇지
만 등굣길은 지옥이었다.

  (중략)

14. 공부를 하지 않았다.

15. 희망이 없었다. 고3 때 담임선생님이 취업을 위한 급수가
거의 없음을 질책하셨다.

16. 그런 나에게 생활기록부에 적기 위한 '장래희망'을 물어
보셨다

17. 장래희망? 내게 장래 희망이 있는가?

18. '현모양처'가 장래희망이라고 밝혔다(?)

19. 현모양처가 무슨 장래희망이냐? 라고 물으셨다

20. 도대체 내게 무슨 희망이 있다고 희망을 물으셨는지.

21. 엄마가 찾아왔을 때 난 울었다. 서럽고 챙피해서, 선생님
은 의아해했다. 엄마는 오로지 내가 나가서 돈을 벌어 오는
것에만 관심이 있었다.

○여유

글쓴이는 일박이일 워크숍에서 이 글을 낭독했다. 그가 너무 많이 울어 참여자들이 돌아가면서 대신 읽었는데 나중에는 함께 읽던 우리 모두가 울고 말았다. 그의 글을 비극적으로 느꼈기 때문은 아니다. 우리는 그 글이 가진 힘, 그러니까 고통을 회피하지 않고 고통의 한가운데를 통과해낸 그 저력에 감동했다. 과거의 기억을 촘촘하게 기록해낸 그의 치열함 때문에도 울었다. 그녀의 글을 통해 우리의 과거가 위로받는 느낌이었다. 이 글이 그날 밤, 그녀와 우리 모두를 구원했다.

글쓰기가 당신을
구원할 것이다

글을 쓰는 데는 당신의 온몸,
즉 심장과 내장과 두 팔 모두가 동원되어야 한다.
바보가 되어 시작하라. 고통에 울부짖는
짐승처럼 볼썽사나운 모습으로 시작하라.

나탈리 골드버그, 《뼛속까지 내려가서 써라》

그리스 신화에서 판도라는 제우스가 흙을 빚어 만든 인류 최초의 여성이다. 그녀가 인간 세상으로 가져간 상자는 이율배반의 원리를 가지고 있어서 열 수 있는 뚜껑은 있지만 열어서는 안 되는 상자다. 그러나 판도라는 호기심 때문에 그 상자를 열고 말았다. 그때 열린 틈으로 인간 세상의 모든 불행과 재앙이 쏟아져 나왔다.

열 수 있게 되어 있지만 열 수 없는 것, 그것은 마치 인간의 입과도 같다. 인간은 말할 수 있는 입이 있지만 말해서는 안 되는 것들의 긴 목록도 가지고 있다. 미움, 시기, 질투, 경쟁심, 원망 같은 것들을 말해서는 안 된다. 고통, 절망, 슬픔, 분노, 수치감 등도 말할 수 없다. 때로는 외로움이나 우울감 등도 사람들을 불편하게 하므로 거부당한다. 문화에 따라서는 자기를 설명하고 표현하는 것도 문제가 되며, 심지어 피해자임을 폭로하는 것도 제지당한다. 어쨌든 우리는 어둡고 부정적인 것들을 말할 때 불편함을 느껴야 한다.

그런데 더욱 비극적인 것은, 그럼에도 우리는 발설하고 싶은 욕망에 시달린다는 것이다. "임금님 귀는 당나귀 귀"를 외친 이발사는 결국 비밀을 지키지 못했고, 인간의 육체를 얻는 대신 말하기를 포기한 인어공주는 거품이 되어 사라지는 비극의 주인공이 되고 말았다.

인어공주 이야기를 읽으면서 우리는 벙어리됨의 상처를 공감한다. 그것은 어린아이라면 누구나 경험하는 아픔이다. 나도 부모지만 부모들은 말을 너무 잘한다. 해야 할 것과 하지 말아야 할 것, 나쁜 것과 좋은 것, 잘못한 것과 잘한 것, 자신의 실수에 대한 변명도 그럴듯하게 표현하는 데 선수다. 자신의 슬픔, 괴로움, 분노, 미움을 합리화해서 아이에게 털어놓는다. 뿐인가. 부모는 모든 책임을 아이에게 전가하는 데도 선수다. "엄마인 내가 불행한 건 네가 내 말을 잘 듣지 않기 때문이야", "아빠가 화내는 건 네가 공부를 못하기 때문이지." 그러면 아이들은 그 모든 것이 자기 탓이라고 받아들인다. 그리고 자신의 고통이나 기대에 대해 말해야 한다는 사실을 잊는다.

그들에게도 하고 싶은 말이 많았다. 억울한 오해도 있을 테고, 변명하고 싶은 사실도 있을 것이며, 원망과 슬픔도 느꼈을 것이다. 엄마, 아빠 앞에서 입을 다물기 위해 자신이 얼마나 큰 불편과 괴로움을 감수하고 있는지도 말하고 싶었을 것이다. 가슴속에 말하지 못한 많은 이야기가 있다는 사실은 한참 뒤에, 그러니까 그 아이가 어른이 되어서야 깨닫게 된다.

누구나 간절하게
말하고 싶은 게 있다

누구나 간절하게 말하고 싶은 것이 있다. 그래서 사람들은 입술을 달싹이며 망설인다. 그리고 속으로 이렇게 중얼거린다. "말할까, 말까. 말하고 싶다. 아니, 그랬다가 사람들이 나를 비난하거나 손가락질하게 된다면? 판도라의 상자처럼 입 밖으로 빠져나온 불행의 언어들이 나를 단죄

한다면?"

급기야 사람들은 자신의 말을 들어줄 이들을 찾아 나서기 시작했다. 상담자와 치유 프로그램, 혹은 종교단체를 찾아가서 누구에게도 환영받지 못할 얘기, 상대방이 지루해할까 봐 꺼내기 힘든 얘기를 털어놓고 싶어 한다. 그러나 그곳에서도 사람들은 망설인다. 나의 말이, 그런 말을 한 내가 과연 받아들여질 수 있을까.

그렇게 망설이는 이들에게 말하고 싶은 것이 있다. 판도라의 상자는 열려야 했고, 인간의 고통도 발설되어야 한다! 인간이 자신의 내면을 드러낼 수 있는 말과 글, 그리고 몸짓 언어를 가진다는 것은 재앙이 아닌 축복이다. 내면의 고통과 부정적인 생각들이 너무 오래 갇혀 있으면 결국은 부패해서 통제할 수 없을 정도로 공기압이 높아질지도 모른다.

사실 판도라의 상자는, 프로메테우스가 천상의 불을 훔쳐서 인간 세상에 가져다준 죗값으로 전해진 것이다. 신화학자들은 판도라의 상자 속에 들어 있던 부정적인 개념들이 '불'로 상징되는 인간 문명의 이면이라고 분석한다. 그러니까 문명이 발전할수록 부정적인 측면 역시 커질 수밖에 없다. 인간 문명의 발전이 필연적이었듯이 부정적인 측면의 확장도 자연스러운 것이다. 마치 빛과 그림자처럼 말이다.

우리 인간의 과제는 그 부정적인 측면을 잘 다루어서 해로움을 최소화하거나 또는 부정적인 측면 역시 인간 성장의 자양분으로 만드는 데 있다. 식물이 생장하는 데 빛과 그림자, 낮과 밤이 모두 필요하듯 인간의 성장에도 긍정성과 부정성, 드러난 것과 숨겨진 것 모두 도움이 된다.

그 어떤 내용이라도 말하고 싶다면 말해야 한다. 듣는 사람이 없어도 좋다. 상대가 감당할 수 없는 말이라면 혼잣말이라도 상관없다. 입을 열고 말하기 시작할 때 치유는 시작된다.

몸의 언어가 몸부림치며 쏟아져나올 때

이 모임에서 "난 상처입은 나무야"라고 말하는 순간 상처에는 진물이 흘러내렸지. 나무는 어느새 그 상처도 자신의 일부임을 알게 되었어. 바람이 불고 햇볕이 적당이 내리쬐면서 상처는 옹이로 바뀌었지(난 이제 그 옹이 덕에 겨울추위를 무서워하지 않게 되었어. 내가 상처받았듯이 나에게 상처를 준 그들 또한 힘들었을 거야. 그들은 악마가 아니라 슬픔과 기쁨을 느끼는 인간일 테니).
○짱아

죽도록 미운 당신에게 편지를 썼을 때 이미 당신을 죽도록 미
워하지 않게 되었다. 그때, 그 사건, 그 기억을 떠올렸을 때, 이
미 그때 그 사건은 내 안에서 희석되고 있었지.

○애리백

단 한마디의 말, 혹은 말이 되지 못한 괴성이라도 좋
다. 입을 열어 그동안 내면에 꾹꾹 눌러놓았던 소리를 글
쓰기로 풀어내는 순간 고통은 서서히 줄어들게 된다. 혹시
혼자 울어본 적이 있는가? 누구의 눈치도 볼 필요 없을 때
감당하기 어려운 울음이 창자로부터 터져 나왔던 경험 말
이다. 그 울음을 억제하지 않으면 울면서도 명료해지는 자
신의 의식을 발견할 수 있다. 내 의식과 상관없이 몸의 울
음, 아니 몸의 언어가 몸부림치면서 쏟아져 나오는 경험을
지켜본 적이 있는가? 만약 그런 경험이 있다면 당신은 행
운아다.

당연히 울음도 언어가 된다. 어린아이의 울음소리가
배고플 때와 아플 때, 화났을 때 각각 다르듯이 우리의 울
음에도 다른 메시지가 있다. 그 울음이 무슨 말을 하는지
는 물론 울고 있는 자신만이 알 수 있다.

일단 입을 열어 말하기 시작하면 몸 안에 갇혀 있던
에너지가 밖으로 나온다. 그것만으로도 충분히 치료된다.

아니, 더 중요한 것은 나의 발설을 다른 누구보다 나 자신이 듣게 된다는 사실이다. 욕구가 몸 안에 쌓여 있을 때 우리는 그것을 잘 알아채지 못한다. 언어화되어 입 밖으로 나왔을 때 비로소 내가 하고 싶은 말과 직면하게 된다. 내가 몰랐던 나의 얘기를 듣는 순간, 자신을 위해서 무엇을 해야 하는지 알게 된다.

비밀이나 고민의 발설은 마음뿐 아니라 몸에도 영향을 미친다. 트라우마를 연구하는 사회심리학자이면서 글쓰기 치료 연구자인 제임스 페니베이커 박사는 저서 《글쓰기 치료》에서 이렇게 말한다.

트라우마의 경험을 가진 것은 확실히 여러 가지 면에서 좋지 않은 영향이 있다. 그러나 심리적 외상을 경험한 후 그것을 비밀로 간직한 사람들은 훨씬 더 고통스러운 삶을 살고 있다.

그가 실험한 바에 따르면 심리적 외상, 즉 트라우마의 경험을 혼자 간직한 사람은 타인에게 털어놓은 사람보다 병에 걸릴 확률이 더 높다고 한다.

이 외에도 발설이 신체적·심리적 건강에 미치는 긍정적인 영향을 실증적으로 연구한 결과는 많다. 신화나 윤리나 사회 규범은 인간들에게 비밀은 지켜져야 하며, 함부로

입을 열어서는 안 된다고 말하지만 다양한 연구 결과들은
그와 정반대의 주장을 한다. 발설이 그대를 구원하리라, 고.

발설의 욕망이
자기 치유의 열쇠다

　　발설의 가장 중요한 힘은 무엇보다 분리되고 분열된
것을 통합한다는 데 있다. 말할 수 있는 것, 말해도 되는
것만 말하도록 허용하는 세상에서 금기시된 것을 토해내
고자 하는 인간의 욕망은, 극단적인 선악이나 흑백의 이분
법 논리를 극복하려는 몸부림일지도 모르겠다. 인간에게
는 분열된 것을 통합하려는 욕망이 존재하기 때문이다.
　　성폭력이나 가정폭력의 피해 경험을 발설하는 것은
우리 사회의 결혼제도와 남녀관계가 가진 그림자의 측면
을 고발하는 것이다. 속으로는 피해자와 약자를 손가락질
하면서 겉으로는 인권과 정의 운운하는 세상에 대한 고발
이기도 하다. 동성애자임을 밝히는 커밍아웃은 인간의 다
양한 본능을 이성애로만 획일화하려는 것에 대한 반발이
다. 사회의 비리를 밝히는 양심 고백은 점잖고 고결한 척
가면을 쓴 이 사회에 대한 폭로다.

개인적으로도 자신에 대해 발설의 욕망을 느낀다. '여기 이렇게 아무 걱정 없는 척 밝고 순진한 표정으로 앉아 있지만 사실 나는 전혀 다른 내면도 가지고 있답니다. 친구가 성공했을 때 걷잡을 수 없는 질투를 느껴요. 비겁할 때도 많고요. 가까운 사람이 죽었으면 하는 살의를 느꼈던 적도 있는 무서운 사람이에요', '나는 가난이라곤 모르는 사람처럼 살고 있지만 내 과거는 가난과 비루함으로 점철되어 있답니다. 아버지는 무일푼에 폭력을 행사했고, 어머니는 가난에 치를 떨면서 자살을 시도하기도 했어요. 언제나 배가 고팠고, 남루한 옷차림 때문에 서러웠어요', '나는 강하고 센 척하지만 사실은 두려움에 떨고 있어요. 심장이 쪼그라들어 있는 느낌이랍니다. 사람들이 나를 무시할까 봐 겁이 나나 봐요. 그래서 큰 소리로 말하고 호탕하게 웃지만 속으론 사람들 눈치를 많이 보지요', '나도 사람입니다. 나를 함부로 대하지 마세요. 지금은 비겁한 모습으로 참지만 나에게도 분노는 있답니다. 당신을 미워하고 있어요.'

'나'라는 존재가 이처럼 빛과 그림자를 모두 가졌다는 사실을 사람들은 말하고 싶어 한다. 빛만으로는 내가 만들어질 수 없었음을 말하고 싶어 한다. 그렇게 발설함으로써 비로소 전혀 다른 두 측면이 동전의 양면처럼 붙어 있음을 받아들이게 된다. 그것이 바로 나임을 인정하게 되는 것이다.

사람들은 자기 치유가 어떻게 이루어지는지 이미 알고 있다. 발설의 욕망을 느낀다는 사실이 바로 그 증거다. 그러니 말하고자 하는 욕구가 치밀어오를 때는 스스로를 치유하고자 하는 본능에 맡겨야 한다.

다시 판도라의 상자로 돌아가 보자. 상자 속에서 불행과 재앙이 쏟아져 나오는 걸 보고 깜짝 놀란 판도라가 상자의 문을 닫았을 때, 그곳엔 미처 빠져나오지 못한 것 한 가지가 있었다. 가장 밑바닥에 깔린 '희망'이라는 단어였다. 만약 판도라가 겁에 질려 상자를 닫아버리지 않았다면 그 상자의 마지막 메시지인 희망을 만날 수 있었을 것이다. 그것은 상자에서 쏟아져 나오는 추한 것들을 끈기 있게 지켜보면서 빛과 그림자를 통합해냈을 때 비로소 인간이 느끼게 되는 감정이다.

좋은 발설에는
조건이 있다

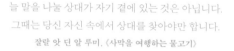

발설이 강력한 치유의 힘을 가졌지만 발설 강박증에 시달릴 필요는 없다. 우리 내면의 빛과 그림자를 인정하듯 발설의 욕구뿐 아니라 침묵의 욕구도 인정해야 한다. 말할 자유가 있듯 말하지 않을 자유, 비밀을 지킬 자유도 있는 것이다. 발설도 '내면의 힘'이 있어야 가능하듯이, 반대로 비밀을 지키는 데도 힘이 필요하다. 《불행의 놀라운 치유력》에서 저자 보리스 시륄니크는 "억지로 이끌어낸 자백은 영혼의 강간"이라는 격렬한 표현을 사용한다. 마지못해

자백한 사람은 가해자뿐 아니라 그 자백을 들은 사람들로부터도 또 한 번 고문을 당한다는 것이다.

한편에서는 '교양 있는 침묵'을 칭송하고 다른 한편에서는 용감하게 말하라, 과감하게 폭로하라고 부추길 때, 그 틈바구니에서 우리의 마음은 혼란스러워진다. 그러나 분명한 것은 어느 쪽이든 온전히 내 의지로 선택한 결과가 아닐 때 수치심을 느끼게 된다는 사실이다. 외부의 선동에 휘둘렸다는 것도 불쾌하지만, 나의 은밀한 일부라고 할 수 있는 내 고백이 아무 곳에서나 나뒹군다고 생각하면 견딜 수 없는 부끄러움과 모욕감이 엄습한다.

그런데 왜 우리는 억지로 발설을 하게 될까? 왜 어떤 사람들은 자기 얘기를 '발설'하려고 조바심을 낼까?

어린 시절 부모들은 우리에게 비밀이 있으면 안 된다고 가르쳤다. 가방 속과 책상 서랍, 주머니 같은 곳도 부모나 선생님에 의해 낱낱이 검열당했다. 가장 은밀한 일기도 매주 선생님에게 제출했고 빨간색 글씨로 평가받았다. 그래도 어쩔 수 없었다. 힘없는 어린아이는 자백이나 고백이라는 카드를 내밀어 상대와의 관계를 유지하려고 한다. 성장해서도 이런 식의 관계 맺기가 유지된다면 습관적으로 발설하게 되는 것은 당연하다.

발설은 치유의 수단이지만 어떤 면에서는 치유의 척

도가 되기도 한다. 말함으로써 내면이 강해지기도 하지만, 반대로 내면이 강해졌기 때문에 발설이 가능해진다는 말이다. 바로 그 점 때문에도 우리는 발설의 유혹에 사로잡힌다. 성장했다는 사실을 스스로 확인하고 싶어서 서둘러 말을 토해내는 것이다.

　　나 역시 그런 실수를 저지를 때가 있었다. 프로그램을 진행하면서 참여자에게 어서 말하라며 부추기고 다그쳤다. 발설이 그대를 자유롭게 하리라 주장하면서 말이다. 많은 사람 앞에서 자신의 상처에 대해 말하게 하고, 그런 그를 칭찬했다. 그러나 발설의 주인공은 수치심에 시달리다가 프로그램을 다 마치지 못하고 중단했다. 그때 나는 성과주의에 쫓겼는지도 모르겠다. 상담자들은 침묵하던 내담자가 말을 시작해야만 상담의 성과가 나타난다고 생각하기 쉽다. 그래서 침묵하거나 움츠리는 내담자를 보면 조바심을 느끼고, 결국 상담자는 내담자의 입을 열게 하려는 전사가 된다.

　　그러나 훌륭한 상담자라면 상대의 입을 열게 하려고 애쓰기보다는 그가 침묵으로써 보여주는 자기표현에 더 관심을 가져야 한다. 말하기의 방식이 다양하듯이 침묵의 모습도 다양하다. 그의 침묵은 분노가 원인일 수도 있고, 관심을 받고 싶어서일 수도 있으며, 발설을 열망하지만 아직 용기가 나지 않기 때문에 지속하는 것일 수도 있다. 우리는 그런 상대의 모습을 가만히 지켜볼 필요가 있고, 또 침묵하는 당사자도 자신의 침묵이 말하고자 하는 것을 알아야 한다. 나는 왜 침묵하는가, 자신에게 물으면서 말이다.

물론 그보다 더 기본적인 과정이 있다. 발설의 주인공이 보여주는 태도가 무엇을 말하는지 분석하기 전에 그런 모습 자체를 인정해주는 일이다. 상담자가 침묵이 발설만큼이나 자연스러운 과정임을 인정하면서 있는 그대로 받아들이는 태도를 보일 때 내담자는 비로소 치유를 경험한다.

발설의 첫 번째 조건: 말하고 싶을 때까지 기다려라

발설의 첫 번째 조건은 말하고 싶은 욕망이 차오를 때까지 기다리는 것이다. 말할까, 말까, 망설이게 되는 시점이 누구에게나 찾아온다. 내가 원치 않는 방식으로 사람들이 반응하면 감당할 수 있을까? 좀 힘들겠지만 감수할 수 있겠다는 생각이 든다면 말하라. 이야기를 들어줄 상대가 상담자라면 조금 더 안전할 것이고, 일반인과 함께하는 집단 프로그램이라면 조금 더 조심해야 한다.

흔히 집단 프로그램에서 발설한 사람은 부러움의 대상이 된다. 사람들의 시선이 말하는 사람에게 모이고, 그를 중심으로 이야기가 진행된다. 그가 받는 타인의 관심, 격려, 공감은 침묵하는 사람들도 받고 싶었던 것이며, 발설할 수 있는 용기 또한 부러움의 대상이 된다. 우리는 뭔가 말해야 하는 게 아닌가 조급해지기 시작한다. 그런데 억지로 내뱉은 설익은 말은 다시 화살이 되어 돌아온다. 비밀스러운 사생활, 약점, 자신도 아직 감당하기 어려운 고백을 낱낱이 알아버린 사람들이라니! 그들이 자신에게 관심을 보여도 불편하고, 무관심해도 괴롭다.

무엇을 말하더라도 그 말에 반응하는 자신을 지켜볼 수 있다면 틀림없이 성장의 거름이 될 것이다. 그런데 사람들은 대부분 자신이 내뱉은, 감당하기 어려운 말에 대해 부끄러워하느라 성찰할 여유가 없다. 그러니 내면의 말이 무르익도록 기다려 줘야 한다.

말하고 싶은 욕구가 차오른다는 것은, 자기 내면에서 쏟아져 나온 말을 직면할 힘이 생기고 있다는 의미이기도 하다. 사실 우리는 자기 문제에 직면하기 골치 아파서 말하기를 꺼릴 때가 있다. 자신의 내면을 무서운 지하창고쯤으로 여기며, 그곳에서 무엇이 튀어나와 나를 덮칠지도 모른다고 생각하는 것이다. 그렇게 미지의 대상 때문에 늘 막연한 두려움에 쫓기지만 인간은 지혜롭기도 하다. 우리는 직관적으로 알고 있다. 그 대상을 감당할 힘이 내 자신에게 있는지 없는지 말이다. 그러니 자신을 믿고 조용히 돌아보자.

말을 했다가 낭패를 보지는 않을까 가슴 졸이면서도 말하고 싶은 욕구에 몸이 달 때, 위험을 감수하고서라도 모험을 감행하고 싶다는 욕구가 뱃속에서 꿈틀거릴 때, 그럴 때는 말할 수 있다. 그때 발설은 성장의 계단을 뛰어오르게 하는 지렛대가 될 것이다.

발설의 두 번째 조건:
적합한 상대를 찾아라

발설의 두 번째 조건은 발설의 상대로 누구를 선택할 것인가에 대한 문제다. 대답은 간단하다. 아주 은밀한 고백이라면 인생의 별별 측면을 두루 경험한, 마음 넓은 사람이 좋을 것이고, 지지나 격려가 필요하다면 언제나 내 편이 되어주는 이를 찾아야 할 것이다. 충고를 듣고 싶다면 그 분야의 정보와 지혜를 가진 사람이어야 하고, 실컷 싸우고 싶다면 갈등의 당사자를 만나야 할 것이다.

그런데 우리는 종종 어처구니없는 실수를 저지른다. 고백한 것이 화가 되어 결국 비참한 결말을 맺는 이야기들처럼, 받아들이지 못하는 사람들에게 말을 쏟아놓고 그들의 반응 때문에 깊은 상처를 받는다. 그리고 이렇게 후회한다. '거봐. 말하지 말았어야 했어. 평생 나 혼자 가슴에 묻고 살아야 하는 거야. 인생은 그렇게 쓸쓸하고 외로운 거지.'

상처받지 않으려면 누구에게 말할 것인가와 어떻게 전달할 것인가를 고려해야 한다. 발설의 대상으로 가장 많이 등장하는 사람이 부모님이다. 성장한 자식이 부모에게 자신이 겪은 과거의 경험에 대해 원망하는 말을 할 때는 부모가 너무 아파하지 않게 조심해야 한다. 부모의 원죄의식은 너무 깊어서 방어의 기세도 드세다. 그래, 미안하다. 내가 정말 잘못했구나, 라고 인정하는 부모를 만나기는 거의 불가능하다. 그런 부모였다면 자식이 원망하기 전에 이미 사과하고 반성했을 것이다. 울면서 동정심을 유발하려 하거나 '그게 아니라……'로 시작하는 변명을 하려고 한다면 그나마 괜찮은 부모님이다. 대부분은 "기껏 힘들게 키웠더니 인제 와서 자식이 나를 괴롭히려 한다"고 소리 지르며 화를 낸다. 결국 자식 쪽에서 미안해하거나 '역시 우리 부모는 어쩔 수 없어' 혹은 '나는 사랑받지 못하는 존재야' 식의 좌절감을 겪는 선에서 상황은 종결된다. 부모도 미숙한 상태이고, 자식 역시 충분한 준비가 되어 있지 않았던 것이다.

부모를 비롯해 어린 시절 나를 고통스럽게 했던 어른에게 발설하기 위해서는 여러 차례의 훈련이 필요하다. 문제의 당사자와 말하기 전에 그 불행과 상관없는, 오로지 나를 지지해주고 격려해줄 수 있는 사람들 앞에서 말하고 발표하기를 반복해야 한다. 그런 점에서 10명 내외의 사람들이 온·오프라인에서 서로를 보듬는 치유하는 글쓰기 모임은 발설하기에 좋은 기회가 된다. 사실, 사는 동안 지지만 받기에도 시간이 부족하다. 나의 이야기에 따분해할 사람, 자기 발등에 떨어진 불을 끄기에도 벅찬 사람, 나의 고통조차 부러워하고 질투심을 느낄 만한 사람에게 말한다면 부정적인 반응이 되돌아올 것은 불 보듯 뻔하다.

마음이 약한 사람 중에는 경쟁자에게 자신의 비밀을 토로하는 경우가 있다. 그를 미워했던 것에 대한 죄의식이 그렇게 하도록 만들었을 수도 있고, 속 깊은 고백을 하는 것을 화해의 제스처라고 여겼는지도 모른다. 그러나 경쟁자에게 상대의 비밀이란 곧 정보이자 권력이다. 경쟁자가 인격적으로 훌륭한 사람이 아니라면 그에게 칼까지 쥐여줄 필요는 없다. 무의식적으로라도 당신의 비밀을 악용할

가능성은 얼마든지 있기 때문이다.

주변에 긍정적인 반응을 해줄 상대가 없다면 글쓰기를 권한다. 자기 자신에게 발설하는 것이다. 《아티스트 웨이》의 저자로 잘 알려진 줄리아 카메론은 자신의 또 다른 책 《나를 치유하는 글쓰기》에서 우리에게 이렇게 충고한다. '삶의 드라마에 빠져들지 말라. 드라마는 종이 위에만 쓰라'고 말이다. 정리되지 않은 마음의 문제로 인생사에서 갈등을 만들지 말고 종이 위에 마음을 털어놓으라는 이야기다. 실제로 많은 글쓰기 치료사들과 상담가들이 일기 쓰기를 통한 심리치료의 효과를 인정하고 있다. 이들은 누군가에게 말하지 않아도 발설을 위한 글쓰기가 충분히 치료의 힘을 가진다고 주장한다.

발설의 세 번째 조건:
상대에게 마음의 준비를
시켜라

발설의 세 번째 조건은 이야기를 들어주는 상대가 마음의 준비가 되어 있어야 한다는 것이다. 요령은 아주 간단하다. 당신이 원하는 상대의 반응이 무엇인지 상대에게 미리 말해주는 것이다. "속상한 일이 있어서 털어놓고 싶어. 그러니 당신은 그냥 말없이 이야기만 들어주면 돼", "해결하고 싶은 문제가 있는데, 이럴 때 당신은 어떻게 처리할지 듣고 싶어서 묻는 거야" 하는 식으로. 그러면 상대는 훨씬 가벼운 마음으로 경청할 수 있다.

뭔가 심각한 표정으로 한숨을 내쉬면서 다짜고짜 얘기를 시작하면 듣는 사람들은 막연한 불안감에 휩싸인다. 감당하기 어려운 비밀이나 과거가 폭로되면 어떡하나 긴장할 수도 있고, 도저히 이해할 수 없는 이야기를 들어줘야 하는 것도 고역이다. 또 확실한 해결책을 제시할 수 없을까 봐 두렵기도 할 거다. 책임감이 강한 사람, 해결사 기질이 강한 사람들은 상대의 인생 전체를 책임질 기세로 과도한 조언과 충고를 늘어놓음으로써 말문을 막는다. 결국 말하는 자와 듣는 자 사이의 기대와 반응은 엇갈리고, 피차 낭패감과 좌절감을 맛본 뒤 그 자리를 끝낸다. 우리가 흔히 경험하는 말하기의 비극 가운데 하나다.

인터넷 카페나 블로그에 글을 올릴 때도 미리 양해를 구하면 읽는 이들은 마음의 준비를 하게 될 것이다. 이렇게 말이다. '이 글은 여러분의 격려가 필요해서 올립니다. 비판이나 충고는 사절입니다. 많이 공감하고 지지해주세요. 그 격려를 통해 저 자신을 성찰할 수 있게 될 겁니다.'

격려와 지지를 통해서 힘을 얻게 되면 누군가의 쓴소리도 받아들일 여유가 생긴다. 그땐 좀더 솔직한 지적과 비판이 듣고 싶어질지도 모른다. 자아를 지켜줄 심리적인 근육이 아주 강해졌기 때문이다. 그때가 되면 움츠러들었던 어깨를 펴고, 깊은 숨을 몰아쉰 뒤 자기 성찰의 또 다른 여행을 떠날 수 있다. 과거 자신에게 보내주었던 많은 이들의 지지와 격려를 추억으로 가지고 말이다.

마지막으로, 준비되지 않은 상대에게 발설했을 때 어떻게 해야 할까 생각해보자. 그때는 기회를 한 번 더 잡아서 발설 후 자신의 심정을 상대에게 말하는 것으로 마무리해야 한다. 회의나 토론, 상담 모임이었다면 마지막 평가 시간이나 마무리 시간을 이용해도 좋고, 그냥 자유로운 만남에서 발설이 이루어졌다면 "아까 발설한 것에 대해 마무리 말을 할 기회를 달라"고 요청해야 한다. 이때 이야기를 들어준 사람들을 비난하거나 원망하지는 말자. 그러면 관계는 더 불편해질 것이고, 그들이 자신들의 태도를 합리화하기 위해 당신을 비난하고 나올지도 모른다.

"오늘 저의 얘기가 여러분에게 어떻게 들렸는지 무척 궁금하고 가슴이 떨려요. 민망하기도 하고요. 아직 말할 준비가 충분히 되어 있지 않나 봅니다. 그렇지만 아마도 오늘의 이 고백 이후로 저는 많이 달라질 것 같아요. 이야기 들어주셔서 감사합니다."

　아쉽지만 이 정도로 정리한다면 훌륭한 마무리라고 할 수 있다. 그런데 이 모든 조건보다 중요한 것이 있다. 발설의 조건들을 만족시키지 못했더라도 자책하는 마음, 주눅 든 마음을 갖지 않는 것이다. 오늘 어딘가에서 어리석어 보이는 발설을 시도했더라도 아무것도 안 하고 계속 망설이는 것보다는 낫다. 발설을 시도함으로써 얻게 된 경험치가 언젠가는 반드시 치유의 자양분으로 쓰일 것이다.

온몸으로 쓴 글이
아름답다

> 글이 있기 전에 말이 있었고,
> 말이 있기 전에 삶이 있었던 것이다.
> 삶 → 말 → 글이지 '글 → 글'이 아니며
> 삶이 없는 글은 쓰일 수 없다.
> 만약에 그런 글이 있다면 그것은 엉터리 글이요,
> 생명이 없는 죽은 글이다.
> 이오덕, 《삶을 가꾸는 글쓰기 교육》

치유하는 글쓰기는 목적과 방식 등에서 문학적 글쓰기와 매우 다르다. 물론 치유를 위한 글도 문학 못지않게 충분히 감동적이며, 나름의 미학을 가지고 있다. 정말이지 세계적인 베스트셀러보다 이름 없는 이들의 절실한 자기 이야기가 훨씬 감동적일 때가 있다. 그런데 정작 감동적인 글의 주인공은 자신의 글이 사람의 마음을 얼마나 울리는지 잘 알지 못한다. 사람들은 자신의 글을 읽는 나에게 안쓰럽고 미안한 표정으로 이런 말을 자주 건넨다.

"글이 엉망인데, 이렇게 힘들고 고통스러운 얘기만 읽어서 어떡해요? 그런 글 읽으면 괴롭지 않나요?"

별로 괴롭지 않다. 가끔 그들의 글을 읽다가 문득 느껴지는 경건함 때문에 읽는 자세를 고쳐 앉기도 한다. 그들의 글을 읽다 보면 단순해지고 겸손해지고 깊어진다. 생존은 우리 삶의 가장 본질적인 목적이라고 할 수 있다. 왜 살아야 하나, 어떤 게 의미 있는 삶인가, 라는 사치스러운 고민을 할 틈도 없이, 불행하다거나 죽고 싶다는 기분을 느낄 새도 없이 오로지 생존의 산등성이를 기어올라야 했던 사람들의 경험에서 나는 많은 것을 배운다. 우리가 살아가고 살아남는 데 그렇게 많은 생각이나 번민이나 두려움, 혹은 자격지심 같은 것들은 필요하지 않은 것 같다. 고난과 대적했든, 아니면 무릎 꿇었든 상관없이 그런 압도적인 고통을 겪고 결국은 살아남았다는 것 자체가 나를 숙연하게 한다.

그러나 안타깝게도 사람들은 고통스러웠던 인생 여정을 온몸으로 써 내려간 자신의 글을 부끄러워하고 과소평가한다. 고통의 기록을 부끄러워하는 사람들은 대부분 두 가지 생각에 빠진다. 나 같은 고통을 겪은 사람은 아마 없을 거야. 내 이야기를 들으면 다들 깜짝 놀랄 거야, 라는 나르시시즘적인 생각을 하면서, 다른 한편으로는 어두운 자신의 인생에 대해 수치심을 느낀다. 이렇게 구질구질한 내 인생에 관심 가져줄 사람이 어디 있을까, 모두 속으로 나를 손가락질하고 외면할 거야, 지겨워할 거야, 같은 생각 때문이다. 특히 그 고난의 결과가 세속적인 성공으로 연결되지 않았을 때는 더욱 부끄러움을 느낀다. 지리멸렬한 인생사가 모두 자기 탓, 혹은 못난 자신의 운명 탓이라고 생각하는 것일까.

그러나 결과가 세속적인 행복이나 성공이 아니라는 사실 때문에 자신의 인생 전반이 발화의 기회를 얻지 못한 채 침묵해야 한다면 정말 가슴 아픈 일이다. 인생의 지난한 여정에서 누구보다 최선을 다했으며, 애써왔는데 말이다.

누구에게나 사연은 있다

인간의 존엄에 대해 절감하는 사람이라면, 읽고 싶은 글이 누군가의 성공담이거나 필력이 뛰어난 작품으로 한정되지는 않을 것이다. 실패한 사람이든, 잘못된 길로 들어선 사람이든, 게으르다고 생각되는 사람이든 간에, 그의 인생에는 우리가 귀 기울일 만한 무언가가 있다.

그런 인식은 자기 자신에 대한 사랑과도 연결돼 있다.

우리의 과거를 돌아보자. 지금까지 얼마나 애쓰면서 살아왔는지 모른다. 부모가 성실하지 않다고 나를 타박할 때, 나쁜 생각에 사로잡혀 있을 때조차 우리는 애쓰고 있었다. 그 어떤 생각과 태도에도 이유가 있었고, 상충하는 감정들과 싸우는 자신이 있었다. 비록 지금 성공했거나 만족스러운 상태가 아닐지라도 말이다. 아니, 나도 성공하고 싶고, 최선을 다하고 싶다. 이제는 그 우울에서 벗어나고 싶고 상습적인 외로움도 극복하고 싶다. 하지만 방법을 모르거나 혹은 그것이 맞는 길일까 두려움에 떨고 있다. 그에 대해 얼마나 나누고 싶은 이야기가 많은가.

역사적으로도 우리는 치열하게 살았다. 불과 50~60년 전에 비상식적인 정치적 독재를 경험했고, 그에 앞서 6·25전쟁, 일제 식민지시대와 제2차 세계대전을 거의 한꺼번에 겪어냈다. 그 와중에 바로 우리의 할아버지, 할머니가 죽음과 가난, 폭력과 성적 착취의 고통을 겪었고, 부모세대는 전쟁에서 목숨을 잃거나 고아가 됐다. 우리는 집단적으로 깊은 정신적 상처를 입었지만 경제성장의 구호에 밀려 치유할 여력이 없었다. 우리의 조부모와 부모가 처절한 정신적 상처를 입은 당사자이며, 우리는 그들의 불안과 분노와 공포의 일차적인 피해자들이다.

내 이름은 유복녀

유숙렬

내 이름은 유복녀
드라큐라의 키스를 기다리는
프랑켄슈타인이죠.
구태여 해석을 하자면
죽은 자의 사랑을 원하는 괴물이란 뜻이죠.
(중략)
내 이름은 유.복.녀.
50년 동안 한번도
입에
올리지 못했던 이름
유복녀.
엄마 뱃속에 남은
딸이란 뜻인가요?

그동안 난, 늘,
이름을 바꾸고 싶어했어요.
복있는 여자, 복녀(有福女)라고!
하하! 농담이에요.

사실은 이름이라면 치가 떨렸지요.

저주받은 내 이름!

혼자서만 성이 다른

내 이름!

(중략)

내 이름을

내게 준 아버지는

내가 태어나기 전

하늘나라로 가버렸죠.

난 아버지를 죽이고

태어난 딸이에요…….

6·25전쟁 당시 목숨을 잃은 아버지의 딸로 태어난 한 여성 작가의 자전적인 시다. 시에도 밝혔지만 그녀는 아버지가 죽은 후에 태어난 유복녀이고, 어머니가 재혼한 뒤 성씨가 다른 가족들과 어린 시절을 보내야 했다. 유년시절 그녀를 지배한 것은 이처럼 성이 다른 이름에 대한 수치심과 죄의식이었다. 그녀의 삶을 통해서도 볼 수 있듯이 우리는 살아 있는 고통의 역사 그 자체다.

물론 지금도 전쟁은 끝나지 않았다. 문명의 한가운데

로 순식간에 재난이 밀어닥쳐서 공동체 전체가 트라우마의 소용돌이에 빠져드는 일이 드물지 않게 일어난다. 뿐인가. 은밀한 곳에서 여전히 폭력과 학대와 부조리가 자행되어 아이들과 여성들, 그리고 약자들의 생존이 위협받고 있다.

너무 많은 고통이 한꺼번에 물밀듯 밀려왔다가 썰물처럼 빠져나간 뒤, 이제야 놀란 가슴을 가라앉히고 기적처럼 살아남은 인생 이야기를 글로 적어나가기 시작했다. 또 어떤 사람들은 현재진행형인 고통을 글로 쓰며 회복을 간절히 꿈꾼다. 그 역동의 역사를, 가혹한 삶의 조건을 죽지 않고 견뎌낸, 그리고 살아낸 기적 같은 이야기들에 나는 늘 감동한다.

우리가 자신의 삶과 우리 사회의 모든 과정을 온전히 받아들이면 타인들의 삶에도 건너뛰기 없이 집중할 수 있게 된다. 그때는 타인의 성공이나 뛰어난 문장력이 선망과 관심의 대상이 아니다. 그보다는 나와 비슷한 삶을 사는 또 다른 사람들이 어떤 삶을 살고 있으며, 그 삶을 어떻게 생생하게 그려냈는지, 그가 미묘한 갈림길에서 어떤 고민을 하며 어떤 선택을 했는지, 얼마나 치열했는지, 그 과정에서 무엇을 경험하고 터득했는지에 관심을 두게 될 것이다. 그리하여 결국은 세상에 존재하는, 몸으로 쓴 모든 글에 대해 각각의 미학을 부여하며 읽어내게 될 것이다.

'몸으로 글쓰기'의 미학

'몸으로 글쓰기'는 1990년대 전후에 〈또 하나의 문화〉
가 여성들의 글과 말이 가진 특성을 점검하면서 본격적으
로 사용한 용어다. 또 그보다 일찍 서구 여성운동의 과정
에서 구체화한 말이기도 하다. 몸으로 글쓰기를 쉽게 풀어
보자면 대략 두 가지 맥락에서 정리할 수 있다.

하나는 삶에 밀착된 글쓰기, 또는 삶의 이면을 봄으로
써 인생을 더 통합적으로 볼 수 있게 해주는 글쓰기다. 여
성들의 말하기와 글쓰기 방식은 남성들과 다르다. 남성들
은 추상과 이성, 논리적 주장에 능숙한 반면 여성들은 구
체적인 삶, 그것도 자신의 이야기에 더 관심이 많고, 그 화
법도 아주 다양하다. 예를 들어 여성들은 '개별 나'가 빠진
이성적이고 논리적인 글, 합리적인 글만 신봉하지는 않는
다. 여성들은 산만한 수다 글이나 '미친년'의 넋두리 같은
글, 영적인 글, 자기 내면 이야기가 중심이 된 주관적인 글
쓰기를 오래전부터 해왔다. 이런 글쓰기는 주류에서 배제
됐으나 여성 스스로가 자신들의 독특한 글쓰기를 인정했
고, 그렇게 함으로써 자기 정체성과 자존감을 되찾았다.

다른 하나는 주로 유럽 페미니스트들 사이에서 논의됐
던 것이다. 그때까지 '몸'이라는 단어는 곧 남성의 몸을 의

미했으며, 여성의 몸은 늘 예외의 대상이거나 변방에 존재할 수밖에 없었다. 그래서 페미니스트들은 여성의 몸을 주체로 내세우거나, 여성의 관점에서 몸 이야기를 다시 씀으로써 몸에 대한 기존의 통념을 해체하는 시도를 하게 된다.

여기서 말하는 몸으로 글쓰기는 전자에 더 가깝다. 자신의 삶과 생각을 진솔하게 기록하는, 현실의 땀 냄새가 물씬 풍기는 글쓰기가 그것이다. 이런 글쓰기는 주로 여성들로부터 시작됐지만 남성들도 예외는 아니다. 현실에 밀착돼 삶이 주는 희로애락을 고스란히 경험하며 살아가는 평범한 이들이라면 대부분 몸으로 글쓰기의 필자들이다. 현실을 살아내는 평범한 사람들의 서로 다른 이야기는 그 자체로 감동이기 때문에 우선돼야 할 어떤 글쓰기 기법이나 전문성은 필요하지 않은 것 같다.

물론 탁월한 글쓰기 기법이 주는 감동이 없을 리 없다. 잘 벼려진 단어 하나, 잘 다듬어진 문장 하나가 우리의 가슴을 뭉클하게 하며, 때로는 눈이 번쩍 뜨일 만큼 깨어 있게 만든다. 하지만 그 또한 현실의 생생함과 구체성 위에 서 있을 때 가능한 일이다.

훈계 없이, 모범답안 없이
자발적 앎을 선사하는
글쓰기

　평범한 사람들의 진솔한 글쓰기가 감동적인 이유가
더 있다. 그들의 글은 뭔가를 가르치지 않으면서도 자발적
인 앎을 우리에게 선사한다. 그들은, 이렇게 사는 삶이 훌
륭한 거야, 이런 게 바로 삶의 미학이야, 라고 훈계하지 않
는다. 글에서 암시하는 깊은 뜻을 찾아보라며 독자를 시험
하거나, 난해하고 지적인 문장으로 긴장시키지도 않는다.
성공적 삶, 영웅의 삶을 제시하면서 가뜩이나 위축된 우리
의 마음을 더 쪼그라들게 하지 않는다.

　독자들은 각자 그들의 글에서 느껴지는 것을 자연스
럽게 느끼면 된다. 어떤 사람들은 감동할 것이고, 어떤 이
들은 연민을, 또 어떤 이들은 참을 수 없는 답답함을 느낄
지도 모른다. 누군가는 아름다운 삶이라고 생각할 것이고,
또 '나는 그렇게 살지 않을 거야'라고 맹세하는 이들도 있
을 것이다. 작가의 권위에 눌리지 않고, 성공한 사람들의
영웅담에 압도당하지 않고 우리가 얻고 싶은 지혜를 얻으
면 된다. 글쓴이가 상정해놓은 모범답안이 없었으므로, 읽
는 사람들도 자기만의 지혜를 얻을 수 있다. 이보다 더 훌

륭한 읽기의 미덕이 있을까.

그리고 미안한 말이지만 가장 솔직하게는, 타인의 불행을 통해 자신의 행복을 인정하게 되는 것도 치유적 글쓰기의 장점이다. 사실 고통보다 나를 힘들게 하는 것은 두려움이다. 지금 내가 겪는 이 불행의 종착지가 혹시 익사할 수밖에 없는, 발도 닿지 않는 깊은 늪은 아닐까 하는 두려움 말이다. 바닥의 끝을 알 수 없을 때 느끼는 공포는 얼마나 고통스러운가. 그럴 때 문득 타인의 불행을 목격할 때가 있다. 아, 저이가 저런 불행 속에서도 너끈히 사는데 나는 아직 희망이 있구나 하는 생각이 드는 건 솔직히 고백하건대 모든 인간의 마음일 것이다.

실제로 나의 책 《천만번 괜찮아》의 서평 중 자신과 비슷한 사람들의 고민에서 위안을 받았다는 내용이 가장 많았다. 그러니까 상담자의 점잖은 충고보다 소박하고 진솔하게 자기 속마음을 드러낸 고민남녀의 글에 더 큰 위로를 받은 것이다. 남의 불행이 나의 행복이 되고, 남의 불행이 나를 안심시켜준다니, 비정한 이야기일 수도 있다.

뭐 어떤가. 내 불행이 누군가의 행복이 된다면 언젠간 나도 행복으로 삼을 만한 남의 불행을 만나게 되지 않을까? 그렇게 서로의 불행을 징검다리 삼아 우리는 생의 매 고비를 죽지 않고 건너게 되는 것이다.

편견 없이 해석 없이
나를 돌아보라

나는 받아들였다.
이것은 내가 가야 할 길의 일부, 내 여행의 일부라고.
더 이상 고통과 싸우지 않고,
그것이 왔다가 가는 것을 다만 응시할 뿐이다.
마야 트레야, 《세상에서 가장 아름다운 용기》

마음이 복잡해지거나 감당할 수 없는 감정에 휩싸일 때, 사람들은 일기장을 펼쳐 들거나 인터넷의 여러 게시판에 들어가 글을 쓴다. 온갖 생각들이 메두사의 머리칼처럼 제각기 꿈틀거리며 자라고 엉킨다. 난관에 부딪쳤거나, 내면에 숨어 있던 민감한 심리적 상처가 도졌기 때문에 그와 연관된 모든 기억이 한꺼번에 쏟아져 나온 것이다. 혹은 나 자신을 포함해 누군가를 향한 격정적인 감정 때문에 가슴이 터질 것 같거나 신체의 어느 한 곳에 통증을 느낄 수도 있다. 긍정적인 감정일 때도 있다. 가슴 부푸는 시작, 희망적인 가능성, 타인의 배려나 사랑 같은 걸 느낄 때도 가슴이 벅차올라 가만히 있기 어렵다. 그럴 때 우리는 글을 쓴다.

글을 쓴다는 것만으로도 한결 홀가분해지는 경험을 할 수 있다. 쉴 새 없이 나타났다가 사라지는 생각을 안전하게 정리해보고 싶을 때, 우리는 자기 안의 것을 하나하나 꺼내서 서류함에 정리해 넣어두듯이 글을 쓴다. 수없이 일어나는 감정과 생각과 기억들을 목록으로 만들어도 좋다. 글로 기록해두면 잊지 않으려 애쓰지 않아도 되니까. 실제로 기억과다증 환자를 글쓰기로 치료한 연구사례도 보고된 바 있다.

글을 쓸 때 누군가와 대화한다는 느낌이 들기도 한다. 대화의 상대는 일기장이나 나만의 블로그 또는 내면 깊숙이 감지되는 어떤 존재이기도 하다. 대화를 나누는 동안 고통을 혼자 짊어져야 한다는 외로움은 서서히 사라지고, 안전하고 따뜻한 공간에 들어온 것 같은 안도감을 느낄 수도 있다.

이처럼 생각과 감정을 글로 옮기게 되면 생각의 파도에 휩쓸리지 않으면서도 문제 해결을 위한 고민에 집중할 수 있게 된다. 다음 단계로 생각이 발전하는 것이다. '자,

그래서 내 고민의 핵심이 뭐지? 근본적인 문제가 뭐지?'
그걸 찾아내고 나면 아마도 '그럼 어떻게 해결해야 하지?'
라고 묻는 단계가 올 것이다.

직면하면 오히려 담담해진다

글쓰기의 중요한 치유 기능을 몇 가지 꼽는다면, 앞서
언급한 대로 생각을 단순화하기 위한 기록, 즉 내 밖에 보
관하기가 그 첫 번째이며, 두 번째가 내면과의 대화다.

세 번째로 글쓰기는 자기 자신을 아주 솔직하게 만든
다. 그림이나 사진, 동영상으로도 나를 기록할 수 있지만
글쓰기만큼 내면을 낱낱이 기록할 수 있는 매체는 없다.
글을 쓸 때는 카메라 앵글을 의식할 필요가 없고, 또 그림
처럼 해석이 난해하지도 않다. 상담자 앞에서 눈치를 보며
고민을 털어놓을까 말까 망설이는 내담자의 입장이 될 필
요도 없다. 종이 앞에 홀로 앉은 나는 나만의 세계로 들어
가 나를 지면에 완전히 쏟아놓고 고정시킬 수 있다. 그것
이 바로 글이 갖는 특성이다. 그래서 글로 참여자들과 만
날 때는 신뢰의 시간을 오래 가질 필요가 없다. 몇 회기 만
에 그들은 글을 통해 과감하게 자신의 속내를 고백한다.

글쓰기의 네 번째 치유 기능은 바로 거리두기다. 참희한하게도, 직면하게 되면 오히려 담담해진다. 피하고 외면할 때는 한없이 두려웠는데, 고개를 돌려 똑바로 쳐다보면 오히려 견딜 만해진다. 도저히 견딜 수 없을 것 같았던 일들도 글로 쓴 뒤에 읽어보라. 어느새 나에게서 조금 더 멀어진 것을 발견하게 된다. 멀어진 만큼 견딜 만해졌다면 이번에는 같은 일을 더 구체적으로 묘사하는 글을 써보라. 좀더 자세히, 구체적으로 묘사해서 늘려 쓰기를 몇 번 반복하다 보면 어느 순간 그 일에서 초연해진 자신을 발견할 것이다. 그때 그것은 나의 것이 아니다. 그저 종이 위에 기록된 사건일 뿐이다.

그렇게 반복해 쓰는 과정에서 우리는 계속 자신을 보게 된다. '나를 본다', '나의 마음과 상태를 관찰한다'는 것이 글쓰기가 가진 다섯 번째 치유 기능이다.

마음과 머리에서 일어나는 일, 신체에서 경험하는 일을 낱낱이 글로 기록한다면 그 순간 보는 행위가 일어난 것이다. 글로 쓰면서 보는 것은 가만히 멈춰서 마음으로 관찰하는 것과 조금 다르다. 마음으로 관찰하는 것은 자주 집중력을 잃고 휘청인다. 관찰하는 대상에 대한 집중이 순식간에 사라지고, 다른 생각이 들어와 마음을 산란하게 만든다. 혹은 멍해지고 졸음이 쏟아지기도 한다. 그러나 글로 옮기는 과정에서는 집중력이 오래 지속된다. 오래 집중하면 이전에 생각하지 못했던 앎, 즉 '통찰'이 의식의 수면 위로 올라와 더 완전한 알아차림이 가능해진다.

그리고 또 다른 '나를 보는 체험'이 있다. 내가 쓴 글을 읽으면서 우리는 글로 쓰인 나를 본다. 아, 나는 나 자신을 이렇게 글로 표현했구나, 하는 앎이 가능해지는 것이다. 뿐인가. 그 글을 읽는 지금 자신의 태도와 심정도 보게 된다. 어느 날은 감동적이라고 생각했던 내용이 어느 날은 슬프게 느껴지고, 또 어떤 날은 읽을 가치도 없는 것처럼 느껴지기도 한다.

본다는 것은
사랑의 행위다

치유의 과정에서 '나를 보는 것'은 아주 중요하다. 맨 처음 MBSR이라는 심신치유 프로그램에 참여했을 때다. MBSR은 '마음챙김에 기반한 스트레스 완화 프로그램(Mindfullness Based Stress Reduction)'으로 명상과 요가를 의료 과정에 도입한 것이다. 이 프로그램의 기본은 자신의 몸과 마음에서 일어나는 것을 아무런 판단 없이 순수하게 지켜보는 것이다. 이를 보디스캔(body scan)이라고 한다. 보디스캔은 자신의 발바닥부터 다리, 복부, 가슴, 머리에 이르기까지 세밀하게 관찰하고 그 느낌을 천천히 체험하도록 안내한다.

총 8주 프로그램 중에 몇 주째였을까? 아주 편안하게 누워서 천천히 내 몸을 바라보던 나는 따뜻한 사랑의 느낌을 선명하게 경험했다. 나의 온몸이 누군가로부터 가장 온전한 사랑을 받고 있다는 느낌이었다. 아, '본다'는 것은 '사랑'의 행위구나, 라는 직관적인 앎이 찾아왔다. 순간 가슴이 뭉클해졌고 따뜻한 눈물이 흘렀다. 도대체 무슨 일이 일어난 걸까? 직관적인 체험이다 보니 누구에게 설명하기도 어려웠다. 나 자신도 선문답의 한 구절 같았다. 조금 논리적으로 설명하자면, 내 몸에 주의를 집중함으로써 눈에 보이지 않는 마음의 파동이 가 닿았고, 나의 몸이 그것을 느꼈는지도 모르겠다.

그런데 이후 현실의 인간관계에서도 '봄=사랑'의 공식이 존재한다는 사실을 확인할 수 있었다. 이런 장면을 상상해보자. 누군가가 말을 하고 있다. 눈물을 흘리며, 한숨을 내쉬며. 또는 눈을 반짝이면서 신나게 수다를 떨 수도 있다. 그의 앞에는 이야기를 들어주는 상대가 앉아 있다. 상대는 말하는 이의 부모일 수도 있고, 연인일 수도 있고, 친구나 형제자매, 내담자의 얘기를 듣고 있는 상담자일 수도 있겠다. 그들은 너무 앞으로 당겨 앉지도 않았고, 뒤로 빠져 있지도 않다. 적당한 거리에서 상대에게 관심을 집중시킨 채 고개를 끄덕이며 이야기를 듣고 있다. 호들갑을 떨면서 공감을 표시하지 않더라도 우리는 그 관계가 호의와 사랑에 기반한 관계임을 직감할 수 있다.

　판단이나 편견 없이 누군가를 지켜보는 것은 사랑의 행위다. 부모가 어떤 기대나 판단 없이 아이를 주의 깊게 지켜봐주는 것, 사랑하는 사람이 상대를 있는 그대로 봐주는 것, 동료나 친구가 살아가는 모습을 어떤 훈계나 간섭도 하지 않고 가만히 지켜봐주는 것은 칭찬이나 격려보다 더 온전하다.

　인간은 두 가지 마음 사이에서 흔들리며 살아간다. 스스로 완전한 존재로서 독립적으로 살아가고 싶은 마음과 누군가에게 안전하게 기대고 싶은 마음이 그것이다. 그것은 인간이 태어나 부모에게서 독립하는 어린 시기에 경험하게 되는 원초적 갈등이라고 할 수 있는데, 성인이 되어서도 우리는 여전히 유아적 갈등의 흔적에 휘둘린다. 부모를 극복하고 싶다. 그러나 혼자가 되는 것이 두렵다……. 하지만 아무리 의존 욕구가 강하다고 해도 인간은 결국 독립을 향해 나아가게 되어 있다. 독립과 의존, 그 사이를 위태위태하게 서성이는 부끄러운 내 모습을 말없이 지켜봐주는 것, 함부로 개입하지 않는 것은 참 고마운 일이다. 사실 칭찬이나 격려는 기대에 부응하려는 마음을 만든다는 점에서 인간을 구속한다.

바로 옆에서 주의 깊게 나를 지켜보지만 평가하거나 간섭하지 않으며 절박한 순간에 내 손을 잡아줄 수 있는 존재가 있다면 얼마나 좋을까. 그 간절한 바람이 표상화된 인물이 바로 수많은 소녀의 가슴을 설레게 한 동화 속 '키다리아저씨'일 것이다.

잘 보는 것이
온전한 치유다

나 자신에 대해서도 그렇다. 그냥 바라봐주는 것이다. 외모에 대한 자기 혐오나 스트레스를 내려놓고, 나는 왜 남보다 부족할까 하는 어떤 열등감이나 비교 없이, 있는 그대로 자신의 상태를 보고 또 보는 과정을 반복한다. 그러다 보면 정말 알아차려야 할 것을 재빨리 알아차릴 수 있게 된다. 내면에서 어떤 신호를 보낼 때 즉시 감지하고 재빨리 반응할 수 있게 된다.

정신분석이나 분석심리학에서도 '관찰하는 자아의 힘'을 중요하게 생각한다. 분석가는 내담자에게 연상되는 것을 끊임없이 지켜보게 한다. 즉, 내담자는 자유연상의 흐름을 지켜봄으로써 출렁이는 무의식의 어떤 부분을 감지하게 되고, 그 과정에서 에고의 가시거리를 더 넓게 확장하는 것이다. 무의식이라는 창고 속에 무엇이 들어 있는지 많이 알수록 의식의 힘은 강해진다.

그런 의미에서 '잘 보는 능력'이 필요하다. 잘 본다는 것은 아무런 선입견 없이, 잡념도 내려놓고 면밀하게, 전체적으로 지켜보는 것을 의미한다. 이때 보는 행위는 '눈을 통한 시각적인 봄'이 아니라 온몸과 온 의식을 동원한 알아차림이라고 할 수 있다. 불교에서는 그것을 '위파사나 명상'을 통해 훈련한다. 위파사나 명상은 석가모니 부처님의 수행법이다. 《최상의 행복에 이르는 길 위빠사나》(정준영 지음)에 그 개념이 잘 정리되어 있다. 위파사나는 '위(vi)'와 '파사나(pasana)'가 결합된 용어인데, '위'는 산스크리트어로 '뛰어나다'라는 의미이며, '파사나'는 '보다'라는 의미다. 그러므로 위파사나를 '뛰어난 봄', '특별한 관찰', '분명하게 봄' 또는 통찰, 직관적 통찰, 내적 성찰 등으로 해석할 수 있다. 이즘엔 그것을 '알아차림' 또는 '마음챙김'으로 번역하기도 한다.

'봄'을 강조하는 위파사나 명상은 우리의 몸과 느낌, 마음, 법의 네 가지 영역을 지켜보는 훈련으로 이루어져 있다. 이 네 가지 영역에서 일어나는 모든 현상을 주시(sati)하고 그것에 집중(samadhi)함으로써 결국 우리는 존재가 어떻게 형성되었는지 체험으로 알아차리게 된다. 이처럼 보는 행위에도 정도와 깊이의 차이가 있다. 보는 행위가 집중적인 노력을 통해서 고도로 훈련될 때 존재의 본질까지 꿰뚫어볼 수 있는 능력과 힘을 얻게 된다. 그것이 바로 부처의 깨달음의 과정이었다.

'보는 행위'를 통해서 얻게 되는 것이 또 있다. MBSR 프로그램을 개발한 존 카밧진 박사는 주의 깊게 보는 훈련을 함으로써 우리는 자신과 우주가 다 연결되어 있다는 전체성(wholeness)을 자각하게 되며, 그것이야말로 온전한 치유의 길이라고 말한다.

글쓰기는 주의 깊게 보는 행위

글쓰기는 주의 깊게 보는 행위 그 자체이며, 자신이 어떻게 보고 경험하는지 알게 해주는 행위이며, 그것도 끊

임없이 달아나고 소용돌이치는 대상을 붙들어 고정해놓고
지켜본다는 점에서 성찰적이고 치유적이지만, 참 지독한
방법이기도 하다.

치유 글쓰기 프로그램에서 참여자들이 썼던 글을 거
두었다가 2주 후쯤 다시 돌려준 적이 있다. 그때 자신의
글을 다시 읽어본 한 참여자가 깜짝 놀라며 이렇게 말했
다. "내가 이렇게 썼다고요? 내게 이런 면이 있다니!" 2주
전에 그는 상대의 몸을 만지면서 자신의 느낌을 글로 옮겨
적는 작업을 했다. 나는 글에서 그가 가진 종교적 열정과
헌신성, 자발적 희생의식 같은 걸 발견했다. 그 역시 자신
이 쓴 글을 통해 내면에 깊이 숨겨둔 그 열정을 발견하기
를 바란다.

그녀의 체온은 높은 편이고 땀이 많다.

왜 그렇게 땀을 뻘뻘? 손은 차가워.

등돌리고 혼자 쭈그리고 앉아 있는 ○○이 보인다.

그녀를 보살피고 싶다.

그 대상은 친구도 남자도 아니고 아이이다.

그리고 그녀의 쇄골을 훑어갔을 때

그녀의 찬란한 꿈으로 빛났을 처녀를 보았다.

지금도 속 모르는 아가씨 같은 ○○.

더 거침없었고 밝았을 그녀.

○○은 너무 주고 싶다. 내 뼈를 부수어서 주고 싶다.

맹목적으로…

ㅇ사월이, 〈장미창〉

우리는 직면하지 않기 위한 방어기제를 100가지쯤 구사하며 살아간다. 대충 보고, 왜곡하고, 발뺌하고, 화내거나 울면서, 또는 모호한 환상의 장막을 드리운 채 세상을 본다. 어린 시절에는 그것이 생존의 방법이기도 했지만, 이제는 단순한 습관 혹은 게으른 회피의 한 방편이 됐다.

글쓰기는 잔인하게도 그런 증거들을 들이대면서 '너의 이런 측면도 봐'라고 요구한다. 미묘한 문제나 위협적이라고 느끼는 문제를 글로 써서 대면하게 함으로써 상황을 분명하게 인식시키는 것이다. 자신이 어떤 감정을 느끼고 있는지 인식할 수 있을 때, 그러니까 위협적이라고 느꼈던 감정과 대면했을 때 비로소 그 위협감에서 벗어날 수 있고 더 나가서 자유롭게 통제할 수 있게 된다.

글쓰기의 이런저런 과정을 통해서 우리가 다다르는 곳은 자기 자신에 대한 전체적인 조망과 인식이다. 지속적인 글쓰기를 통해 내 안의 다양한 모습을 직면하게 되는 것이다. 사진을 예로 들어보자. 사진작가들은 자신이 못생기게 찍혔다고 투덜거리는 사람들에게 냉정하게 말한다. "사진은 본판 불변의 법칙을 따를 뿐이에요." 사진이 그의 얼굴을 왜곡한 게 아니고, 그의 얼굴 중에서 부정할 수 없는 어느 한 측면이 찍혔을 뿐이라는 것이다.

그렇게 자기 모습의 어느 한 측면, 평소 거울에 비춰 볼 때는 외면했거나 미처 볼 수 없던 어떤 모습을 발견하게 되면 처음엔 의기소침하겠지만 대신 우리의 과대망상이 조금씩 바람을 빼면서 감정도 차분해진다. 그런 예외적인 모습에 점차 익숙해지면 자신이 한정된 몇 가지 이미지로만 존재하는 게 아니라 굉장히 다양한 모습의 합이라는 사실을 알게 된다. 얼짱 각도의 나만 내가 아니듯 슬픈 나만 내가 아니며, 무능하거나 소심한 나만이 내가 아니다. 수많은 다양한 측면들로 이루어진 나, 그 모두가 나이면서, 또 진짜 내가 아닌⋯⋯. 이제 우리는 나를 찾는 본격적인 여정에 들어선다.

글쓰기에도
공감이 필요하다

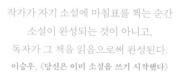

그리스 신화에서 카산드라는 비운의 여성이다. 그녀는 미래를 예언할 수 있는 능력을 부여받았지만 동시에 아무도 그녀의 예언을 믿지 않은, 비극적인 운명의 주인공이다. 유사 이래 수많은 비운의 예언가 중 그녀처럼 번번이 예언이 무시당함으로써 죽음에 이른 자는 없었다.

트로이의 공주였던 카산드라는 조국의 멸망을 여러 번 예고했으나 아무도 그 말을 믿지 않았다. 결국 트로이는 그리스에 멸망했고, 그녀는 적국의 총지휘관이었던 아가멤논의 포로가 되어 그리스로 끌려가게 된다. 또다시 아가멤논에게 닥쳐올 재앙을 미리 알게 된 카산드라는 그 사실을 알렸으나 그녀의 예언은 여전히 무시당했다. 결국 카산드라와 아가멤논은 아가멤논의 아내에게 죽임을 당하고 만다.

조국의 멸망과 자신의 죽음을 미리 안다는 것은 참으로 고통스러운 일이었을 것이다. 만약 그 사실을 사람들에게 알려서 불행에 대비할 수 있다면 누구라도 간절히 그리했을 것이다. 그러나 아무도 그녀의 이야기에 귀 기울이지 않았다. 그것은 아폴론이 카산드라에게 내린 저주였다. 카산드라는 아폴론의 사랑을 받아들인다는 조건으로 예언 능력을 얻게 되었지만 그 약속을 이행하지 않았던 것이다.

학자들은 현대 사회의 물질만능주의나 환경오염을 경고할 때 카산드라의 예언을 인용하기도 하지만 나는 현실 속의 카산드라들이 겪는 인간적 고통에 더 마음이 간다.

우리 내면에도 카산드라의 두려움이 잠재해 있다. 절박한 심정으로 쓴 글이 외면당할 때, 고통에 찬 호소가 무시당할 때, 우리 내면의 카산드라가 활성화되면서 견디기 어려운 다양한 감정에 시달릴 것이다. 수치심과 불안, 분노, 한스러움, 무기력과 고독감, 극심한 우울 등. 진심으로 쓴 글, 속내를 드러낸 글을 아무도 읽어주지 않거나, 혹은 그 글에 반응하지 않는 것은 얼마나 실망스러운 일인가.

위대한 성인들은 타인에게 의지하려 하지 말고 자기 안에서 완전함을 찾으라고 조언한다. 남의 사랑을 구걸하지 말고 네가 너를 사랑하라고 충고하기도 한다. 한 치의 오차도 없는 정답이다. 그러나 문제는 과정 없이 도출된 정답이라는 데 있다. 그래, 좋다. 나 자신을 사랑하기로 하자. 그런데 그러기 위해서는 어떻게 해야 하는가? 어떤 과정이 필요한가?

사심 없는 지지자가 필요하다

사람들은 타인의 반응에 일희일비하지 말고 무소의 뿔처럼 혼자서 가라고 충고한다. 하지만 그 길은 너무 이상적이라서 다다르기 어렵다. 누가 뭐라 해도 '혼자'보다는 '함께'일 때 치유 효과가 높다. 자기 사랑도 결국은 타인의 진정한 사랑을 받으면서 훈련되고 획득되는 것이다. 대단히 헌신적인 사랑이 아니어도 좋다. 특별한 대가가 필요하지 않은 작은 호의라도 상처의 치유는 얼마든지 가능하다.

다음은 치유하는 글쓰기 시간에 자신의 경험을 이야

기하다가 눈물을 흘렸던 참여자가 인터넷 카페에 후기를 올리고 다른 참여자들이 거기에 반응한 댓글들이다. 이 글을 읽으면 우리가 타인에 대해 얼마나 소박한 기대를 하는지 알게 된다. 작은 공감에도 충분히 위로받기 때문이다.

오늘 제가 여러 사람들 앞에서 말하다가 울 줄은 몰랐어요; 진짜 놀랐다는. 혼자서 소리 안 내고 울기는 하는데 이 정도라도 소리 내면서 여러 사람들 앞에서 운 적은 없었거든요. 속이 조금 시원해요. 지금. 오늘 그 자리에 존재하고 제 이야기 듣고 공감해준 분들께 정말로 뭐라 말할 수 없이 감사드립니다. 고마워요. 저도 제가 할 수 있는 한 함께 진심을 담으려 노력하며 이야기 듣고 공감하겠습니다. 정말로 고마워요.
ㅇ아이

ㄴ 아이, 축하해요^^ 울고 난 후 얼마나 마음이 가벼워지는지 느낀 저로서는 아이가 우는 걸 보고 기뻤어요^^ 앞으로 많이많이 우시길 기도할게요~!! ㅋ
ㄴ 저도 소리내서 엉엉 울고 싶을 때가 많은데 소리죽여 우는 법밖에 모르네요. 조금이라도 소리가 나올 것 같으면 지레 놀라서 울음을 그쳤거든요. 마음이 많이 편해지셨으면 좋겠어요.

ㄴ, 어제 얘기하는 모습을 보면서 닫혀 있던 커튼이 열린다는 느낌이 들었습니다. 긍정적인 방향으로 가시는 것 같아요. 힘내시길~

ㄴ, 나는 아이의 우는 것이 부러웠다요..

ㄴ, 저는 더 크게 엉엉 울길 은근히 바라고 있었더랬어요. 그렇게 마음으로 도움이 되고 싶었나봐요. 그러면서 제 눈시울도 뜨거워...

ㄴ, 댓글들도 감사합니다. △△도 울게 되길 빌어드릴게요. T.T 오늘도 일하는 중간에 무슨 일 때문에 무서워져서 마음이 마비되고 숨이 막혀왔는데...(자주 이런 공포발작 같은 게 일어나지요. 그럴 땐 어딘가 작은 구멍에 들어가 숨거나 탁, 사라져버리고 싶어져요) 어제 모임에서 받았던 무언, 유언의 지지의 이미지를 떠올리자 마음속에 따스한 기운들이 차오르면서 조금 나아지더라구요. 신기했답니다. 저는 그런 지지를 받아본 적이 없었나봐요...... 지지와 공감은 사람의 정신에 참 좋은 에너지원이 되나봐요(아이).

20여 년 전쯤 '경험 읽기 모임'이라는 비전문가 집단 상담 모임을 몇 개 기획하고 이끌었던 적이 있다. 전문 상담자가 없는 일종의 또래상담이나 피어상담과 유사한 형태의 모임이었다. 20~30대의 다양한 직업을 가진 여성

7~8명이 매주 만났다. 함께 글을 써서 나눠 읽거나, 그림을 보거나 직접 그린 뒤 서로 느낌을 나누거나, 책을 선정해서 공부하기도 했다. 대체로 매주 주인공을 정하고, 그가 글을 낭독하면 나머지 사람들은 듣고 공감하며 자유로운 토론을 시작했다. 이 자유로운 모임에 나름의 규칙이 있었는데 절대 '비판하거나 가르치지 않기'였다.

우리는 누구나 대부분 '정답'을 알고 있다. 자신이 어떤 면에서 잘못하고 있는지도 안다. 단지 내 생각과 감정에 충분히 귀 기울여주고 공감해줄 '사심 없는' 지지자가 필요할 뿐이다. 엉켜 있는 생각을 정리할 수 있도록 적절한 질문을 던져준다면 금상첨화일 것이다. 이때의 질문 역시 어떤 '의도가 없는', 질문자가 미리 정답을 갖고 있지 않은 순수한 것이면 좋다. 상대방의 이야기에 몰입해 경청하다가 정말 궁금한 게 생기면 물어보는 거다. 많은 경우 그 질문들이 내면의 화두가 되고, 중요한 문제를 푸는 열쇠가 된다.

서로 열심히 얘기를 들어주고 공감했다는 것만으로 '경험 읽기 모임' 참여자들은 깊은 연대감과 우정을 느끼게 됐다. 각자 바쁜 일정이 있었음에도 모임은 어떤 의무감이나 강제력 없이 1년 넘게 진행됐다. 참여자들은 모임 날짜가 돌아오기를 손꼽아 기다리게 된다고 했다. 우리는 그 모임을 '부흥회' 또는 '뽕 맞는 모임'이라고 부르며 킬킬거리기도 했다. 그도 그럴것이 모임을 하고 나면 알 수 없는 힘이 생겨서 한 주를 버틸 수 있었다.

그 알 수 없는 힘이 생겨난 데는 여러 가지 이유가 있었을 거다. 일단 의식과 무의식의 한 자리를 차지하고 행패를 부리던 어떤 감정과 생각을 밖으로 표출하면서 내면이 한결 평화로워졌다. 또 하나, 공감과 공명의 힘이다. 공감하는 마음이 모여서 공명하게 되면 우리의 힘은 커질 수밖에 없다. 우주는 에너지의 파동으로 이루어졌다는 게 현대물리학의 주장이다. 이 주장대로라면 우리가 서로 다른 것은 각기 다른 성질의 파동을 갖기 때문이다. 서로 다른 파동들이 하나의 문제 앞에서 하나의 마음으로 조율될 때, 그 진동의 힘은 비약적으로 확장된다.

'혼자'를 강조하는 것은, 나라는 존재가 궁극적으로 온전하다는 것을 말할 때 필요하다. 그 어떤 고통을 겪어도 의존하지 말고 혼자 살아갈 수 있어야 한다는 뜻은 아니다. 어쩌면 우리는 '자기 일은 혼자서 척척' 해결해야 한다는 강박에 시달리는지도 모른다. 하루라도 빨리 홀로 설 수 있어야 한다고 조바심칠수록 그렇지 못한 자신에 대한 좌절감은 심해지고, 대인 의존도도 높아지기만 한다.

사람은 어차피 독립적으로 살아갈 수 없는 나약하고

무력한 상태로 이 세상에 태어난다. 성장하면서 점차 독립이 가능해지지만 늙고 병들면 또다시 누군가의 조력이 필요해진다. 그러니 독립적으로 산다는 게 아픔과 슬픔을 남모르게 혼자서 감당해야 한다는 의미는 아닐 것이다. 누군가에게 피해나 고통을 주지 않으면서도 도움을 받거나 힘을 빌릴 수 있다면 그것만으로도 인간관계를 지혜롭게 운용하는 게 아닐까.

오랜 상처를 치유해주는 공감

누군가에게 버림받을지도 모른다는 동물적인 두려움과 어린 시절 부모에게 받은 상처도 결국은 다른 사람들과의 좋은 관계를 통해 극복하게 된다. 설사 인간관계에서 치명적인 상처를 받았다고 해도 어쨌든 인간은 그런 과정을 통해 자기를 성찰하며, 성숙한 다음 단계로 나아갈 수 있게 된다. 그러므로 '관계'란 우리에게 독이면서 동시에 치유와 성장의 특효약이다.

인간적인 사랑이나 행복, 사회적인 인정 등은 또 다른 집착을 낳을 뿐 무상하며 덧없다고 함부로 말할 수 없다.

부족하더라도 그 사랑과 인정을 경험하면서 성장하고 상처를 치유하게 된다. 진화심리학의 관점에서도 사람들과 관계 맺기 좋아하는 외향적인 사람들의 생존 비율이 더 높다고 알려져 있다.

글도 마찬가지다. 자신이 쓴 글에 대해 스스로 만족하는 것도 중요하지만 타인이 깊이 공감해줄 때 더 큰 만족감을 느낀다. 거기다 내 글이 말하는 바를 깊이 있게 이해해주고, 내가 몰랐던 숨은 의도까지 찾아서 반응해준다면 행복한 감정은 몇 배 증폭될 것이다.

치유적 글쓰기는 더욱 그렇다. 대부분 아픈 기억을 글로 풀어내기 때문에 글에 대한 다른 사람들의 공감이 더 절실하다. 대부분 혼자 글을 써서 자기만 보거나 상담자와 주고받게 되지만, 일부 글은 인터넷 커뮤니티에 공유되기도 한다. 물론 자발적인 선택에 의해서다. 어린 시절 성폭력의 경험이나, 가정폭력, 부모의 이혼과 사별로 인한 계부, 계모의 문제를 다룬 글은 굉장히 조심스럽게 공개된다. 그뿐만 아니라 외도나 낙태, 성 정체성을 주제로 쓴 글도 올라오는데, 공감대가 잘 형성되면 글쓴이는 고통으로부터 어느 정도 해방될 수 있다.

댓글이라는 형식의 글은, 발화된 뒤 바로 사라지는 말과 다르게 오래 남기 때문에 숙고하면서 여러 번 고치게 된다. 특히 상대를 지지하고 격려할 목적이라면 더더욱 정성을 더한다. 또한 글쓴이는 이제까지와는 다른 타인의 반응, 정성을 다한 댓글에 감동하게 된다. 예전에는 비난받았던 나의 이야기들로 공감대가 형성되고 또 위로와 격려까지 받을 수 있다니! 혼자서 수백 번 괜찮아, 괜찮아, 되뇌어도 벗어날 수 없었던 괴로운 문제였는데, 나 아닌 누군가가 '괜찮아'라고 말해주는 순간 일시에 고통이 사라지는 경험을 하게 된다. 우리에겐 그처럼 낯설고 신선한 경험이 필요하다. 그리고 경험은 생각보다 강하다.

너와 나를 구원하는
공감의 힘

서로 공감하고 위로하고 격려하는 과정에서 글 쓴 사람뿐 아니라 읽는 사람들도 치유를 경험한다. 폭력이나 이별 등의 문제는 비단 공개한 이들만의 문제가 아니기 때문이다. 아직 입을 열지 못한 사람들도 마음 깊이 동질감을 느끼면서 위로받는다.

또 글쓴이와 같은 경험을 하지 않았던 사람들은 의식이 확장되는 경험을 하게 된다. 단지 피상적으로만 알던 타인의 상처에 깊게 개입함으로써 말이다. 이제 그들에게 입에 올리기도 힘들었던 끔찍한 사건은 더 이상 끔찍하지 않다. 그것은 우리의 가까운 이웃, 우리 주변의 아주 가까운 이들의 이야기이기 때문이다.

벗어나고 싶다 미움에서 벗어나고 싶다 집착에서 벗어나고 싶다 과거에서 벗어나고 싶다

생각나는 건 혼자 있다 한낮에도 어두컴컴한 방안에 허름한 단칸방에 있다 멍하다 저 구석에서 아버지는 술냄새를 풍기며 골아떨어져 있다 싫다 정말 그 냄새가 싫다 얼굴은 해골같다 퀭한 눈빛 사람인 것 같지 않은 그 눈빛 나를 바라보는 그 퀭한 눈빛 술에 쩔어 몸을 가누지 못한다 발음도 제대로 되지 않는 채로 마구 욕을 쏟아낸다 다 필요없다 없어져 버려 니가 그렇게 잘났어 ×팔 ×같애 ××년....

일을 마친 엄마가 집에 온다 엄마는 들어오자마자 마치 작정하고 온 듯이 소리부터 지른다 이 웬수야... 어디 가서 죽어버려 내 팔자야 대체 언제까지 이럴꺼야 또 술을 마신 이유가 머야 눈물도 흘리지 않으면서 오늘은 정말로 끝을 보자는 듯한 눈빛으로 사생결단 내자는 듯이 이유가 머냐고 따지며 아버지를 몰아세운다.... 엄마는 칼을 가져온다 모두 죽자고 한다 그 칼이 정말 엄마를 죽일 것 같다 그 칼로 아빠를 찌르려

고 한다 난… 가만 있던 나는 지켜보던 나는 칼을 보자 눈물이 왈칵 쏟아진다 너무 무섭고 몸이 떨린다 생전 내보지도 않았던 목소리로 울부짖으며 엄마 손을 잡는다 동생의 울음소리는 온 동네를 다 울릴 만큼 커졌다…

어떻게 내가 어떻게 아버지를 용서할 수 있어 이렇게 아픈데 아직도 이렇게 아픈데… 어떻게 내가 그 사람을 용서할 수가 있어 이렇게… 눈물이 흐르고 이렇게 아직도 이렇게나 아픈데….

나는 행복해질 자격이 없다… 나는 원하는 걸 가질 자격이 없다…나는 원하는 걸 말할 자격이 없다… 나는 웃을 자격이 없다… 아무도 나를 받아주지 않는다… 나는 늘 혼자다…

○ 조앤, 〈절대 용서할 수 없는 사람〉

위의 글은 비공개 카페에 어렵게 공개됐다. 글쓴이는 관계 맺기에 대한 두려움을 극복하기 위해서 이 글을 게시판에 올려 다른 참가들이 읽도록 했다. 글을 통해 타인과의 소통이 시작되기를 원했지만 내심 걱정이 많았다. 사람들이 자신의 신산한 삶을 알고 놀라서 외면하게 될까 봐서였다. 그런데 얼마 후 댓글이 달렸다. 그것도 뜨거운 가슴을 나누고자 하는 이들의 댓글이.

ㄴ 조앤! 아버지를 용서하지 말아요..이렇게 아프고 이렇게 슬픈데.. 충분히 미워하고.. 증오하고.. 슬퍼해요. 그래도 괜찮아요. 그래도 괜찮아요.

ㄴ 그냥 눈물이 납니다. 조앤이 살아온 시간들의 아픔에...

ㄴ 어제 쑥스러워 하면서 귀엽게 웃는 조앤의 모습이 생각납니다. 그런 아픔이... 아버지를 용서하지 마세요. 하지만 자신조차 내버리진 마세요. 남은 시간 조앤과 많은 대화를 나누고 싶네요. 힘내세요!!

ㄴ 이곳의 따뜻한 마음이 너무 좋아요... 감사합니다.(조앤)

ㄴ 울어버렸습니다... 매일을 불안해하고, 미워하고, 그러면서도, 어쩌지 못하는 상황들. 한 문장, 한 문장 끝날 때마다 조앤의 기억 속에, 그 순간들에, 제 자신이 들어앉아 있었던 것 같습니다.

ㄴ 어제 강의실 입구에서 '쉿' 하며 손을 입술에 갖다대고 천진난만하게 웃던 조앤의 얼굴이 생각나 더 눈물이 납니다. 다음 주 강의 끝나면 꼭 2차 끌고 가려고 마음먹었었는데... 우리 다음 주에 얘기 많이 해요.

ㄴ 와.. 정말 고마워요. 이제 저도 정말 함께라는 생각이 파파~ 듭니다. 머리까지 물속에 흠뻑 빠졌다가 나온 느낌이랄까.. 약간 상쾌한 것 같기도 하고 저도 2차 콜...(조앤)

개인적인 글이
정치적인 글이다

공감과 공론의 장에서 자신의 상처가 자기만의 문제가 아님을 알게 되는 것은 커다란 수확이다. 한 개인의 문제가 개인의 부주의나 개인의 불운 때문에 생겨나는 게 아니라는 사실까지 알게 된다면 공감의 수확은 더욱 커진다.

치유하는 글쓰기 프로그램을 진행하다 보면 집단별로 유난히 자주 거론되는 이슈들이 있다. 한 집단에서 누군가에 의해 혼전 낙태 문제가 거론된 적이 있었다. 그의 이야기를 시작으로 낙태 경험에 대한 고백이 이어졌고, 급기야 남성 참여자가 경험한 낙태(여자 친구의 낙태라고 하는 것이 더 정확하겠지만) 이야기로까지 이어졌다.

우리는 그 과정에서 낙태를 개인의 부주의만으로 볼 수 없다는 사실을 알게 됐다. 우리는 모두 잘못된 성문화 속에서 살며, 개방적인 성문화에 비해 피임문화는 여전히 낙후한 상태이고, 아직도 피임보다 순결이 더 중요한 시대에 산다는 것을 알게 됐다. 그 상황에서 여성들의 몸은 보호받지 못하며, 여성과 남성 모두 깊은 죄의식과 상처를 경험하기 때문에 어떤 식으로든 자기 용서와 치유가 필요하다는 사실도.

그러므로 우리가 발설한 문제를 공유하고 공감하는 것은 개인적인 위안의 차원에 그치는 게 아니었다. 내가 가진 문제가 사회 문제의 일부임을 알게 되는 것은 중요하다. 개인의 상처를 단지 개인의 문제로만 국한하려는 심리학의 한계를 벗어나는 일이 바로 이 공유의 장에서 이루어졌기 때문이다. 개인적인 것이 정치적인 것이다, 라는 선언은 처음 여성주의에서 나왔지만 여성들에게만 국한된 것은 아니다. 그들이 누구든 남몰래 개인적으로 앓는 문제가 사실은 자기만의 문제가 아닐 수 있다는 점을 알았으면 좋겠다.

　　사회 일각에서는 현대인의 이기주의와 개인주의를 개탄하지만 따지고 보면 우리 모두 이기주의와 개인주의의 피해자들이 아닌가. 우리가 이기주의와 개인주의를 원한 것도 아니고, 그 혜택을 보고 있는 것도 아니라는 말이다. 우리는 깊이를 알 수 없는 우물 속에서 사회가 만들어 낸 모든 상처와 문제를 각자의 것으로 떠안은 채 외롭게 침잠해 가고 있다. 서로 비교할 수 없어서 상처는 절대적인 고통이 되고, 말할 수 없는 수치가 된다.

　　이제 수면 위로 올라가 이야기를 모으고, 그에 대해 함께 공감하고 격려해야 한다. 그리고 사회의 책임은 사회에 물어야 한다. 우리를 누가 이렇게 만들었는가 하고 말이다.

지금 모습 그대로를
지지하라

고통에 찬 달팽이를 보게 되거든 충고하려 들지 말라.
그 스스로 고통에서 벗어나올 것이다.
더 빨리 흐르라고 강물의 등을 떠밀지 말라.
풀과 돌, 새와 바람, 그리고 대지 위의 모든 것들처럼
강물은 나름대로 최선을 다하고 있는 것이다.
장 루슬로, 〈또 다른 충고들〉

앞에서 공감의 미덕은 숙지했다. 이제는 현실로 돌아
와서, 글 또는 글쓴이 앞에서 어떤 반응을 보여야 할까 생
각해보자. 어떤 식의 의사소통이 글쓴이에게 도움이 될 수
있을까?

〈해님과 나그네〉는 사람들에게 아주 익숙한 옛날이
야기다. 옛날 옛날에 심심했던 해님과 바람이 내기를 했
다. 저기 지나가는 나그네의 외투를 벗기는 자가 이기는
내기였다. 먼저 바람이 나섰다. 그는 온 힘을 다해 가장 세

다고 하는 북풍을 불어댔다. 나무가 꺾이고 돌들이 날아갔다. 그러자 나그네는 더욱 힘껏 외투 자락을 여미었다. 이 추운 바람에 외투를 놓쳤다가는 얼어 죽을지도 모른다고 생각했을 것이다. 결국 바람이 나그네보다 먼저 지쳐 물러나게 되었다. 그다음은 햇빛의 차례. 햇빛이 밝게 비치자 나그네는 더위를 느꼈고 이내 외투를 벗었다. 너무 쉽게 이루어진 일이었다.

우리는 남이 쓴 글 앞에서 비판적이어야 한다고 배웠다. 글을 쓴 사람은 신랄한 비판을 받고, 그것을 고통스럽게 받아들여야 비로소 성장할 수 있다는 각본을 마음속 깊이 가지고 있다. 일종의 고난 시나리오라고 할 수 있다.

우리는 고난 시나리오에 아주 익숙하다. 우리의 할머니와 할아버지, 그리고 부모가 예외 없이 전쟁과 가난이라고 하는 사회적 고난을 경험했다. 그 후유증이 가족에게 떠넘겨졌고, 그 가족의 고통을 개인이 떠맡았다. 그래서 실제로 우리는 고난 속에서 성장한 인생의 사례 외에는 아는 게 별로 없다. 우리의 조부모, 부모, 그리고 우리 세대가 모두 고난 속 생존자들이기 때문이다.

그런데 고난과 시련의 생존자들은 타인의 인생에 지나치게 엄격한 잣대를 들이대고 싶어 한다. 내가 혹독한 인생길에서 엄살도 부리지 않고 승리했으므로 상대 역시 그렇게 살아야 한다고 믿는다. 그래서 상대를 자꾸 벼랑 끝으로 몰아붙인다. 더 고생해. 더 고통스러워도 돼, 하면서 말이다.

하지만 과연 그럴까 진지하게 묻고 싶다. 인간은 정말 고난 속에서만 성장할까? 의식이 성장한다는 것은 무엇일까? 그것은 바로 의식의 확장이다. 삶에서 일어나는 경우의 수를 좀더 많이 갖게 된다는 것을 의미한다. 자기 자신을 활짝 열어 다양한 지혜를 받아들이고 넓은 시야를 확보하는 것이다. 자기 자신을 여는 데는 〈해님과 나그네〉의 이야기처럼 크게 두 가지 방법이 있다. 바람처럼 혹독하게 굴어서 완전히 지쳐버린 우리를 항복시키느냐, 아니면 해님처럼 부드럽게 다가와 우리를 열도록 하느냐이다.

엄격함과 혹독함, 고난과 시련만이 효율적인 방식은 아니다. 칭찬과 격려가 더 힘이 될 때가 있다. 치유하는 글쓰기에서는 더더욱 그렇다. 이미 깊은 상처를 입은 곳에 불같은 혹독함을 들이댈 필요는 없다. 그 상황에서 이열치열은 효과적이지 않다. 치유 과정에서 상대가 엄격하고 예리하면 모두 뒷걸음질 치고 만다. 과거에 느꼈던 수치심이나 굴욕감, 분노 등이 엄격한 상대를 통해 되살아나기 때문이다.

상처를 치유하는 일에서만 그런 것은 아니다. 우리는

대부분 비난보다 칭찬을, 엄격함보다 넉넉함을 원한다. 회초리를 들어 그들을 뛰게 할 게 아니라, 박수 쳐주고, 그들이 자신의 의지로 뛰도록 해야 한다. 심지어 뛰지 않는다 해도 어쩔 수 없다. 뛰는 것만이 성공의 지름길이라고 장담할 수 없기 때문이다. 고생하며 뛰던 사람이 자기 속도를 찾아 걷기 시작하면서 행복해진 예도 얼마든지 있다.

회초리보다 박수를,
비난보다는 칭찬을

다시 글로 돌아오자. 픽션이든 아니든 글은 자기 자신을 반영한다. 글쓴이는 얼마나 신랄하게, 그리고 어느 지점을 지적당했는지에 따라서 속살 깊은 곳을 들킨 것과 같은 수치심을 느낄 수도 있다. 글의 고정된 속성 때문에 그렇다. 일단 글이 공개되고 나면 부끄럽다고 해서 감추거나 내용을 고치거나 부정할 수 없다.

그런데 사람들은 글만 보면 예리한 분석가나 신랄한 비판자가 되려고 한다. 소설 창작반이나 드라마 작가 교실에서 혹독한 분석과 비판에 좌절한 이야기는 너무 잘 알려져 있다. 프로들은 이렇게 조언할지도 모르겠다. 대중이 혹독하므로 그 정도의 고통은 견딜 수 있어야 한다고. 도대체 대중은 어디서 그런 신랄함과 혹독함을 배운 걸까. 어쩌다 우리는 작품이 말하고자 하는 바, 작품으로부터 얻을 수 있는 지혜나 공감에 초점을 맞추기보다 잘못된 점, 문제점부터 찾아내는 전문가가 되어버렸을까.

비판은 정확한 것이든 그렇지 않든 자칫 상대의 생명력과 창조성을 짓밟는 행위가 될 수 있다. 상대가 그 비판을 받아들일 준비가 되어 있지 않을 때는 두말할 것도 없다. 그러니 칭찬이 우선이다. 글이 가진 좋은 점과 강점과 미덕을 먼저 칭찬한 뒤에 서로에 대한 신뢰감이 쌓였다면 그때는 좀더 진실한 태도로 깊은 얘기를 나눌 수 있을 것이다. 물론 그때도 반드시 혹독해질 필요는 없다. 사실 칭찬도 습관이 된다. 자기 자신에게도, 타인에게도 칭찬을 해주기 시작하면 칭찬할 부분이 점점 더 많이 보인다. 칭찬을 받고 자신감을 얻은 사람이 마음의 여유를 찾으면 스스로 균형을 잡게 된다. "내 상처에 대해서만 얘기했지만 저도 그에게 상처를 줬을 거예요" 혹은 장점을 "충분히 듣고 나니 이제 내 글의 문제점도 정확히 알고 싶어요" 하는 식으로 말이다.

이제 길고 긴 서두를 끝내고 공감과 칭찬의 구체적인 기술에 관해 이야기해보자.

첫째, 상대의 글을 통해 내가 느끼거나 배운 것이 무엇인지 말해주는 것이다. 섣부른, 또는 진심이 담기지 않은 과장된 칭찬보다는 상대의 글에 나를 비춰보는 글 읽기가 더 훌륭한 칭찬이 될 수 있다. 그건 상대의 글에서 자신이 뭔가를 배웠다는 말이 되기 때문이다. 어떤 글이든 글을 통해 느끼고, 그 느낌을 통해 배우는 것이 있게 마련이다. 누군가가 자신의 글에서 뭔가를 배웠다면 글쓴이에게 이보다 더 큰 즐거움이 있을까. 내가 가지지 않은 미덕, 예를 들어 글쓴이가 고난을 극복해가는 저돌성을 가지고 있다면 칭찬하기 쉬워진다. "당신은 그런 상황에 굴복하지 않았군요. 나는 겁부터 집어먹고 도망치는데요. 저는 그런 상황이 정말 무서워요. 왜 그런지 생각해봐야겠어요." 뭐 이런 식이다.

상대의 글에서 어떤 불편함이나 거부감이 느껴질 때 굳이 좋은 척 가장할 필요는 없다. "당신이 쓴 이 대목이 나는 좀 걸리네요. 불편함이 느껴져요"라고 말한 뒤 반드시 이렇게 덧붙여야 한다. "내 내면에 그 문제와 관련된 불편한 기억이 있는 것 같아요. 뒤돌아볼 기회가 됐네요." 상대의 글을 읽고 어떤 불편함을 느꼈다면 그건 상대의 문제가 아니라 내 문제일 경우가 많기 때문이다.

상대를 규정하는 칭찬이 아니라 내 생각이나 느낌을 말하는 칭찬이 민감한 글 읽기에서는 안전하고 효과적이다. 아무리 요란한 칭찬이라도 그것이 상대를 규정하는 말이라면 역효과가 날 수 있다. 만약 "정말 당신은 씩씩하고 용감해요"라고 칭찬했다고 치자. 그것이 말한 사람에게는 필요한 자질이었을지 모르지만 글을 쓴 사람은 듣고 싶지 않은 이야기일 수도 있다. 지금까지 자신이 지나치게 씩씩한 척하면서 살았기 때문에 거기서 벗어나고 싶다고 생각했다면 말이다. 그러므로 "당신은 씩씩해요"라는 말보다는 "당신의 글을 읽으니 나도 용기가 생겨요"가 더 좋다.

둘째, 글에 대해 할 말이 없다면 입장을 유보하고 있음을 솔직히 이야기하라. 사실 글쓴이는 단 한 글자의 댓글에도 살아갈 힘을 얻는다. 자신이 감춰왔던 과거 경험을 밝히는 글의 경우는 더욱 그렇다. 냉랭하게 아무 반응이 없는 것보다는 부정적이더라도 어떤 반응이 오기를 간절하게 기다릴 수도 있다. 일분일초가 영원의 시간처럼 느껴지고, 속은 순식간에 타들어 갈 것이다. 그럴 때는 ㅠㅠ, ^0^ 같은 간단한 이모티콘 몇 자가 위안이 된다.

간절하게 반응을 기다리는 글쓴이를 위해 이런 말을 남기면 좋겠다. "지금은 무슨 말을 해야 할지 모르겠어요. 좀더 생각해보고 제 얘기를 할게요." 읽는 사람이 볼 때 정말 절박한 고민을 담은 글이라는 생각이 든다면 이런 말을 덧붙여도 좋을 것이다. "하지만 당신을 깊게 안아드리고 싶어요."

셋째, 가장 훌륭한 칭찬은 지금 있는 그대로의 모습을 격려하는 것이다. 《나는 나》는 유디트 얀베르크라는 독일 여성의 수기다. 주인공 얀베르크는 출세한 남편과 살면서 그의 멸시와 폭력에 시달렸다. 그녀의 불행을 아는 이웃들은 그렇게 참지만 말고 어서 이혼하라고 충고했다. 그럼에도 그녀가 커다란 위로를 받는 것은, 멀리 사는 한 친구가 보내준 편지 때문이었다. 얀베르크의 사연을 알게 된 그는 그녀에게 그 고통을 견뎌내고 있다니 대단하다고 격려해줄 뿐이었다.

지금 그 자리에 머무르지 말고 어서 다른 방법을 찾아보라는 말은 애정 어린 충고임은 틀림없지만, 한편으로는 지금의 모습을 인정하지 않는다는 말도 된다. 당신이 사는 방식이 잘못됐다고 말하는 것이다. 사람들은 생각보다 민감해서 상대의 완곡한 표현에 담긴 의미를 귀신같이 알아챈다.

누구나 지금 이 모습으로 사는 데는 나름의 절실한 이유가 있다. 남들에게는 게으름이나 무기력함, 비겁함으로 보일 수도 있지만 그런 인생을 사는 주인공도 나름대로 하고 싶은 말이 있을 것이다. 결과를 기다려보고 싶었어, 무서웠어, 그가 나를 떠나버릴 것 같았어, 나에게 욕을 할 거 같아서 참은 거야, 정답은 알고 있는데 몸이 움직이지 않아…….

그런 그를 인정하고, 자신의 삶을 견뎌내기 위해 얼마나 애썼을지 알아주는 게 먼저다. 왜 그렇지 않겠는가. 우리 모두는 정답이 없는 인생길에서 문제를 해결하기 위해 전전긍긍하느라 너무 지쳤다.

좋은 질문이 가진
위로의 힘

넷째, 좋은 질문만으로도 글쓴이는 위로받는다. 타인의 심각한 글을 읽고 질문을 하면 분위기를 깨는 건 아닐까, 혹시 바보같이 보이지 않을까 걱정될 수도 있다. 그러나 상대의 입장에서 보면 얘기가 달라진다. 누군가가 나에게 질문한다는 것은 나에 대해 관심이 있다는 말이다. 상대가 나의 이야기를 들어주고 관심을 표명한다는 것 자체가 치유의 시작이다. 게다가 그가 질문까지 해준다면 갑자기 활력을 느끼게 될지도 모르겠다.

질문은 글의 내용에 관한 것이라면 무엇이든 좋다. 이 글을 쓸 때 어떤 심정이었나요? 왜 이 부분의 묘사를 이런 식으로 했나요? 글을 쓰고 나서 어떻게 생각이 달라졌나요? 이 부분의 맥락이 저로선 잘 이해되지 않아요…….

물론 그중에는 글쓴이에게 도움이 되는 적절한 질문도 있을 수 있다. 일시에 마음을 녹일 만큼 위로가 되는 질문이나, 자신을 성찰하는 데 단서가 될 만한 핵심적인 질문 같은 것들이다. 그런 질문은 보통 상대의 글을 정성스럽게 읽고 충분히 이해했을 때 던질 수 있다. 앞서 강조했듯이 상대를 가르치겠다는 어떤 의도가 없는 질문이어야 한다는 점도 중요하다.

다섯째, 상대의 글을 잘 이해하고 싶다면 세 번 읽어라. 중세의 기독교철학과 스콜라철학은 쓰인 글에 대한 질문과 대답부터 일상생활에 적용한 읽기에 이르기까지 네 단계의 읽기 모델을 발전시켰다고 한다.《즐거운 글쓰기》라는 책에서는 세 번 읽기를 권한다. 처음에는 빨리 읽어서 텍스트의 개관만 훑어보고, 두 번째는 천천히 읽으면서 글에 대한 이해를 명확히 한다. 그리고 세 번째는 아주 천천히 한 문장씩 읽어나가는 것이다.

　나 역시 세 번 읽기를 권한다. 처음엔 빨리 읽으면서 대략의 주제만 파악하고 두 번째와 세 번째는 천천히 읽는 것이다. 그리고 단순한 읽기가 아니라, 마음속에 글을 품고 음미해보는 시간을 갖는 것도 권하고 싶다. 한두 번 읽은 후에 읽기에서 벗어나 속으로 그 글을 음미해보는 것이다. 이때도 글에 대한 어떤 의도나 주장 없이, 마음속에서 그 글을 자꾸 떠올려본다. 이런 방법은 상대에게 하고 싶은 적절한 말을 떠올리는 데 도움이 된다. 자칫 상대의 상처나 콤플렉스를 건드릴 수 있어서 조심스럽게 이야기해야 할 때는 더욱 그렇다. 물론 내킬 때 그렇게 해야 한다. 마음이 내키지 않는 성실성은 자칫 글 읽기를 지옥으로 만들 수도 있다.

　여섯째, 소통에도 나름의 경제학이 있다. 고백도 받은 만큼 줘야 한다. 타인의 말을 어떻게 잘 들어줄 것인가에 대해 얘기하면 어떤 사람들은 막중한 의무감과 부담감에 시달린다. 그동안 남의 이야기를 들어주며 사느라 지쳤던 이들이 그렇다. 만약 그런 피로감을 느낀다면 남의 이야기를 들어준 만큼 자신의 고민도 털어놓기를 권한다. 소통도 균형의 경제학을 가진다. 남의 고백을 들었다면 내 마음도 어느 정도는 열어놓아야 하며, 지금까지 애써 상대의 이야기를 들어주었다면 나 역시 그에게 고민을 말할 수 있어야 한다. 어느 쪽이든 일방적인 관계는 건강하게 발전하기 어렵다.

만약 자신의 고민을 오랜 기간에 걸쳐 들어주던 친구가 있다면 이제 잠시 침묵하고 그의 이야기를 들어보기 권한다. 그 친구는 남의 이야기를 들어주는 걸 좋아하니까 괜찮아, 라고 쉽게 규정하지 말자. 세상에 침묵 속에서 상대의 이야기만 들어주고 싶어 하는 사람은 없다. "넌 고민 없니?"라고 물을 필요는 없다. 침묵의 시간을 가지면서, 혹은 일상의 사소한 수다를 떨면서 그가 편안하게 이야기할 수 있을 때까지 기다려 주자.

타인의 글을 읽는 몇 가지 방법

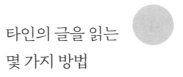

폭로된 비밀의 효과는 폭로를 들어주는 사람에 달려 있고,
폭로자 자신이 듣는 이를 얼마나 신뢰하는가에 달려 있다.
보리스 시뢸리크, 《불행의 놀라운 치유력》

치유하는 글쓰기 프로그램에서 다른 참여자가 쓴 글을 어떤 마음 자세로 대해야 할지는 어렵고 난감한 문제일 수 있다. 누군가의 고민을 들어준다는 건 쉽지 않은 일이다. 그의 고민과 고통에 공감하다 보면 몸도 마음도 아플 때가 있고, 도대체 어떤 위로의 말이 효과적일지 머리를 굴리다 지레 지쳐버리기도 한다. 특히 상대의 고민이 내 문제와 유사할 때는 그 문제에 휩쓸려서 고통이 몇 배로 배가된다. 문제를 자각하고 있는 경우엔 그나마 낫다.

무의식에 분노를 잔뜩 쌓아둔 사람이 상대의 분노를 다루다 보면 원인도 모른 채 에너지를 소진하거나 상대와 갈등이 발생하기도 한다.

타인의 이야기를 들을 때는 심리적으로 건강한 상태여야 하며, 자아 경계선이 분명한 상태에서 상대와 거리두기를 할 수 있으면 좋다. 그 모든 인생의 고난을 경험하고 극복한 사람이라면 더 좋을 것이다. 그들은 상대의 이야기를 들을 때, 그 어떤 비극적인 이야기에서도 희망의 씨앗을 발견하는 능력이 있다.

물론 반드시 그래야 하는 것은 아니다. 상대의 이야기를 들으면서 나의 문제를 해결할 수도 있다. 상대의 이야기를 들어줌과 동시에 나의 문제에도 귀를 기울이면 된다. 연민이든 호기심이든 누군가의 이야기에 끌리거나 그의 문제를 해결해주고 싶은 마음이 든다면 그의 문제가 어떤 방식으로든 내게도 있다고 할 수 있다. 그러니 그의 이야기를 들어주면서 동시에 나를 성찰하겠다는 마음가짐이라면 심리적으로 완전하게 준비되지 않았을지라도 남의 이야기를 들을 수 있다.

이야기를 잘 들어주는 사람들이 경험하는 고충을 얘기해보자. 인고의 힘을 발휘해 오랜 기간 이야기를 들어줬건만 상대는 좀체 변화하지 않는다. 지나치게 의존하면서 시시콜콜 해결책을 요구하거나 심지어는 들어주는 사람에게 분노를 느끼는 일까지 생긴다. 말하고 듣는 사람 간의 관계가 긴밀해지면 이야기하던 쪽은 들어주는 사람을 과거 상처의 대상으로 착각하게 된다. 예를 들어 자신을 사랑해주지 않았던 어머니나 아버지에 대한 분노의 감정을 들어주는 사람에게 느끼는 것이다. 이야기를 들어주던 사람이 불편한 기색을 보이면 '당신도 나를 싫어하는군. 나를 무시하는 게 틀림없어' 하는 식으로 말이다. 상담과정에서는 이런 상태를 '전이'라고 말하며 치료에는 절호의 기회라고 여겨지기도 한다. 하지만 상담 전문가가 아닌 사람은 당황스러울 뿐이다. 그런 경험이 몇 번 반복되면 '이야기 잘 들어주는 사람'이란 말이 칭찬이 아니라 조롱이나 비난으로 여겨질 만큼 피해의식만 남게 된다.

누구나 태어나서부터 상담자 노릇을 한다. 어린 시절 우리는 어머니의 끝없는 하소연을 들으며, 그리고 무력한 아버지의 뒷모습을 바라보면서 어떻게 하면 도움이 될 수 있을까 고민해본 적이 있을 것이다. 어린 자식으로서 아무리 노력해도 달라지지 않는 부모 때문에 늘 가슴 한구석을 짓누르는 분노와 우울증을 앓아본 적도 있을 것이다. 밤새워 친구의 고민을 들어주고 매번 온 힘을 다해 충고하지만 달라지지 않고 노력도 하지 않는 친구 때문에 낙심해본 적도 있다.

　듣는 역할에 지쳤을 땐 잠시 그 역할에서 벗어나야
한다. 일단 지친 마음을 회복시킨 후 왜 그렇게 지쳤는지
돌아본다면 성장에 도움이 된다. 듣는 사람의 수를 늘리는
것도 좋은 방법이다. 여러 사람이 함께 고민을 듣다 보면
짐을 나눠서 지는 기분이 되고, 자연스럽게 상대와 거리두
기가 가능해진다.

　치유하는 글쓰기 과정에서 타인의 고백 글을 읽는 데
는 몇 가지 마음의 준비가 필요하다. 이 방법은 읽는 사람의
피로감을 줄이면서 공감의 효과를 높이는 데 도움이 된다.

편견과 고정관념에서
벗어나라

　첫째, 글을 읽을 때만큼은 마음속의 모든 편견과 고정
관념에서 벗어나 완전히 상대의 입장에서 글에 몰입해야
한다. 치유를 위한 글쓰기는 그 어떤 것이라도 주제가 될
수 있다. 피해자의 이야기라면 그래도 용인할 수 있지만
우리 사회가 금기시하는 외도나 낙태, 폭력과 모성성의 결
여, 그 밖의 여러 가지 성적 욕망 등에 대한 고백이라면 어

떻겠는가? 내 마음의 원칙이 강할수록, 도덕적 잣대가 엄격하고 순수함에 대한 희구가 강할수록 틀에서 벗어난 글을 읽기가 힘들다. 결국은 그런 틀로 인해서 인간을 이해하는 데 실패하고, 자괴감에 시달리게 된다.

마음의 치유란 세상과 자신에게 쳐놓은 울타리와 틀을 걷어내는 작업일 수 있다. 그 틀 속에 갇혀 꼼짝하지 못했던 나를, 울타리를 깊이 박느라 피 흘리던 나를 자유롭게 하고, 상처를 아물게 하는 작업이다. 타인의 글을 읽는 사람에게도 이같은 치유가 일어날 수 있다. 타인의 글을 읽으면서 인간의 내면이 얼마나 다양한지 이해하고, 그 넓어진 품으로 다시 나를 용서할 수 있기 때문이다.

독서치료가 강조하는 것도 바로 그것이다. 《비블리오테라피》의 저자 조셉 골드는 인간은 자기 경험의 한계나 자신의 스토리, 사고방식에서 벗어나기가 어려운데, 그 한계를 뛰어넘게 해주는 것이 바로 '타인의 스토리'라고 말한다.

만약 상대의 글을 읽다가 어떤 대목, 어느 문장, 혹은 단어 하나가 마음에 걸린다면 내 안의 어떤 틀이 그렇게 느끼도록 만드는지 돌아볼 일이다. 그렇게 하다 보면 상대의 글에 대해 시시비비를 가릴 틈이 없다. 그 글을 읽는 나의 아우성과 내면의 요구에 귀 기울이는 것만으로도 마음이 분주하기 때문이다. 그래서 치유하는 글쓰기는 쓰는 사람뿐 아니라 읽는 사람에게도 치유의 과정이 된다.

글은 남지만 인간은 변한다

두 번째로 글을 읽는 사람들은 글쓴이가 쉴 새 없이 변하는 존재라는 사실을 염두에 두어야 한다. 우리의 마음은 변화무쌍하다. 극단에서 극단을 하루에도 몇 번씩 왔다 갔다 하고, 생각은 꼬리에 꼬리를 물다 어느 순간 전혀 다른 자리에 가 있기도 한다. 또 어떤 사람의 마음은 재빨리 도망치거나 빠르게 앞으로 달려나간다.

반면에 글은 한번 쓰고 나면 고정된다. 고정되어 있어서 자신을 직면할 수 있지만, 그만큼 고정된 글에 갇히기도 쉽다. 특히 타인의 글을 읽을 때 그렇다. 과거 그의 글을 읽은 사람들이 변화된 지금의 그를 재단한다. 이미 그때의 그가 아닌데 말이다. 호랑이는 죽어서 가죽을 남기고 사람은 죽어서 이름을 남긴다고 했던가. 그 이름이 명성을 의미할지라도 고정된 틀에 사로잡히는 게 싫을 수 있다. 그래서 나는 사람들에게 이렇게 말한다. '글은 남지만 인간은 변한다'고. 특히 그 글이 치유를 목적으로 하는 경우에는 더욱 그렇다. 자기 반성적 글을 쓰면서 그는 이미 이 자리를 떠났는데, 남은 자들이 그의 글에 붙잡혀 있다. 사람이 끊임없이 변화한다는 사실을 알게 되면 그가 남긴 글에 연연할 필요가 없는데 말이다.

그의 주관적 진실을 인정하라

세 번째는 타인의 고백을 듣고 어떻게 해석할 것인가의 문제다. 사람들은 자신의 삶에 대해서 거짓말을 하거나, 망각 또는 왜곡하거나, 사실보다 훨씬 과장해서 말한다. 그리고 자신을 합리화하기 위해 갈등의 상대를 악의적으로 묘사할 때도 있다. 그런 경우, 이야기를 듣던 사람들은 상대의 이야기에 빠져 경악할 것이다. 아, 세상에. 그런 나쁜 인간이 있다니! 이렇게 불쌍하고 억울한 일을 당하다니! 그러면서 말한 자보다 더 흥분해서 며칠 밤잠을 설칠지도 모른다.

반대로 타인의 이야기에 몇 번 속아본 사람이라면 수사관의 눈으로 상대의 이야기를 듣는다. 다시는 당신의 호들갑에 놀아나지 않겠다는 심정으로 말이다. '상대가 그렇게 나쁜 사람이 아니던데. 솔직히 그렇게 죽을 것처럼 힘든 건 아니지? 관계가 그렇게 되도록 너도 자극한 게 있지? 너 또 상황을 과장하고 있는 거지?' 하는 심정으로 말이다.

내면의 수사관이 아무리 예리한 시선으로 이야기를 들어도 '진실'은 확인할 수 없다. 어찌 보면 '절대적 진실'이란 존재하지 않는지도 모른다. 우리는 똑같은 글이나 말을 접하고도 전혀 다르게 기억할 때가 많다. 똑같은 영상을 눈으로 확인하고도 각기 다른 해석을 하는 경우는 또 얼마나 많은가.

그럴 때는 속지 않으려고 애쓰기보다 진실의 다의성을 인정하면 된다. 각기 나름의 진실이 있다. 나름의 진실이란 절대적 객관성의 기준에 맞춰 판단한 게 아니라 '나 혹은 그가 체험한 주관적 진실'이다. 만약 어떤 이가 "그가 죽일 듯이 나에게 덤벼들었다"고 말한다면, 그 당시 정황이야 어찌 됐든 말한 이는 죽을 것 같은 느낌을 느꼈을 것이다. 자아 중심성에서 벗어나지 못한 내면아이의 시선에서 보자면 나는 잘못한 게 없고, 상대에게만 잘못이 있다고 생각할 수도 있다. 어떤 기억은 내게 불리해서 나도 모르게 지우거나 왜곡할 수 있지만, 그 또한 충분히 일어날 수 있는 일이다.

무엇보다 말한 자의 발설은 그 순간 모두 사실로서

여기 존재한다. 그것이 진실이든 거짓말이든 지금 여기에서 발설된 이야기를 딱 그만큼만 이해하면 된다. 우리는 수사관이 아니다. 그러니 진술과 진실 사이의 거리를 재느라 머릿속이 복잡해질 필요가 없다. 그가 지금 이곳에서 토로하는 내용에 대해 경청하고 공감하면 된다. 그것이 여성의 자기 진술을 해석하는 페미니스트들의 방식이었다. 한 사회에서 상처를 가진 집단의 이야기를 있는 그대로 들어주는 방식이기도 하다.

그의 상처가
그 사람은 아니다

또 하나 조심해야 할 게 있다. 어떤 사람이 가진 상처가 아주 크고 깊다고 해도 그 하나로 그의 모든 것을 설명하려고 하지는 말자. 어린 시절의 상처가 한 사람의 인생 전체를 만들었다고 우기고 싶어질 때가 종종 있다. 유아기의 경험이 결정적이라고 주장하는 심리학의 대중화가 가져온 문제일 수도 있다. 한 사람의 정체성을 트라우마나 상처로 규정하는 것은 폭력에 가까운 일이다. 그런 엄청난 일을 겪었다니 지금 정상일 리 없어, 강하게 부정하는 거 보니 상처를 감추고 싶은가 보네, 부모가 이혼했다더니 상실 트라우마 때문에 저러는 건가 봐…… 그런 마음으로는 상대의 이야기를 제대로 이해할 수 없다. 누군가의 글을 읽는 첫 번째 목적은 그를 비판하거나 분석하기 위해서가 아니라 이해하기 위해서다. 이해받는 것만으로도 아픔은 치유된다. 그런데 우리는 이 당연한 목적을 자주 잊어버리고 딴 길에서 헤맨다. 그럴 때 우리 자신과 상대는 또한 번 깊은 상처를 입게 된다.

거듭 강조하지만, 우리가 에고를 잠시 내려놓고 마음을 활짝 열어 상대의 글을 읽는 것은 그를 가장 잘 이해하기 위함이며, 이 행위가 잠시나마 위로가 되기를 바라는 심정에서다. 물론 그의 글과 말을 통해 나에게도 작은 통찰이 온다면 그보다 더 좋을 수는 없다. 그 이상의 욕심이 있는가? 그의 더 깊은 속마음을 알고 싶은가? 그의 변덕과 자기기만에 속고 싶지 않은가? 혹은 문제의 핵심을 파악해서 상대를 변화시키는 유능감을 갖기 원하는가? 그런 욕망으로부터도 자유로워져야 한다.

주변에서 누군가의 조언이나 충고로 개과천선하거나 환골탈태한 사람들의 이야기를 종종 듣는다. 그래서 나도, 상대도, 그리고 내가 돕고 있는 이 사람도 그렇게 변화할 수 있을 거라고 기대한다. 하지만 현실은 다른 것 같다. 사람은 좀체 변하지 않는다. 특히나 조바심치며 변화를 기대할 때 변화는 더 오지 않는다. 빨리 변화해야 한다고 다그칠 때, 너 같은 건 빨리 없어져야 한다고 생각할 때 에고는 더 악착같이 그 자리를 고수한다. 그래, 나도 변하고 싶어, 라고 말하면서도 본능적으로 고착된다. 이것이 바로 소멸을 두려워하는 인간의 에고다.

상대의 변화를 기대하지 않을 때, 그에게 변화를 강요하지 않을 때, 지금 그 상태로 견뎌내는 것만으로도 장하다고 느낄 때 비로소 조금씩 변화가 이루어질지도 모르겠다. 실감할 수 없을 정도로 평생에 걸쳐 조금씩 말이다. 그렇게 본다면 그의 인생에서 나와 함께한 어느 순간은 정말 찰나에 불과하다. 그러니 그의 변화가 내 덕이었다고 도장 찍으려는 일 따위는 하지 않는 게 좋을 것이다.

우리 자신도 그렇다. 내면의 메시지에 귀 기울이면서 자신이 빨리 변화하기를 재촉해서는 안 된다. 변화를 전제조건으로 내면에 귀 기울이면, 오히려 변화에 저항한다. 내가 나의 내면을 충분히 이해하지 않았으며, 마음에 들어하지 않는다는 사실을 내면이 알고 있기 때문이다. 그래, 그래, 알았으니 어서 울음을 그쳐, 하면서 조급하게 아이를 달래는 엄마 앞에서 심술부리며 보채는 아이처럼 말이다.

이렇게 타인에 대한 공감은 결국 나 자신의 문제와

연결된다. 타인의 고통과 문제를 잘 이해하기 위해서는 결국 내가 가진 고정관념이나 틀에 박힌 사고방식, 좁은 시야에서 벗어나야 한다. 상대의 한계조차도 있는 그대로 받아들여야 하고, 지나친 욕심을 부려서도 안 된다. 어찌 보면 타인을 공감하기 위한 노력은 나 자신을 해방하고 자유롭게 만드는 훈련이기도 하다.

그러니 공감하는 과정에서 힘든 것은 상대의 고통스러운 이야기 때문이 아니라, 우리 자신의 틀을 깨느라고 힘든 것이다. 만약 자신으로부터 해방되고 싶거든, 영혼까지 자유로운 삶을 원하거든 타인의 이야기에 완전히 몰입해보라. 그러면서도 쉼 없이 공감하는 이 순간이 상대가 아닌 나 자신을 위한 순간임을 자각하라.

세상의 모든 의견은
투사에 불과하다

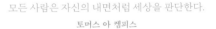

모든 사람은 자신의 내면처럼 세상을 판단한다.
토머스 아 켐피스

　지금은 고인이 된 세계적인 꿈 분석가 제레미 테일러가 주재하는 집단 꿈 분석은 흔히 방어기제의 하나로 알려진 '투사'를 적극 활용했다. 분석에 참여한 사람이 자신의 꿈을 발표하면 나머지 참여자들이 그 꿈에 대한 각자의 생각을 내놓는다. 그때 주의할 점이 있다. 참여자들이 다른 사람의 꿈을 다룰 때 반드시 "그 꿈이 만일 내 꿈이라면……"이라는 말로 시작해야 한다. 일평생 전 세계를 다니며 10만여 개의 꿈을 분석했던 꿈 분석의 노장 제레미 테일러도 예외가 아니었다. 사람들의 꿈을 해석할 때 그는 늘 "그 꿈이 내 꿈이라면……"으로 시작했다.

그의 주장에 따르면, 누군가가 한 사람의 꿈을 해석한 것이 그 꿈에 대한 진실일 수 있지만 더욱 진실인 것은 그것이 해석한 사람의 내면을 더 많이 보여준다는 것이다. 그러니까 결국 우리는 다른 사람의 꿈을 분석한다는 명분으로 우리의 생각과 마음을 관찰하는 셈이다.

'그게 만약 내 꿈이라면'이라는 말로 시작하는 것은, 이제부터 나만의 렌즈나 색안경을 가지고 그 꿈을 분석하려고 한다, 나는 당신의 꿈에 내 생각을 투사할 것이다, 라는 공공연한 선포인 동시에 자기를 자각하기 위한 큐사인이기도 하다. 나는 당신의 꿈이 말하는 진실에 대해 이러쿵저러쿵 규정할 수 없다, 단지 내 생각을 말하고 있을 뿐이다, 라는 한계를 분명히 함으로써 꿈을 꾼 사람이 타인에 의해 함부로 재단되고 평가받는 일이 없게 한다. 그저 다양한 관점에서 접근할 수 있도록 꿈꾼 사람에게 이런저런 정보를 주는 것이다.

신기하게도, 이렇게 내 생각이나 느낌을 상대의 꿈에 투사할 뿐이지만 꿈을 꾼 사람들은 다른 사람들의 투사를 통해 '아하! 체험'을 한다. 예를 들어 어떤 사람이 꿈에 머리가 하얗게 센 자신을 봤다고 치자. 그러면 나머지 사람들은 그 꿈과 연상된 각자의 생각을 투사한다.

'그게 만일 내 꿈이라면 무의미하게 나이 들어가는 나에 대한 불안감을 보여주는 거라고 생각하겠다. 왜냐하면 내가 아는 사람 중에서 일찍 머리가 세서 하는 일 없이 나이만 먹었다고 푸념하는 사람이 있는데 그 사람이 지금 생각났기 때문이다.' '내 꿈이라면 흰 머리가 영적인 성장이나 지혜를 상징한다고 보겠다. 내가 하는 마음공부에 어떤 진척이 있지 않을까 기대할 것 같다.' '그게 내 꿈이라면 골치 아픈 일이 생기거나 머리 부분에 문제가 있는 게 아닌지 생각해보고 싶다.' 그럴 때 꿈의 주인은 여러 사람의 의견을 듣다가 문득 아하, 하는 통찰을 얻는다(거의 매번 그런 경험을 하게 된다). 또는 여러 투사가 조각 퍼즐처럼 맞춰지면서 하나의 완성된 깨달음을 얻기도 한다.

꿈꾼 이에게만 투사가 도움이 되는 게 아니다. 투사하는 사람도 자신의 내면에 어떤 생각이 있는지 알아차릴 수 있다. 내가 투사한 내용은 결국 내 것이기 때문이다. 타인의 꿈이 없었다면 내 무의식에 무엇이 있었는지 알기 어려웠을 일이다. 투사를 이렇게 알뜰하게 활용하다니. 무의식의 투사를 이토록 철저히 의식화할 수 있다니 놀라운 일이다.

꿈 분석에 참여하기 전까지 나는 '투사'를 부정적인 의미의 용어라고 생각했다. 투사란 타인을 의심하고 불신

함으로써 자기 비난을 회피하기 위한 무의식적 태도이자 행위이기 때문이다. 비난받을 것 같은 자신의 부정적인 감정이나 생각을 억압시킨 뒤 상대에게 그것을 투사한다. 자기 안의 분노를 무의식 속에 억눌러놓은 채 상대가 나에 대해 분노한다고 생각하며 괴로워하는 식이다.

갈등은 투사에서 시작된다

투사는 인간관계에도 문제를 일으키지만 상담의 진척을 어렵게 만드는 골치 아픈 저항이며 방어기제다. 내담자가 상담자에게 자신의 불편한 심기를 투사하면서 자기 성찰을 회피하기 때문이다.

투사에 대한 이야기가 나온 김에 융이 말하는 투사에 대해서도 정리하고 넘어가자. 융 역시 투사에 대해서 많은 이야기를 한다. 특히 인간은 부정적인 요소뿐 아니라 절대 긍정의 요소도 투사한다고 주장하는 점이 흥미롭다. 이를테면 자발적 희생의 전형인 예수나 지혜의 화신인 노현자, 모성성을 대표하는 성모 마리아 같은 이미지가 그렇다. 인간은 내면에 그와 같은 이상적인 이미지를 묻어둔 채 상대에게 그 이미지를 투사해서 그를 우상화하고 많은 걸 기대한다. 우리는 어머니나 아버지에게 절대적인 사랑과 완벽한 포용을 요구한다. 내가 그렇듯이 인간 부모란 부족하기 짝이 없는 불완전한 존재인데 말이다. 자라면서 우리는 스승과 연인, 직장 상사와 동료, 심지어 자식이나 며느리, 사위에게조차 이상적인 기대를 한다. 그들이 문제투성이 인간에 불과하다는 사실을 망각한 채 말이다. 부정적이든, 긍정적이든, 모든 투사는 인간관계에서 문제를 일으키게 마련이다.

융은 타인에 대한 지나친 기대와 그로 인한 인간관계의 불화를 해결하기 위해 자기 내면에 이미 이상적인 면모가 존재함을 발견하고 상대에게 투사했던 그 이미지를 거둬들여야 한다고 주장한다. 어머니나 연인에게 성모 마리아로 살기를 강요하지 말고, 자기 내면의 모성성을 인지해야 한다는 것이다. 자신에게도 모성성이 존재한다는 사실을 알게 되면 더 이상 모성에 갈증을 느끼지 않을 것이다.

제레미 테일러도 인간의 투사가 얼마나 부정적인 결과를 낳는지 강조한다. 실제로 전쟁에서부터 사형제도에 이르기까지 모든 살인은 억압과 투사의 드라마가 낳은 결과라는 것이다. 인간은 자신의 악한 측면을 억압해놓은 채 다른 민족, 다른 인종, 다른 국가, 다른 사람의 악한 측면을 우려하고 걱정하면서 그것을 규제하기 위한 온갖 장치를 고안해낸다.

일상생활에서도 그런 일들은 흔하게 일어난다. 오늘 안색이 안 좋네, 우울해 보이는데? 왜 나한테 화내는 거지? 넌 왜 그렇게 교만하니? 그렇게 게을러서 어떻게 성공하겠어? 왜 저렇게 술수를 부리고 음흉한 거야?…… 그것이 자기 내면의 어떤 측면이라는 사실을 의식하지 못하고 상대에게 자신의 그림자를 뒤집어씌우는 것이다.

예술작품에 대해 내리는 무수한 평가도 대부분 투사에 지나지 않는다. 똑같은 작품에 대해 어떤 사람은 혐오하고, 어떤 사람은 극찬한다. 어떤 사람은 작가의 시선이 따뜻하다고 하고 어떤 사람은 냉정하다고 평한다. 한 사람이 하나의 작품에 내리는 평가가 시기에 따라 달라지는 경우도 비일비재하다. 예를 들어 내면의 문제를 해결하기 전과 해결한 뒤에 작품을 보는 시선이 전혀 달라지는 것과 같다. 예술작품만이 아니다. 상담자가 내담자를 보는 시선도, 직장에서 상사나 부하를 보는 시선도, 학생과 스승이 서로를 보고 느끼는 감정도, 더 나아가 평론가가 작품을 보는 시선도 투사에서 벗어나기 힘들다.

물론 전문가가 가진 균형감과 객관성이 있을 것이다. 하지만 그 객관성이라는 것도 결국은 좀더 세련된 투사거나 아니면 다양한 투사의 한 모습에 불과하다. 또 전문가는 자신의 무의식에서 아주 다양한 것들을 건져 올려 의식의 세계에서 성찰한 사람이기 때문에(그럴 거라고 믿고 싶다!) 다양한 사람들의 다양한 문제에 조응할 수 있는 투사 능력을 가졌다고 생각한다.

우리는 누구나
왕성한 투사제조기

살면 살수록 나 역시 얼마나 왕성한 투사제조기인지 절감한다. 인간적 고뇌는 바로 거기서부터 시작된다. 투사가 일어나고 그 투사가 단지 투사에 지나지 않음을, 즉 상대의 문제가 아닌 나의 문제임을 확인하는 과정은 힘들고 가슴 아프다. 내가 누군가를 바보 같다고 비난하고 있는데, 내 얘길 듣던 사람이 '바보 눈에는 바보만 보인다'고 충고했다고 치자. 나는, 내가 비난한 그가 정말 바보라는 증거를 수백 가지쯤 찾아내려고 기를 쓸 것이다. 또 한편으로는 투사를 멈추려고 안간힘을 쓸 것이다. 하지만 억눌러둔 내 그림자가 투사를 통해서 밖으로 나가려고 호시탐탐 노리므로 투사를 멈추는 게 쉽지 않다. 결국 나는 이중고에 시달린다. 내면을 억압했기 때문에 투사하게 된 것인데, 그런 나를 자책하고 억누른다. 솔직히 말해서 투사에서 자유로운 인간이 얼마나 될까. 완전히 깨달은 부처나 예수 정도라면 가능할까.

그래서 제레미의 꿈 투사처럼 그 끈질긴 투사의 충동을 적극적으로 분출하는 기회는 극적인 해방감을 느끼게 한다. 투사 욕구를 가진 인간임을 괴로워하는 게 아니라 그것을 적극적으로 활용하는 것이다. 지금 상대에 대해 하는 얘기는 나의 투사일 뿐이야, 라고 자각할수록 일상에서도 자신이 상대에 빗대어, 혹은 상대를 핑계로 얼마나 많은 내 이야기를 고백하며 사는지 깨닫게 된다. 성실해야 한다, 겸손해야 한다, 목표가 있어야 한다, 당당해야 한다 등등 우리가 아이들이나 주위 사람들에게 반복하는 잔소리가 사실은 그 누구도 아닌 자기 자신에게 필요한 이야기라는 걸 나이가 들수록 절감하지 않는가.

이렇게 투사하는 사람이나 투사받는 사람이나 그것이 투사임을 공공연하게 알게 되면 우리는 타인의 평가에 크게 상처 입지 않을 수 있다. 작가나 예술가들은 평론가의 야박한 평가에 상처 입지 않아도 되고, 평가를 한 사람들도 자기주장의 절대성과 타당성을 입증하려고 애쓰지 않아도 된다. 당신의 작품이 우울해 보여요, 당신 작품의 어떤 점이 나의 우울한 정서를 자극하나 봐요, 그래요, 나는 그렇게 느껴요, 하면 되는 것이다.

치유적 글을 쓰는 사람들도 마찬가지다. 누군가가 내 글에 대해 한 말이 결국은 그의 생각이며 고백일 뿐이라는 사실을 안다면 그의 말 한마디 한마디에 민감해질 필요가 없다. 아, 내 글을 통해서 그렇게 생각하는 사람들도 있구나, 나의 글이 이렇게 비치기도 하는구나, 인정하면 된다.

투사를 알면
관계가 가벼워진다

반면에 내가 치유 글쓰기에 참가한 사람들의 글을 읽으며 느끼는 감정이나 생각은 나의 투사나 다름없다.

꿈 투사 워크숍 참여자들과 마찬가지로 치유하는 글쓰기에 참가한 사람들도 모두 상대와 상대의 글에 자신의 심정을 투사할 뿐이다. 치유하는 글쓰기에서 투사는 여러 가지 형태로 나타난다. 질문하거나 위로하기도 하고, 조언이나 충고의 형태를 띠기도 한다. 또는 상대의 글을 접하는 나의 감정과 느낌이 어떤지 말할 수도 있다. 눈물 흘릴 수도 있고, 화낼 수도 있으며 웃을 수도 있는데, 그것은 대부분 나의 내면으로부터 비롯된 행위다. 상대의 글은 그런 나를 비추는 거울에 불과하다.

　구성원 모두가 이런 투사에 대해서 잘 알면 우리의 관계는 한결 가벼워진다. 상대방의 어떤 반응이나 평가에 대해 수치심을 느끼거나 분노할 필요도, 반대로 우쭐댈 일도 없다는 사실을 알게 된다. 그저 상대의 투사에서 건질 만한 것들을 선택하면 된다. 상대 또한 마찬가지다. 자신의 반응이 진실이라고 우기지 않아도 되고, 그걸 검증하려고 애쓸 필요도 없다. 내가 한 말은 오직 내 마음의 진실일 뿐이다. 그런 마음가짐일 때 상대의 어떤 말에도 마음을 열고 경청하게 된다. 참 희한한 경험이다. 상대가 내리는 평가가 불편해서 마음을 닫고 방어하며 살았는데, 투사를 활용하는 집단에서는 오히려 상대의 말에 최대한 집중하게 된다.

　얘기가 다소 극단적으로 전개되는 건지도 모르겠다. 인류가 진리와 객관성, 절대성을 찾으려고 노력해온 기간이 얼마나 오래됐으며 얼마나 치열했는지 모르는 바가 아니다. 그리고 어느 정도 성과가 있었다는 사실도 안다. 나뿐 아니라 우리 집단이, 우리 사회가, 그리고 전 세계 사람들이 공유하는 감정들이 있지 않은가. 그들이 모두 공통으로 느끼고 생각하는 것이라면 그걸 개인의 투사라고 할 수 없지 않은가, 하고 반문할지도 모르겠다. 그러나 다수가 공유하는 진리나 객관성도 결국은 한 사회, 하나의 국가, 그리고 우주 안에 존재하는 아주 작은 이 지구 행성의 집단적 투사일 뿐 절대적인 진리는 아닐 것이다.

어쨌든 우리는 상대에 대해 내리는 모든 규정과 판단이, 그리고 상대에게서 느끼는 감정 대부분이 투사라는 사실을 알 필요가 있다. 그러므로 투사를 통해 배울 수는 있지만 상처 입고 그것에 갇힐 필요는 없다. 제레미 테일러가 '꿈의 진정한 의미가 무엇인지는 꿈꾼 사람만이 알 수 있다'고 강조했듯이 내가 쓴 글, 나의 작품, 그리고 내 인생이 가진 진정한 의미는 결국 나만이 알 수 있다.

2부

무엇을 쓸까:

글감 찾기

편지 쓰기:
죽도록 미운 당신에게

미움이란 굶주린 사랑.
칼릴 지브란

편지글은 말하듯 쓸 수 있는 가장 좋은 글이다. 상대가 내 앞에 있다고 상상하면서 그에게 말을 걸듯 쓰는 것이 글 잘 쓰는 요령 가운데 하나다. 이런 글 형식이 바로 편지글이다. 물론 치유하는 글쓰기 과정에서 쓴 편지들은 상대에게 부치지 않는다. 그래서 더 솔직하고 간절하게 쓸 수 있고, 그 때문에 치유적 효과도 크다.

편지 글쓰기의 대상은 아주 다양하다. 미운 사람, 그리운 사람, 시간이 오래 흘렀지만 아직 오해를 풀지 못한 사람 등에게 쓸 수 있다. 자기 자신이나 자기 내면의 다양한 자아 중 하나 또는 과거 어느 시점의 나에게 편지를 쓰는 것도 좋다. 유난히 고집스러운 나의 성격이나 우울한 자아, 노심초사하는 성격, 사춘기의 나에게 편지를 쓰는 것이다. 유난히 약한 자신의 신체 장기 중에 어떤 것에게 말을 걸어도 좋겠다. 늘 긴장해 있는 고단한 어깨, 허리, 또는 평생 고통을 느꼈던 위장이나 심장에게 사랑의 편지를 써보자.

분노의 근원을 찾는 시간

치유하는 글쓰기 프로그램은 가장 먼저 '죽도록 미운 당신에게 쓰는 편지'로 시작된다. '죽도록 미운 당신'이라는 소재가 편지글이라는 글쓰기 형식과 만났다. 평소에 떠올리기 가장 좋은 소재와 글쓰기 가장 쉬운 형식을 선택했다.

인간이라면 누구나 죽도록 미운 대상을 마음에 품고 있을 것이다. 사실 우리 마음에는 '죽도록'까지는 아니더라도 미워하는 대상이 수없이 살고 있다. 왜 그렇지 않겠는가. 내가 가진 심리적인 상처마다 연관된 누군가가 분명 있을 것이다.

프로그램 초반에 참여자들에게 '죽도록 미운 당신에게 쓰는 편지'를 과제물로 내준다. 그리고 이런 말을 덧붙인다. "제가 '죽도록 미운 당신에게'라는 말을 했을 때 가장 먼저 떠오른 사람, 그 사람에게 쓰면 될 거예요."

처음 만난 낯선 안내자가 '죽도록 미운 당신'을 떠올려 글을 써오라고 하면 참가들은 다소 불편할 수도 있다. 죽도록 미운 사람에 얽힌 시시콜콜한 사연을 써서 제출하기에는 아직 안내자와 쌓은 신뢰감이 너무 없기 때문이다. 그래도 누군가는 지시에 따라 과감하게 자기 드러내기를 감행하고, 어떤 사람은 사태를 관망하기 위해서 좀 덜 미운 사람, 미워해도 괜찮을 만한 사람, 또는 모호한 사람을 떠올려 글을 써온다.

어떤 식이든 상관없다. '죽도록 미운 사람'이란 말을 듣고 뜻하지 않았던 사람이 퍼뜩 떠올랐다면 그가 왜 생각났는지 성찰할 좋은 기회가 된다. 만약 죽도록 미운 사람은 미뤄두고 적당히 미운 사람을 골랐다 해도 나름대로 자신에 대해 생각해볼 수 있다. '아, 내가 증오를 드러내기에는 자신감이나 절실함 혹은 안내자에 대한 신뢰감이 아직 없구나'라는 사실을 발견할 수 있으니 나쁘지 않다.

'죽도록 미운 당신에게'라는 편지에서 '당신'으로 선정된 사람은 대부분 미운 사람 18번 레퍼토리이기 쉽다.

그동안 여기저기서 그에 대한 원망이나 분노를 거론한 적
이 있어서 미워하는 감정이나 이유를 비교적 설득력 있게
쓸 수 있다. 우리 의식 속에 미움과 증오의 대상으로 자리
잡은 그. 미운 감정만큼 나를 아프게 했던 그가 우리가 '씹
을 수 있는' 첫 번째 대상이 된다. 이처럼 쉽게 떠오르는
첫 번째 대상을 죽도록 미워하고 나면 이제까지 내면에 숨
어 있던, 예상치 못한 미운 사람들이 하나둘 떠오르게 될
것이다.

미워해도 괜찮아

왜 눈물 나게 고마운 당신에게 보내는 편지가 아니고
죽도록 미운 당신일까? 아름답고 행복하며 감동적이고 따
뜻한 이야기들도 우리의 눈물샘을 자극하며, 내면의 정화를
일으키는 훌륭한 소재다. 긍정적인 감정을 느끼게 하는 이
야기를 쓰는 게 부정적인 이야기를 쓰는 것보다 정신 건강
이나 신체 건강에 유익하다고 주장하는 전문가들도 있다.

그러나 우리가 고통받는 이유는 부정적인 감정을 억
누르고 살기 때문이다. 누군가를 미워하는 감정이 가득한
채 하루하루 살아간다는 것이 얼마나 힘에 부치며 고통스

러운 일인지 우리 모두 잘 안다. 미움의 감정을 있는 그대로 인정한다고 해도 말이다. 그러나 누구를 미워하는지, 혹은 미워하는 감정이 내 안에 존재하는지 의식조차 못 하고 살아가는 삶은 더욱 고통스럽다. 원인을 알 수 없는 불편함이 내내 인생의 발목을 붙잡고 놓아주지 않을 테니까.

누가 미운지 알게 되면 그 이유도 곧 찾을 수 있고(의지가 있다면!) 원인을 찾으면 대처할 방법도 마련할 수 있다. 반면에 원인을 알 수 없는 불편함은 잡히지도, 보이지도 않는 유령처럼 우리 주변을 어슬렁거리며 마음을 스산하게 한다. 일단 내면 깊숙이 억압해놓았거나, 나쁜 감정이라고 낙인찍힌 자기 안의 미움과 분노를 해소할 수 있는 통로를 마련한다는 차원에서 죽도록 미운 사람을 생각해보자.

많은 참여자가 '죽도록 미운' 사람을 떠올리라는 나의 주문에 난처해하며 조심스럽게 묻는다. "꼭 그렇게까지 죽도록 미워해야 하나요? 죽을 만큼 미운 사람은 없는데……" 나는 진담 반 농담 반 이렇게 대답한다. "아니, 인생을 살면서 죽도록 미운 사람 하나 못 만드셨다고요? 도대체 인생을 어떻게 사신 거예요?" 그러면 사람들이 까르르 웃는다. 나는 그분들의 마음속에, 무의식에 대고 말하고 싶다. 죽도록 미워해도, 그런 마음이 드러나도 괜찮다고, 그러니까 죽도록 미운 사람에게 편지를 쓰는 것은 '미워해도 괜찮아'라고 하는 자기 용서의 시작이라고 말이다.

흥미로운 건 '죽도록'이라는 단어에 대해서도 아주 다양한 연상을 한다는 것이다. 어떤 참여자는 '죽이고 싶도록……' 하는 공격적인 태도를 보이는가 하면, '내가 죽을 것처럼 미운'이라는 수동적 태도를 보이는 이도 있다. 또 어떤 이들은 누군가가 죽도록 미워서 눈물까지 흘리며 썼다고 털어놓는가 하면, 미운 사람이 없어서 애먹었다고 말하는 사람들도 있다. 고민하고 고민하다가 가장 미운 사람으로 자기 자신을 지목하는 이들도 있다.

내가 정말 싫어하고 미워해 마지않는 나에게.

엄마나 동생, 김부장 등 내가 싫어하는 사람에 대한 마음을 다 모은다 해도 널 싫어하는 내 마음에 비할까. 난 정말 네가 싫어.

왜 싫냐구? 네가 처음으로 정말로 좋아했던 남자친구가 말했듯이 네 성격이 어두워서 싫어. 여느 사람들처럼 항상 웃고 긍정적으로 생각하고 밝고 명랑하지 않고, 쉬이 우울해지고 부정적으로 생각하고 어둡고 잘 울고 잘 상처받는 게 정말 싫어. 주변 사람들의 행동에 민감하고 쉽게 상처받아서는 움츠러드는 약한 네가 정말정말 싫어.

지금도 넌 회사에 있는 주제에 남자친구 때문에 섭섭해져서는 책상 앞에서 울기나 하고 있잖아. 가장 행복하고 신나야 할 100일에조차 남자친구 때문에 마음 상해가지구 울고 우울해하고 남자친구는 네 모습에 짜증내고 상황을 이런 식으로밖에 못 만드는 네가 정말정말 싫고 밉다. 왜 왜 이렇게밖에 못하냐구!!!!! 차라리 이럴 거면 사귀지나 말든가.

사소한 일에도 아파하고 슬퍼하고 괴로워하는 네가 싫어. 그냥 남들이 뭐라 하든 남들이 네게 어떻게 하든 그렇게 크게 상처받거나 섭섭해하지 말고 담담하고 괜찮았으면 좋겠어. 어느 정도 사소한 일은 그냥 담대히 넘기고 괴로워하지 말고 괜찮았으면 좋겠어. 모든 일을 그렇게 심각하게 더 나쁘게 해석해서 증폭해서 크게 받아들여서 괴로워하지 않았으면 좋겠어.

ㅇ달

그 외에도 참여자들이 죽도록 미운 대상으로 삼은 이들은 남편과의 사이에서 사사건건 개입했던 시어머니나 사랑하는 엄마를 괴롭힌 할머니, 폭력적인 학교 선생님, 자신을 실망시킨 친구나 동료, 직장 상사나 선배, 애인 등 다양했다. 물론 가장 많이 거론된 이들은 부모나 형제자매, 남편 등 아주 가까운 가족이다. 알코올중독으로 폭력적이었던 아버지나 삶에 찌들어 딸에게 무심했던 어머니나 질투심 때문에 자신을 괴롭혔던 오빠, 자신의 심정을 이해하지 못하는 남편과 아내가 그들이다.

존칭어를 쓰지 않고 반말로 쓴 아랫글은 이십 대 여성이 자신의 아버지에게 쓴 편지다. 아버지에게 쏟아낸 그의 절규는 문장을 꾸미거나 다듬지 않아서 더 현실감이 느껴진다.

어떻게 그럴 수가 있냐. 사람이 아무리 상처가 많아도 그렇지. 다른 사람을 그렇게 무시하고 때리고 그럴 수 있냐. 것도 제일 소중한 사람한테. 나 정말 보고 듣고 그러는 것만으로도 너무 힘들었다. 모르지? 정말 힘들었다.

내가 말을 하면 들은 체도 안 하고 없는 사람 취급하고, 내가 울어도 본체만체하고 웃어도 본체만체하고. 미워하면 뒷모습만 봐도 싫다던데 어떻게 사소한 것 하나 가지고도 사람을 죽일 듯이 그러냐. 어떻게 했는데 병신이니 그런 욕을 할 수가 있냐... 그렇게 죽일 듯이 사람 때리고... 집에 있는 것만으로도 본능적으로 떨고 있는 내 모습이 불쌍하기도 하고 빨리 벗어나고 싶다.

ㅇ각설탕, 〈어떤 사람〉

엄마!

엄마는 먹고 살고 돈 벌고 땅 사느라 늘 바빴지. 오남매 중 막내인 나를 세 살 터울 언니에게 맡겨놓고 늘 일하러 가고 없었어. 이렇게 우는데도, 이렇게 애타게 엄마를 그리워하고 찾는데도 왜 오지를 않는 거야? 도대체 왜 안 오는 거야. 기다리고 기다리다 지쳐서 쓰러지고, 울다 지쳐 누워 있는 내가 가엽지도 않아? 지금 당장 와서 나를 안아주고 재워주고 밥 먹여주란 말야. 내가 아무것도 아니야? 소중한 엄마의 딸이 아니야? 그렇게 울고 애타게 찾는데도 어떻게 안 올 수가 있는 거야. 나의 울음을 왜 듣지 않는 거야!

짐승이 에미를 찾듯, 그렇게 울부짖으며 엄마를 찾고 따뜻한 보살핌을 그리워했어. 지금도 그때의 '엄마가 없는 서늘하고 막막한 감정과 애달픔'이 온몸으로 느껴져. 어린 내가 생각해도 기가 막힐 정도로, 기가 넘어갈 정도로 엄마는 날 방치했어. 그러다... 어느날부턴가... 엄마의 보살핌과 사랑을 받지 못한다는 절망감이 분노와 원망으로 바뀌면서 해소되지 않는 분노를 겨우 세 살 터울인 작은 언니에게 쏟아붓고 죄책감에 고통스러워하며 그렇게그렇게 어린 시절을 보냈어.

○나무야

위의 글은 애간장이 끊어지듯 감정과 요구를 선명하

게 드러냈다. 자신의 감정과 느낌을 이렇게 분명히 알고 있다면 문제 해결이 쉽다. 그러나 미워한다고도 용서한다고도 말할 수 없는, 미움과 죄책감을 동시에 느끼게 하는 부모도 있다.

너무 사랑해서
죽도록 미운 당신

다음은 글쓴이가 아주 어린 시절, 엄마와 이혼한 뒤 소원하게 살아가다가 혼자 죽어간 아빠에게 쓴 편지이다.

죽도록 밉지도, 그렇다고 아무렇지도 않았던 당신에게 나는 지금 편지를 씁니다.

대학교 친구들과 처음으로 다 같이 연극을 보러 갔던 날, <늙은 도둑이야기>, 제목도 기억이 나요. 그날 외할머니가 전화하셨더랬죠. 아빠가 죽었다고 했어요. 나는 그때 공갈이 아닐까. 내가 보고 싶어서 아빠가 누군가를 시켜 거짓말을 하는 게 아닐까 생각을 했었더랬어요. 미안해요. 아빠. 사람이 죽어서 영혼이 된다면 아마 아빠는 내가 제일 보고 싶었으니까 내 옆에 달려왔겠죠. 아빠의 죽음 앞에서도 너무나 태연한 나에게 화를 냈을지도 몰라요. 그래도 난 못 듣고 있었을 테니 아빠는 속이 더 많이 상했을 거예요.

마지막으로 통화했던 날도 기억나요. 아빠는 나한테 사랑한다고 말했죠. 참 빈말이라도 '나도'라고 할 수 있었을텐데 나는 매정한 목소리로 "응"이라고 했죠. 그 순간에는 아빠의 사랑을 받아주는 것만으로도 내가 대견하게 느껴졌어요. 아빠는 나를 사랑하거나 그리워할 자격도 없는 사람이라고 생각하고 있었지요.

ㅇ빛나는 큐브

이처럼 죽도록 미운 당신으로 가장 자주 등장하는 대상은 집을 나간 엄마, 일찍 돌아가신 아빠다. 너무 사무치게 그리워서 죽도록 미운 당신이다. 또는 제대로 사랑하고 싶었으나 관계 맺기에 실패한 대상들이다. 그러니까 죽도록 미운 사람은 사실 죽도록 사랑하는, 또는 사랑하고 싶었던 사람인 것이다.

아래는 폭력적인 집안 환경에서 자라나 집안 식구를 원망하며 살았던 한 여성이 치유하는 글쓰기 프로그램 마지막 시간에 쓴 글이다.

제가 우리 가족에게 갖고 있었던 미움만큼이나 사랑도 크게

있었다는 거... 그 사랑이 죄책감이 되어 내게 시퍼렇게 날이
선 흉기가 되어 왔다는 거... 그거 깨닫고 나서는 무엇인가 족
쇄가 풀린 것 같은 느낌입니다. 아침에 집을 나설 때... 왠지 몸
이 가벼운 것 같은 느낌... 오랜만에 엄마와 통화를 했는데... 전
같이 귀찮고 싫은 거 아니고... 엄마가 나 정말 많이 걱정하는
구나... 그 마음이 고맙게 느껴지는 거... 그런 거 참 좋았습니다.
○조앤

결국 우리는 미움과 사랑의 감정이 동전의 양면임을
알게 된다. '죽도록 미운 당신에게'라는 제목의 과제를 안
고 씨름했지만, 프로그램이 끝나가면서 그 편지의 대상은
내가 화해하기를, 그리고 사랑하기를 죽도록 원했던 상대
라는 사실을 알게 된다.

무의식이 보내는 신호:
내 삶의 패턴 찾기

의식의 진화에서는, 우리를 가장 머리 아프게 만드는 것이
언제나 최고로 풍요로운 기회가 된다.
로버트 A. 존슨, 《WE》

  《죽음의 수용소에서》를 쓴 빅터 프랭클은 유태인 정
신과 의사였다. 그는 2차 대전 당시 아우슈비츠에 끌려가
죽음의 문턱을 넘나들었을 뿐 아니라 사랑하는 부모와 형
제, 그리고 아내를 잃는 고통까지 경험해야 했다. 말하자
면 그는 죽음보다 더 혹독한 고통을 경험한 것이다. 그런
데 흥미롭게도 그런 고통스런 체험을 통해 그가 얻은 것은
절망이거나 냉소가 아니라 '삶의 의미'가 갖는 중요성이었
다. 책임감, 양심, 정의, 영성 같은 삶의 의미를 추구하는

사람은 죽음을 목전에 둔 상태에서도 타인을 배려하는 선행을 베풀었으며 죽기 직전까지 희망을 버리지 않았다. 다시 말해 삶의 의미를 추구하는 사람은 비인간적이고 절망적인 상황에서도 존엄한 인간성을 유지했다. 절체절명의 조건에서는 인간도 짐승과 다를 바 없이 본능적 존재가 된다는 기존의 통설과는 다른 주장이다.

삶에 담긴 의미와 목적성

프랭클은 삶의 의미와 목적이 이토록 중요하기 때문에 인간의 실존에 커다란 영향을 미친다고 주장했다. 인생의 의미와 목적을 상실했을 때 심리적인 문제가 생겨나며, 반대로 그것을 찾아가는 과정에서 치료가 이루어진다. 인간이 존재하는 이유는 각자에게 주어진 인생의 사명과 의미를 찾아가기 위해서이며, 이를 위해 노력하는 사람은 어떤 환경에서도 견뎌낼 힘을 갖게 된다.

융도 삶의 목적성과 의미에 대해서 이야기한다. 인간은 자기실현이라고 하는 이상적인 상태를 추구하는, 목적성을 가진 존재다. 그림자를 통합하고 집단 무의식과 만나는 자기실현의 과정에서 인간이 만나게 되는 안내자는 꿈과 신화 같은 상징적인 것들이다. 동시성의 원리도 인간의 성장을 돕는 일종의 신호(sign)가 될 수 있다.

동시성의 원리에 대한 유명한 일화가 하나 있다. 융에게 상담을 받던 한 내담자가 있었다. 그는 지나치게 합리성을 따졌기 때문에 무의식의 세계를 인지시키기 어려운 사람이었다. 그런 그가 어느 날 풍뎅이 꿈을 꾸고, 그걸 융에게 이야기했다. 꿈에서 누군가가 황금색 풍뎅이 모양의 보석을 그에게 선물로 주었다는 것이다. 그 얘기를 듣고 있던 융의 등 뒤 닫힌 창문에서 뭔가 부딪히는 소리가 났다. 돌아보니 내담자가 말한 풍뎅이와 유사한 곤충이 창 안으로 들어오려 하고 있었다. 융은 그 곤충을 잡아서 내담자에게 보여주었고, 내담자는 이 우연의 일치에 깜짝 놀란다. 그 후 내담자는 깐깐한 태도를 고치고 융의 치료에 적극적으로 응하게 됐다. 이처럼 외부 사건과 인간의 내면이 우연히 일치해서 일어나는 사건을 융은 '동시성의 원리'라고 했다. 합리나 이성, 또는 논리적인 인과관계로 설명할 수 없는 일들이 서로 연관되어 일어나는 것이다.

우리도 그런 일을 종종 경험한다. 예를 들어 오래 만나지 않던 친구가 생각났는데 갑자기 그에게서 전화가 왔다든지, '이제 마음공부를 하고 싶다'는 생각을 할 때쯤 우연히 내면 성찰이나 심리학 관련 도서를 선물받는 경우가 그것이다. 그런 일이 일어난다면 내가 가고 있는 길이 틀리지 않구나, 라고 생각하면 된다. '당신의 선택이 옳다'는 신호가 보내졌기 때문이다.

물론 인생을 안내하는 신호가 늘 이렇게 간단하고 기분 좋게 찾아오는 것은 아니다. 우리가 겪는 사건, 사고, 고난 등도 가야 할 길을 알려주는 신호가 된다. 주위에서 죽음 같은 고난을 겪은 뒤 자기 길을 찾은 사람들의 이야기를 종종 듣는다. 나는 이런 모든 메시지를 '무의식이 보내는 신호'라고 말한다. 무의식이 보내는 신호는 간혹 아주 사소해서 알아차리기 힘든 형태로, 어떤 것은 아주 험난하고 긴 고통의 여정으로, 또 어떤 것은 지루하게 반복되는 일상으로 우리에게 찾아온다.

융은 그 모든 일이 무의식의 어떤 초월적인 힘으로부터 일어난다고 말한다. 그것이 내면의 무의식적 요소든, 아니면 우리 밖의 절대적 초월자로부터 오든 그걸 밝히려고 애쓸 필요는 없다. 그저 내게 오는 것들이 쓰레기통이나 분리수거함에 버려질 것이 아니라, 봉투의 뚜껑을 열어 그 내용물을 확인해야 하는 중요한 메시지라는 사실을 알면 된다. 반복되는 메시지가 가리키는 최종 목적지가 어디인지 언젠가는 알게 되며, 그것이 어디에서 왔는지도 자연스럽게 알게 될 것이다.

이런 관점에서 보면 인간이 경험하는 일에서 실패나 저주, 죄와 벌은 없다. 그 모든 것은 자신의 인생에서 청산하거나 변화해야 할 것이 무엇이며, 언제 그렇게 해야 하는지 알려주는 신호일 뿐이다. 다시 말해 어제보다 나은 오늘, 내일로 가는 오늘만 있을 뿐 절대적인 퇴행은 없다.

파울로 코엘료의 소설《연금술사》의 주인공 산티아고는 양치기를 그만두고 자아의 신화를 찾아 먼 여행길에 오른다. 그 과정에서 그는 수많은 사람을 만나 다양한 경험을 한다. 생명을 위협하는 위기 상황을 만나고 시간을 지체하는 일이 생겨서 발이 묶이기도 하지만 그 모든 여정에서 자아의 신화를 찾도록 안내하는 신호를 만난다. 그것은 산티아고를 더욱 단련시키고 성숙하도록 도와주며 가야 할 길을 제시한다.

발걸음을 내딛는
모든 자리에 신호가 있다

글쓰기 치료에서도 이 같은 신호에 귀 기울이라고 주문한다.《저널치료》의 저자 캐슬린 아담스는 삶이 주는 은유나 상징에 관심을 가지고 직관을 발전시켜서 그것들이 주는 정보를 해독하라고 충고한다. 우리가 어떤 상황에 처할 때마다 '이 상황이 내 삶의 어떤 은유이며, 무엇을 상징하는 걸까?'라고 묻는 습관을 지니라는 것이다. 그리고 그 질문에 대한 해답을 '직관'에서 찾으라고 말한다. 이성이나 논리가 아니라 '직관'에서 말이다.

그렇다면 도대체 어떤 것들이 인생의 메시지일까? 치유하는 글쓰기 프로그램에서 나는 참여자들에게 이런 과제물을 제출하도록 안내한다. 반복하고 있거나 우연한 경험, 또는 인생의 고비 등에 대해 글을 쓰라고 말이다.

무의식이 보내는 신호들

첫째, 분노, 우울감, 짜증, 긴장감, 불안, 슬픔이나 서러움 같은 감정에 사로잡히지 않는가?

둘째, 죄의식이나 수치심, 열등감, 외로움, 의심, 공포를 경험하는가?

셋째, 건망증이나 불면증, 거식증과 폭식증, 실없는 웃음, 술중독이나 일중독 같은 습관적 행동을 하지 않는가?

넷째, 인간관계를 맺을 때 의존적이거나 자기희생적인가? 혹은 집착과 회피를 반복한다든지 따돌림 등을 경험한 적이 있는가?

다섯째, 근육경련과 과민성 증상은 없는가?

여섯째, 유난히 거슬리는 이미지, 냄새나 소리, 촉감 같은 게 있는가?

일곱째, 자꾸 기억나는 과거의 장면이 있는가?

여덟째, 인생의 아주 커다란 계기, 이를테면 이혼이나 실직, 사별과 같은 일을 맞닥뜨린 적 있는가?

아홉째, 어떤 꿈을 꾸는가? 꿈에 반복해서 등장하는 장면이나 소재가 있는가?

이 외에도 신호가 될 만한 것들은 많다. 과장해서 말하자면 우리가 발걸음을 내디딜 때마다, 숨을 한 번 들이쉬고 마실 때마다 느껴지는 것들과 경험하는 모든 것이 신호가 될 수 있다. 반복해서 일어나고 있다면 더욱더 유의해서 살펴야 한다. 일상에서 반복하거나 패턴이 된 것들, 우리를 불쾌하거나 불편하게 만드는 것들에는 무엇이 있는가? 그것을 살펴보는 일이 자신의 문제를 성찰하는 첫 번째 단계다.

이렇게 신호가 될 만한 모든 것을 목록으로 정리해본다. 신호의 의미가 무엇인지 퍼뜩 떠오르는 게 있다면 목록 옆에 메모해둔다. 이 주제에 집중해 있으면 수시로 신호가 될 만한 것들이 떠오를 수 있다. 틈틈이 그것들을 목록에 보탠다.

그리고 목록 중에서 하나를 골라 본격적으로 글을 쓰기 시작한다. '이 일이 왜 나에게 일어나는 거지?'라고 자문한 뒤에 떠오르는 생각을 모두 적어보라. 그 일과 관련해 떠오르는 장면이 있는지, 언제 그 일이 일어나는지, 그일을 경험할 때 어떤 기분을 느끼는지, 어떻게 대처하는지 등등을 말이다. 글에 집중하다 보면 평소 이유를 알 수 없던 일들에 대해 놀라운 통찰이 가능해진다.

신호가 찾아오는 이유는 대체로 이런 것이다. 인생에서 변화가 필요하거나 치유를 시작해야 할 때라고, 더는 시간을 지체하지 말라고, 인생의 새로운 단계가 오고 있으니 상처를 치유하고 다음 단계로 나아가라고 말해주기 위해서다. 불편한 느낌을 주는 신호라도 당신을 벌하거나 불행에 빠뜨리려는 게 아니다. 성장하기 위해 필요한 것을 당신에게 알려주기 위함이다.

그렇다고 해서 지나친 의도를 앞세우거나 '변화'와 '발전'이라는 정답을 미리 정해두고 글을 써서는 안 된다. 그저 글이 흐르는 대로 자신을 내맡기는 것이다. 신호가 안내하는 곳은 전혀 의외의 곳일 수도 있다.

아래의 글은 피해의식에 대해 쓰려고 하다가 반복적으로 머릿속에 떠오르는 어린 시절의 어떤 장면들을 하나씩 정리한 것이다. 소심하고 두려움이 많았던 그녀에게 강제로 주어진 특권이나 특혜가 그녀를 더욱 위축시키고 결국 인생을 주도적으로 살지 못하도록 했을 것이다. 그런 경험들이 바로 그녀가 처음 쓰고 싶어 했던 글의 주제, 즉 깊은 피해의식의 원인이었을 것이다.

어린시절 기억이 마치 영화 속 스틸컷이나 사진 한 장처럼 한 조각, 한 조각이 반복되어 떠오르는 장면들이 몇 가지가 있다. 대부분 지금의 소심한 나를 대변하는 기억인 것 같은데, 지금까지도 그 기억들은 왜 그때, 그 시간에, 내가 그곳에 있었으며, 또 왜 지금까지도 잊지 못하고 문득 떠오르곤 하는지, 어떻게 벗어나면 좋을지, 정말 모르겠다.

처음엔 사실, 나의 피해의식에 관한 기억들을 쓰고 싶었다. 헌데, 떠오르는 기억들을 되짚어 보니, 피해의식도 피해의식이지만 그전에 앞서, 소심함.. 혹은 두려움...에 관한 기억들이 속속들이 수면으로 떠올랐다. 그 기억들을 또 한번, 끄집어내 보면.. 하나는, 유치원 때 뜬금없이 내가 수영복을 입고 화려한 수영모자를 쓰고, 어디인지 모르는 야외 수영장 한가운데에 덩그러니 서 있었던 기억이다. 또 하나는, 초등학교 1학년 때. 한 반에 90명이라는 아이들이 수업을 받던 시절(-_-;;;) 선생님이 그 많은 아이들 틈에서 나만 일으켜 세워 반장을 하라고 계속 이야기했던 기억이다. 당시 나는 수십 명이나 되는 아이들의 시선을 받으며 그 속에 서 있던 것만으로도 겁이 났는데, 반의 대표라는 반장이란 것까지 시키려 하다니! 싫다는 말도 못하고, 그저 울먹거리며 고개만 젓던 내 모습에, 선생님은 결국 내 고집을 꺾지 못하고 다른 아이에게 반장 일을 맡기셨다…

○몰루

다음 글은 큰 목소리에 민감하게 반응하는 자신의 태도를 떠올리면서 그 원인을 가족에서 찾아본 것이다. 마지막 글은 반복되는 성추행 때문에 지금은 외모에 전혀 신경 쓰지 않게 된 이야기를 담았다.

큰 목소리. 난 큰 목소리에 너무나도 민감하고 예민하게 반응한다. 큰 목소리 그 자체가 나에게 스트레스를 준다. 누가 옆에서 큰 목소리로 이야기하고 있으면 스트레스 지수가 막 올라가는 게 느껴진다. 괴롭고 그 사람이 너무너무 싫어지고 화가 나려고 한다. 다른 사람들이 장난으로 말 중간중간에 큰소리 내는 것도 너무너무 싫다. 큰 소리는 날 숨막히게 하고 정신적으로 매우 피곤하게 한다. 왜 그럴까. 아무래도 아버지의 영향이 아닐까. 우리 아버지는 목소리가 매우매우 크고 성격도 매우 급하다. 아버지랑 어머니는 다정한 사이가 아니라서 내가 어렸을 때부터 자주 큰 소리로 싸우곤 하셨는데, 그때마다 너무 두렵고 무섭고 아버지가 싫었고, 아버지의 그 큰 목소리도 싫었다.

ㅇ해피투게더

난 거울이 없어. 내가 사는 자취방에는 이사 올 때 누가 준 작은 거울 이외에는 거울이 없어. 음. 하나 있긴 해. 그건 바로 화장품에 달린 거울. 난 거울을 좋아하지 않아. 거울 없이 사는 내 삶은 피폐함 그 자체였지. 여성으로서 말이야.

난 시골에서 자랐는데 어렸을 때 귀엽고 예쁜 아이였대. 눈이 크고 몸은 야리야리한 소녀였지. 그래서 그랬나? 날 귀여운 어린이로 보아주면 참 좋았을텐데. 그 어린아이에게 왜 여성을 원하는 이상한 사람들이 있을까? 아홉 살에 학교 가다가 낯선 아저씨가 태워주는 오토바이를 어쩔 수 없이 타게 되었어. 그 아저씨는 아무도 없는 산길을 혼자 가는 어린 꼬마가 만만했겠지. 아저씨는 "괜찮다" 그러면서 날 내리지 못하게 하고서는 한 손으로는 내 팬티를 찾았어. 5학년 때는 외삼촌이 자고 있는 내 몸을 더듬고는 치마 속에 손을 넣었어. 제기랄. 내 몸은 소중하다는 생각을 나도 좀 하고 싶은데…….

ㅇ짱아

일상을 살펴보면 보이지
않던 것이 드러난다

우리는 자신에게 일어나는 일들에 대해 크게 관심 갖지 않는다. 대부분은 기분 좋은 것과 불쾌한 것 정도로 느낄 뿐이다. 기분 좋게 만드는 것은 조금 더 음미하고 즐기려 하고, 불쾌한 것은 외면하고 회피함으로써 그에 대한 사고기능이 끝난다. 이 두 가지 태도는 거의 본능적이라서 의식하지 못할 정도로 순식간에 스쳐 지나간다.

그런데 신호 찾기 시간을 경험해본 사람들은 인생에서 일어나는 많은 것들에 새롭게 관심을 갖는다. 크고 작은 일에 새삼 애정을 느끼고, 두려워하거나 골치 아파하면서 외면했던 과거와는 달리 좀더 관심을 갖고 삶을 바라보기 시작한다. 보통 불쾌한 경험을 할 때 사람들은 뭐가 잘못되지 않을까? 하는 두려움이나 내 탓인가? 하는 죄책감을 느끼는데, 이런 생각 없이 자신의 경험을 알아차린 후 그게 뭘까 탐색하게 된다.

다음은 '무의식이 보내는 신호'의 과제물을 제출한 뒤 냄새를 통해 과거 기억을 떠올린 한 참여자가 카페에 올린 글이다.

제가 울집 강아지 아롱이도 아니고...^^

아무렇지도 않게 차를 마시러 탕비실을 향해 걷는데 제 코끝으로 냄새가 스며들었습니다. 그 냄새를 맡는 순간 어린시절 제가 좋아하던 소꿉놀이 했던 어느 날이 기억났어요. 걷다 말고 잠시 멈춰 서서 그 날의 제 모습을 떠올렸습니다. 기억이 날 듯 말 듯, 장소랑, 친구들 얼굴이랑, 소꿉놀이 장난감이랑, 어린 제 모습... 그 느낌은 아련함...이었습니다.

갑자기 울컥해지길래, 재빨리 발걸음을 떼었어여. 왜 하필이면 그 날의 냄새를 기억했는지... 다들 이런 경험 있으시죠? 그 전에도 냄새로 무언가 기억한 일이 있긴 하지만, 오늘의 느낌은 사뭇 다르네여. 치유하는 글쓰기 수업을 들어서인가, 일상적인 것에 대해서도 그냥 지나치지 않고 생각하게 돼요. 냄새가 무언가를 기억나게 한다는 것은 참으로 재미있는 경험이네요. 그 덕분에 오늘 많은 생각을 하게 됩니다.

ㅇ땡감

일상의 작은 것들을 챙기기 시작하면 보이지 않던 것들이 서서히 윤곽을 드러낸다. 처음엔 의미를 알 수 없는 조각들이 듬성듬성 의식 속에 떠오르지만 조각들이 더 많이 올라오면 전체 그림이 제 모습을 드러내는 조각 퍼즐처럼 우리의 인생도 그렇다. 내가 어떤 인생을 추구하면서 살아가는지, 운명은 나에게 어떤 길로 가라고 하는지, 그리고 나는 운명에 어떤 태도를 보이는지 알게 된다. 물론 아주 오랜 시간에 걸쳐서 서서히 이루어지는 일이다. 그러니 긴 시간과 각고의 노력이 요구되더라도 절대 포기하지 않았으면 한다. 거대한 숲속에서 길을 잃고 헤매다가 위로 올라와 숲 전체를 관조하게 될 때, 그때 느끼는 기쁨과 삶에 대한 확신을 위해서라면 당신의 인생을 투자할 만하다고 얘기해주고 싶다.

그 과정이 결코 수월하진 않을 것이다. 신호에 대해 너무 많은 생각을 하느라 머리가 터질 것처럼 복잡해지거나 길을 잃고 헤맬 수 있다. 신호를 따라서 올라간 산에서 이 산이 아니구나, 하고 다시 내려와야 할지도 모른다. 그러나 길게 보면, 그 모든 시간 또한 헛되지 않다는 것을 알게 된다. 혼란스러웠던 경험이 나를 단련시켜준 덕분에 인생이 내주는 수수께끼를 더 잘 풀 수 있을 것이다.

과거로 가는 글쓰기:
가족이 만든 흔적

> 누구에게나 반드시 얼마간의 비는 내리고
> 어둡고 쓸쓸한 날은 있는 법이니.
>
> 헨리 워즈워드 롱펠로

가족은, 인생의 신호 혹은 메시지라고 할 수 있는 대부분의 증상을 만들어내는 원천이다. 심리학과 가족학은 이미 오래전부터 인간의 심리적인 문제가 대부분 가족관계에서 비롯된다고 주장했다. 선천적으로 타고나는 기질과 병리를 제외한다면 말이다. 태어나기 전 어머니의 뱃속에서 경험하는 것이 더 근본적인 원인이라고 말하는 이들도 있지만 현대과학이 인정하는 심리학의 범주는 출생 후 가족관계부터라고 할 수 있다.

가정은 가장 깊은 사랑을 제공하는 곳이면서 동시에 가장 치명적인 상처를 주는 곳이기도 하다. 다소 문학적이고 낭만적으로 표현하자면, 가장 사랑하는 사람이 가장 큰 고통을 준다. 사랑이란 원래 모든 빗장을 풀고, 경계선을 허물고 무장 해제해야 나눌 수 있는데, 생살을 드러낸 바로 그때가 가장 위험한 순간이 아닌가. 애무하다가도 상처를 입을 수 있다.

인간에게 가족의 영향력이 절대적일 수밖에 없는 또 다른 이유가 있다. 그것은 생의 '첫 경험'이 대부분 가족관계를 통해 이루어지기 때문이다. 나는 가족의 영향력이 중요하다기보다는 삶의 첫 경험, 또는 초기 경험이 더 중요하다고 믿는 편이다. 가족 밖에서 경험하는 '첫 경험' 역시 이후 인생에 큰 영향을 미치는 경우가 많다. 첫 직장에서 갖게 된 근무 태도나 경험이 이후 직장생활 내내 영향을 미친다. 그 외에도 첫 번째 상사와 동료, 첫 성관계, 첫 번째 연인, 신혼 초, 첫인상, 첫 공부습관 등이 대부분 우리 뇌리에 깊이 각인된다. 가정은 우리에게 인간관계, 즉 이성관계와 동성관계, 양육과 보호의 관계, 형제자매와 맺는 또래관계를 생애 처음 제공하는 곳이다. 우리는 그곳에서 처음으로 사랑과 미움, 갈등과 화해, 경쟁과 질투 그리고 그것을 극복하는 과정을 경험한다. 본능을 통제하고 페

르소나를 만드는 시작도 이곳에서 이루어진다.

게다가 우리는 모두 미숙하다. 고통과 상처 때문에 성장을 멈춘 내면의 어린아이가 존재하는 이상 때때로 사랑하는 사람들을 향해, 사랑하기 때문에 그러는 것이라고 외치면서 칼을 휘두르고 화살을 쏘아댄다. 그래서 우리의 자식들도 수치심과 분노와 피해의식으로 얼룩진 내면의 어린아이를 만들어낸다. 상처 입은 내면아이가 대물림되는 것도 가족 안에서다.

상처 입은 내면아이 수용소

영화 〈키드〉는 상처받은 내면아이에 대해 아주 잘 다룬 영화다. 주인공 러스(브루스 윌리스)는 성공한 이미지 컨설턴트지만 그를 좋아하는 사람은 별로 없는 까칠한 성격의 외로운 남자다. 어느 날 그에게 여덟 살 때의 자신인 러스티라는 꼬마애가 찾아오고 우여곡절 끝에 둘은 트라우마를 경험한 여덟 살 시절로 돌아간다.

러스는 자신이 까칠한 성공주의자로 변한 것이 친구들의 괴롭힘 때문이라고 기억한다. 뚱뚱하고 용기 없는 '코찔찔이' 러스티가 친구들의 괴롭힘을 극복하기 위해 공부와 사회적인 성공에 매달렸고 그 결과 전혀 딴사람이 됐다고 생각한 것이다. 러스는 자신의 내면아이인 러스티가 과거 자신을 괴롭힌 친구들과 싸워 이긴다면 내면의 상처가 극복될 거라고 기대했다.

그러나 어린 러스티와 함께 돌아간 여덟 살 시절의 과거에서 그가 목격한 진실은 매우 달랐다. 러스티가 친구와 싸우고 교장실에 있던 날, 아픈 어머니가 학교에 찾아와 그를 집으로 데려갔고, 이 사실을 알게 된 아버지는 러스티를 잡고 거칠게 흔들면서 화를 낸다. 두려워서 눈물을 흘리는 러스티에게 아버지는 바보처럼 울지 말라고 소리친다. 그리고 "너 때문에 엄마가 죽을 수도 있다"고 소리친 뒤 아내와 함께 집 안으로 들어간다.

러스티는 그 모든 장면을 목격한 러스에게 다가가서 눈물을 흘리며 말한다.

"엄마가 죽어가요."

"알아."

"곧이요?"

"다음 생일 전에."

"내 잘못이에요?"

"아냐. 네 잘못이 아니야. 아빠도 겁이 나서 그런 말씀을 하신 거야."

러스는 눈물을 흘리며 내면아이인 러스티를 깊고 따뜻하게 포옹한다.

아이들의 따돌림 때문에 상처 입었다고 생각했던 러스의 기억은 왜곡된 것이었다. 자신이 말썽을 부려서 어머니의 병이 더욱 악화됐고, 그래서 어머니가 돌아가셨을 거라는 깊은 죄의식이 기억을 왜곡하도록 만든 것이다. 어쨌든 러스와 러스티의 깊은 포옹은 그가 죄의식에 빠진 여덟 살 내면아이와 화해했음을 보여준다. 이제 그의 내면아이는 성장할 것이다.

그런데 우리 안에는 내면아이가 한 명만 사는 게 아닌 것 같다. 고통이 있던 자리마다 딱 거기서 성장을 멈춘 아이들이 있다. 아버지가 구타하기 시작한 그 시간에 머물러 있는 아이, 어머니가 집을 나간 그 날에 머물러 있는 아이, 길에서 부모를 잃어버려 헤매던 그때 성장을 멈춘 아이, 어머니와 아버지가 죽일 듯이 싸우는 장면을 목격한 아이, 시부모 때문에 고통받던 어머니가 어느 날 부엌에 쪼그려 앉아 하염없이 우는 모습을 바라보던 아이……. 다양한 정신연령을 가진 크고 작은 아이들이 우리 내면에 존재한다. 그런 점에서 우리 내면은 어디로 가야 할지 방향을 잃어버린 아이들로 꽉 찬, 상처 입은 아이들의 수용소다. 대부분 가족, 그중에서도 부모가 상처 입은 아이를 만들어주었으며, 가해자는 부모 속에 숨어 있던 내면의 아이들이다. 그러니까 성인이 되어 물리적인 힘만 세진 부모의 내면아이가 자신의 아이들에게 분노의 주먹을 휘두른 것이다.

다음은 어머니로부터 평생 저주에 가까운 욕설을 들었던 참여자의 글이다.

엄마는 최선을 다해 저를 키워주셨는데 저는 왜 이렇게 엄마를 생각하면 괴로운 마음이 드는지 모르겠어요. 엄마는 엄마의 힘들고 불만스러웠던 결혼생활에 대한 분노의 분출구로 저를 대하셨던 거 같아요. 전 아버지와 가장 많이 닮았으니까요. 어렸을 때부터 저를 혼내실 땐 늘 '못되처먹은 년', '못된 족속의 년', '쌍년', '죽일 년', '못되처먹은 족속의 피가 흐르는 년', '종자가 틀려먹은 년'이라는, 저의 존재 자체를 거부하는, 도저히 입에 담기도 끔찍스러운 욕을 퍼부으셨지요. 왜 그러셨어요? 제가 그렇게도 싫으셨어요?

저는 어떻게든 엄마에게 잘 보이고 싶어 혼나고 난 다음엔 작은 선물을(껌, 지금도 눈에 선한 노란색 슬리퍼 등) 드렸지요. 중3 때는 죽어야겠다고 생각하고 학교 옥상에 올라갔다가 차마 떨어지진 못하고 옥상에 앉아 한참동안 하늘만 올려다보다가 내려온 적이 있어요. 그때 이후로 가끔씩 막막한 마음이

156

들면 하늘을 아주 한참 동안 올려다보는 습관이 생겼답니다.
ㅇ바다

아래의 글은 어떤 설명도, 약속도 없이 집을 나가 끝내는 돌아오지 않았던 엄마를 그리워하며 쓴 글이다. 아마도 어른들 사이에 풀지 못한 문제가 있었을 것이고, 그 어른들이 선택한 해결방법은 아무 말 없이 어머니가 사라지는 것이었으리라. 그러나 미숙한 어른들의 판단 때문에 우리는 어른이 되어서도 시린 마음으로 살아가야 한다.

열 살쯤이었나 잠에서 깬 어스름한 오후, 혹은 새벽 집에는 아무도 없고 조용한 주위가 무서워 엄마 - 하고 부르며 신을 신다가 그만 시멘트바닥에 넘어졌어. 선명하게 엄마 - 라고 간절하게 불렀던 마지막 기억. 머릿속이 하얘져서 고개를 들었을 땐 불렀던 엄마는 오지 않고 무릎에서 피만 흘렀지. 무심히 하얀 낮달 혼자 떠 있었어.

(중략)

지금도 낮달이 떠 있는 오후에는 머리가 멍하고 웅크리고 있어도 어딘가 자꾸 바람이 들어오니까.
ㅇ파도를 타고

'상처 없는 나'는 없다

　앞에서 내면의 상처는 대부분 부모가 만든다고 말했다. 하지만 부모를 책망하고 싶은 마음은 없다. 우리는 사회화 과정에서 수없이 상처를 입는다. 인류에게 수많은 지혜의 전승이 이루어진다고는 하나 상처 없이 건강한 어른을 만들어내는 방법을 우리는 아직도 잘 모른다.

　많은 심리학자가 인간의 정신적 상처에 대해 우려하고 연구했지만 상처의 악순환은 너무나 필연적이어서 특별한 문제일 것도 없다. 지금까지 많은 사람들이 내 자식만은 상처 없이 키우겠노라고 다짐했으나 그 누구도 완벽하게 성공하지 못했다.

　열심히 노력해서 완전히 성숙해진 뒤에 가정을 이룬다면 상처 없는 아이를 기를 수 있을까? 불행히도 '상처 없는 나'는 죽을 때까지 불가능하다. 만에 하나 완벽한 부모가 됐다고 하더라도 아이는 우연한 외부의 재해나 가족 밖의 폭력으로 인해 '필연적으로' 불행을 경험하게 된다. 그러므로 우리는 예외 없이 상처를 갖고 있으며 그 상처를 치유하는 과정에 서 있다.

　그러니 왜 나만 이런 고통을 겪어야 하나 슬퍼할 필요는 없다. 누구나 고통을 가지고 있다. 지금 무심히 당신

곁을 스쳐 지나가는 직장동료, 행복한 표정을 짓는 결혼식장의 신랑신부, 모두가 부러워하는 성공을 거머쥔 이웃이 사실은 소설에나 나옴직한 비극적인 아픔을 가졌는지도 모른다.

이제 남과 비교하기 위해 밖으로 향해 있던 시선을 거두고, 내면으로 돌아오자. 내 속에 웅숭그린 아이들을 하나씩 바라봐주고 그들의 이야기를 들어주고 눈물을 닦아줘야 한다. 우리는 너무 많이 커버려서 누군가의 돌봄을 기대할 수 없게 됐다. 나만이 나를 돌볼 수 있다. 그럴 나이가 된 것이다.

대부분의 영성 서적과 자기계발서들이 과거나 미래에 얽매이지 말고 지금, 현재에 집중하라고 말한다. 하지만 가족관계로부터 얻은 상처를 치유하기 위해서는 잠시 과거로 여행을 떠나야 한다. 그것은 과거에 집착하는 것과 다르다. 〈키드〉의 러스처럼 상처가 아물면 미련 없이 그곳을 떠나올 것이기 때문이다.

많은 사람이 "나는 부모를 이미 용서했고 화해했다, 그들도 그럴 수밖에 없었다는 사실을 완전히 이해했다, 그러면 된 거 아니냐"라고 말하며 자신의 상처를 더는 돌아보려 하지 않는다. 그런데 지금의 부모와는 화해했을지라도 과거의 상처는 여전히 남아 있다. 자식들에게 폭력을 행사하던 아버지가 지금은 늙어 힘이 없고 사죄의 뜻까지 비쳤다면 참 다행한 일이다. 이렇게 현실의 아버지와는 마음의 화해를 했을지라도 그때의 감정은 아직도 생생히 살아 있다. 폭력적인 사람이나 상황에 맞닥뜨리면 여전히 분노가 치밀어오르거나 압도될 만한 공포감에 휩싸이는 경우가 많을 것이다. 아버지와 비슷한 느낌의 사람들과는 인간관계를 맺기 어려울 수도 있다. 그러니 현실적 화해와 상관없이 남아 있는 마음의 상처를 치유하는 일은 필요하다.

가족의 것은
가족에게 돌려주자

가족과 관련한 글을 쓸 때는 몇 가지 주제로 과거를 떠올려보면 좋다.

첫째, 나는 과거 가족관계에서 어떤 역할을 수행했나?

희한하게도 부모의 역할이 부재한 가정에서 많은 아들과 딸들이 어머니나 아버지 역할을 자처한다. 그렇게라도 관계의 균형을 맞추려는 게 인간의 본능일지도 모르겠다. 아이가 그 역할을 자처했더라도 긍정적인 경험은 아니다. 그들이 짊어져야 하는 삶의 무게가 너무 무겁기에 반드시 후유증을 겪게 된다.

다음은 시집 식구에게 시달리는 엄마를 아버지 대신 지키려고 했던 딸의 고백이다. 딸은 엄마에게 심정적인 남편이 되어주었지만 성장해서는 그에 대해 깊은 피로감을 느껴야 했다.

엄마는 할아버지 할머니의 화풀이 대상이 되어 이유 없이 욕을 들을 때가 많았지만, 아빠는 언제나 엄마에게 참으라고만 했지. 난 매일 당하고만 있는 불쌍한 엄마 대신 할아버지 할머니에게 욕을 해줬어. 마구 소리 지르며 대들었지. '우리 엄마 괴롭히지 마!!! 내가 너네 다 죽여버릴 거야!!!' 하구. 그런 일이 벌어진 날 저녁엔 아빠에게 혼이 났지만, 무섭지 않았어. 약하고 착하기만 한 엄마를 괴롭히는 사람들은 나에게 있어서는 모두 적이었으니까. 독수리5형제는 지구를 지키고, 난 엄마를 지켰지.

그런데 요즘 내면 들여다보기 연습을 하다 보니, 좀 다른 대답이 나와 놀랐어. 내가 벗어나고 싶었던 건 한국이 아니야. 친구들, 연인들에게서 먼저 발을 뺀 것도, 쉽게 정을 줬다가 다시 거둬들이는 것, 내 정신적 방랑벽 모두 엄마와의 관계맺음에 지쳤기 때문인 거 같아. 벗어나고 싶은 건 한국이 아니라 엄마였던 거야.

○땡감

둘째, 가족들 사이에서 어떤 죄의식이 있는가?

아이들은 죄의식의 스펀지다. 가족 안에서 일어나는 모든 문제를 자기 탓으로 만들어버리는 데 선수다. 그래서 부모의 이혼이나 고통도, 형제자매의 불행도 모두 자신이 잘못한 탓이 되어버린다.

엄마가 아빠한테 심하게 맞던 날, 오빠도 언니도 학교에 가고 나 혼자뿐이 없던 그날 오전. 아무것도 하지 못하고, 작은방에서 죽을 만큼 괴로워했던 날 아냐구..

정말 어린아이였는데, 나는 아직도 그날의 기억이 생생해. 그날 뒤집어쓰고 있던 이불의 색깔도, 감촉도 그날의 햇살조차도.. 엄마의 살려달라는..나 죽네~ 나 죽네 하던 그 엄마의 외침도 아무것도 하지 못하고 그저 이불만 뒤집어 쓴 채.. 엄마 죽지 마. 엄마 죽지 마..라고 수없이 되뇌이며 울고만 있던 나를.. 달려나가 누군가라도 붙들고 엄마를 살려달라고 말하지 못한 용기 없는 나를.. 그날 방에 이불을 뒤집어 쓴 채 꼼짝도 못하고 웅크려 울면서 아무것도 하지 못한 채. 엄마가 정말

162

죽을까봐 무서워했던 나를..

ㅇ강철심장

한 번이라도 할머니에게 소리를 질렀다면 내가 지금까지도 할머니를 미워했을까? 난 엄마와 아빠를 돕지 못했어. 할머니의 거짓말을 아빠에게 정당하게 얘기했던 적이 없고, 할머니에게 당하기만 하는 엄마를 위해 나선 적이 없었어. 난 비겁했어.

ㅇ지척천애

어린 시절 느낀 그 죄의식은 나이 들면서 무의식으로 깊이 내려가지만 현실의 인간관계에서 계속 영향력을 행사한다. 무의식적이라는 것은 의식이 자각할 수 없다는 말이지 무의식의 울타리에 갇혀 힘을 잃었다는 말이 아니다. 성인이 된 우리는 각각의 기질과 성격에 따라 다양한 방식으로 죄책감과 씨름한다. 부모에게 양가감정을 갖거나 지나치게 순종적인 사람이 되거나 분노조절 장애를 겪거나 인간관계의 피로감 때문에 사람들을 기피할 수도 있다.

만성적인 죄의식은 자신의 마음을 제대로 성찰할 수 없게 만든다. 거의 본능처럼 모든 문제가 내 탓이야, 라고 생각하는 단계에 이르면 문제가 발생하는 상황을 정확히 파악할 수도 없고, 내면에서 일어나는 다양한 감정과 느낌과 생각을 면밀하게 살펴볼 수도 없게 된다. 너무 주눅 들고 겁에 질려 있기 때문이다. 그래서 심리적 상처를 살피기 전에 자신이 가진 죄의식을 돌아볼 필요가 있다.

셋째, 인간관계에 문제가 생길 때 과거의 어떤 감정 에너지를 끌어오는가?

가족관계에서 해결되지 않은 문제가 현재에 영향을 미친다는 사실은 이제 상식이 됐다. 만약 우리가 현실에서 일어나는 어떤 사소한 일, 예를 들어 남을 생각하지 않는 이기적인 행동과 맞닥뜨렸을 때 견딜 수 없는 분노가 치밀어 오른다면 그것은 과거에 경험한 유사한 일로 인해 누적된 피해의식이 자극받았거나 부모의 가르침(예의를 지켜라, 타인을 배려하라, 게으르지 마라)에 지나치게 압박감을 느낀 결과일 수 있다. 또 상사나 어른들의 비난에 유난히 민감한 사람이라면 어린 시절 부모의 혹독한 꾸지람이나 호통에 두려움과 공포를 경험한 적이 있을 것이다. 그때 느꼈던 감정이 유사한 일을 겪을 때 다시 생생하게 되살아나 마치 원자폭탄이 터지듯 몇 배로 증폭하게 되는 것이다.

넷째, 보이는 관계와 보이지 않는 관계는 무엇인가?

대부분의 사람은 현재 자신의 문제가 자신이 아는 상처에서 비롯됐다고 생각한다. 위에서 말한 영화 〈키드〉처럼 자신의 콤플렉스는 친구들의 놀림에서 시작됐다고 여기는 것이다. 그러나 그 이면 혹은 더 깊은 곳에 다른 상처와 경험이 있을 수 있다. 예를 들어 의식적으로는 폭력적인 아버지를 미워하지만, 더 뿌리 깊은 곳에서는 어머니를 원망하는 마음이 자리 잡았을 수 있다. 폭력적인 아버지에게서 아이들을 보호하지 못한 무능한 어머니에 대한 분노가 그것이다. 자신을 성폭행한 가해자를 증오하지만 그런 위기 상황을 알아차리지 못하거나 모른 체하려는 부모의 무력한 태도에 더 깊은 분노를 느끼는 것도 마찬가지 경우다.

그러나 깊은 분노는 의식화하기 쉽지 않다. 자신이 가장 사랑하는 사람들, 절대적인 의지의 대상을 미워하게 되면 고통이 배가될 거라고 여겨지기 때문이다. 그래서 일차적 가해자에게 모든 증오의 감정을 표출하고, 폭력의 방조자나 무력한 보호자에게는 이유를 알 수 없는 복잡한 심정을 느끼거나 양가감정에 시달릴 수도 있다.

이처럼 가해자와의 문제가 해결되었더라도 더 깊은 분노가 해결되지 않았을 때 삶은 여전히 고통스럽다. 그래서 모든 감정을 면밀하게 알아차리는 게 중요하다. 글을 쓸 때는 모든 가능성을 열어두고 의외의 언어가 올라오더라도 회피하거나 외면하지 말고 모두 기록해야 한다.

다섯째, 부모가 물려준 심리적 유산은 무엇인가?

우리는 대부분 열등감과 질투심을 경험한다. 기질적인 요소도 있지만 부모에게 물려받기도 한다. 부모가 어떻게 세상을 바라보고 또 인간관계를 맺었는지가 자식에게 지대한 영향을 미치는 것이다. 부모의 시선은 자식에게 세계를 바라보는 창이나 망원경이다. 다시 말해 자식은 부모의 시선을 통해서 세상을 본다.

아무리 성찰해도 이유를 알 수 없는 분노나 열등감, 피해의식, 두려움을 느낀다면 본래 부모가 가진 것이 아니었는지 돌아볼 필요가 있다. 내 인생의 경험에는 없는, 뿌리 없는 감정이 있다면 원래 주인에게 돌려주고 그것으로부터 자유로워질 필요가 있다. 아, 내 것이 아닌 감정을 느끼고 있구나, 아버지의 부담감을, 어머니의 열등감을 내가 대신 끌어안고 있구나 하면서 매 순간을 자각하는 것이 중요하다.

살아가면서 날마다 새롭게 느끼는 게 있다. 인간은 강한 존재이며 경이로운 존재라는 사실이다. 우리는 어떤 고통에서도 살아남는 생존력과 어떤 상처도 회복할 수 있는 놀라운 복원력을 가지고 있다. 내면의 상처를 알아차려서 치유하게 되면 더욱 강해져서 이후에 찾아오는 고통은 감당하기가 쉬워진다. 가족문제도 마찬가지다. 뿌리 깊은 통증이 있지만 치유의 과정을 거치면 더 이상 치명적인 약점이 될 수 없다. 그것은 인간을 더 강한 내성을 가진 존재로 만드는 연금술의 가마솥일 뿐이다.

미친년 글쓰기:
다름을 드러내기

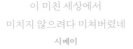

이 미친 세상에서
미치지 않으려다 미쳐버렸네
시베이

　미친년 글쓰기는 '미친년'을 만드는 사회에 대한 문제의식에서 시작된다. 사회가 획일적이고, 억압적이며, 폭력적일 때 미친년이 양산된다. 획일적인 사회가 금 그어놓은 정상의 범주 바깥에 있는 존재는 모두 비정상, 혹은 미친 존재가 된다. 중세시대 마녀사냥이 대표적인 예다. 그 시대에는 여자들이 대체의학의 시술자이거나 기독교 이외의 종교적인 활동을 할 때, 그리고 지나치게 똑똑하고 활동적일 때 모두 마녀가 됐다. 중세적 통치방식에 적극적으로 순응하지 않은 사람들을 모두 비정상의 범주에 포함해버린 것이다. 애초에 그들은 비정상이 아니었다. 하지만 세상이 그들을 비난하고 손가락질하며 가혹한 폭력까지 가한다면 정말 미쳐버릴 수도 있지 않겠는가.

우리 사회가 많이 다양해졌다고는 하나 사람들은 여전히 두려움을 느낀다. '왜 나는 남들과 다를까. 사람들은 왜 나에게 이상하다고 손가락질하는 걸까. 이런 고민을 하고 이런 고통을 겪는 내가 잘못된 걸까. 내가 비정상일까.'

미친년 글쓰기는 그런 두려움에 대해 발설하는 글쓰기다. 나는 다른 사람과 다르다는 사실을 발설하며, 더 나아가 다르다는 것이 비정상이나 병리는 아니라는 사실을 말하도록 한다. 아니, 비정상이어도 상관없다. '어쩔 텐가. 일단 그런 나를 드러내고 스스로 인정해보자'라는 목적을 가진, 의도적이고 의식적인 글쓰기다. 하지만 미친년 글쓰기는 의식적이기만 해서는 안 된다. 무의식에 숨은 미친년을 찾아내 그가 말하도록 하는 글쓰기이기 때문이다. 그런 점에서 미친년 글쓰기는 의식과 무의식이 만나는 글쓰기이며, 그 둘이 힘을 합해야 가능한 글쓰기다.

아니, 전제부터 틀렸는지도 모른다. 미친년이라고 하는 존재가 다른 시선에서 보자면 미친년이 아닐 수도 있다. 사회가 미친 건지, 내가 미친 건지 알 수 없다. 어쩌면 사회의 광기가 나를 미치게 했는지도 모른다. 광기의 사회가, 미치지 않은 나에게 미쳤다고 손가락질하는지도 모른다. 그러므로 세상의 손가락질에 주눅 들지 않고 "더 이상너, 미친년을 가두고 숨기지 않겠다"고 선언하는 것이다.

내 안의 '미친년'을 숨 쉬게 하는 글쓰기

치유하는 글쓰기 프로그램에서 남녀를 불문하고 미친년 글쓰기를 권하는 데는 이유가 있다. 글 쓰는 이가 여성이든 남성이든, 인간이라면 누구나 여성성과 남성성을 고루 가진다. 이 점에 동의한다면, 성별과 상관없이 미친년 글쓰기가 필요하다. 가부장제 사회에서 우리의 여성성은 어떤 식으로든 크고 작은 상처로 고통받고 있으며 왜곡됐다. 그 상처를 통해 이야기하기, 흉터를 감추지 않고 말하기, 자신이 미쳤음을 부끄러워하지 않기, 그것이 미친년 글쓰기다.

상처 입고 왜곡된 여성성의 역사는 그 시작을 알 수 없을 정도로 오래됐다. 원시 모계제 사회 이후 출산 능력 때문에 여성은 부족 간 전쟁에서 수탈과 착취의 대상이 됐다. 이 상태를 지속시키기 위해 여성들을 법 제도적으로, 그리고 문화적으로 가해한 것이 현재에 이르렀다는 게 학자들의 주장이다.

남성 중심의 문화에서 여성은 언제나 대상이고 이질적인 존재였다. 인간이 이 지구를 착취하듯 여성을 자연과 동일시하면서 착취했고, 여성이 개성을 가진 인간으로 존재하려고 하면 미친년으로 낙인찍어 학대했다. 특히 사회가 불안정할 때는 사람들의 분노를 여성들에게 분출시키도록 했는데, 중세의 마녀사냥이 그 대표적인 사례다. 대표적인 융 심리학자 마리-루이제 폰 프란츠는 《융 심리학과 고양이》에서 개성을 가진 여성들이 어떻게 박해받았는지 이야기한다. "두드러진 개인성을 가진 여자들, 약간 평범한 범주에서 벗어난 여자들은 대개 투사를 받아 마녀로 취급받아 죽임을 당했다. 시간이 지남에 따라 마녀 박해는 여자들의 개인적인 요소를 박해하는 것과 결부됐다."

마녀로 취급한다는 건 여성이 가진 모든 것, 그리고 여성성으로 규정된 모든 것을 낯설고 이상하게 본다는 말이다. 심지어 여성이 인간으로서 자신의 개성을 추구할 때는 더욱더 이질적으로 여겼다. 이질감이 극단적으로 느껴지면 혐오가 되고, 혐오는 반드시 폭력을 불러온다. 그래서 여성이든 남성 안의 여성성이든 조롱과 폭력의 대상이 되지 않으려고 철저하게 감춰지고 숨겨져야 했다. 마치 소설 《제인 에어》에 나오는 다락방 속에 갇힌 미친 여자처럼.

소설에서 기괴한 웃음소리 혹은 울음소리로 등장하는 미친 여자 버사는 남자주인공인 로체스터의 숨겨놓은 아내다. 나는 그녀가 무뚝뚝하고 권위적인 남자 로체스터의 병든 여성성이라고 말하고 싶다. 완벽하게 감추고 싶지만 밤마다 병든 자신의 여성성 때문에 신음하는 가부장제 사회의 남자다운 남자들 말이다. 그러고 보면 미친 여자는 미쳤기 때문에 갇혔는지 아니면 갇혔기 때문에 미친 것인지도 알 수가 없다.

물론 버사는 주인공 제인 에어의 위험천만한 그림자이기도 하다. 소설의 앞부분에서 제인 에어는 외숙모의 집에서 천덕꾸러기로 살아가다가 사촌 형제의 책을 읽었다는 이유로 '붉은방'에 갇히게 된다. 그 방은 착한 외삼촌이 외롭게 죽어간 공간으로 제인 에어는 갇힌 방에서 외삼촌의 환영을 보고 까무러친다. 성장해서 독립한 제인 에어는 이번에는 갇힌 여자를 만나게 된다. 영국 귀족 집안의 대저택, 그 깊숙한 어느 곳에 갇혀 있는 미친 여자 버사다. 왜 여성 작가들은 미친 여자를 소설 속에 등장시키는가? 미친 여자의 입을 빌려서 하고 싶은 이야기는 무엇일까?

《다락방의 미친 여자》를 쓴 샌드라 길버트와 수잔 구

바는 여성 지식인을 인정하지 않았던 빅토리아시대에 여성 작가들이 살아남기 위해 두 가지 언어를 가지게 됐다고 말한다. 하나는 가부장제 사회에 적응한 언어이고 다른 하나는 미친 여자들의 언어였다. 미친 여자는 여성 지식인들이 가졌던 분노를 투사할 수 있는 캐릭터였기 때문에 이런 인물을 창조해냄으로써 자신들의 분열을 해소할 수 있었다고 주장한다. 실제로《제인 에어》의 작가 샬롯 브론테가 작품을 발표한 빅토리아시대의 영국은 여성이 글을 써서 발표하는 게 불가능한 사회였다. 샬롯 브론테 역시 그 어느 곳에서도 자신의 글을 받아주지 않아서 남성 작가로 위장해 소설을 발표해야 했다.

20세기 전후 미국에서 활약했던 여성주의자면서 작가였던 샬롯 퍼킨스 길먼의《누런 벽지》도 미쳐가는 여자가 주인공이다. 소설은, 글을 쓰고 사회에 나가 사람들과 교류하고 싶었던 주인공 여성이 신경증이라는 진단을 받고 갇히면서 정신적으로 와해되는 과정을 그렸다.

주인공의 남편은 신앙이나 미신이라면 질겁하는 이성적인 의사다. 그는 아내가 글을 쓰거나 사람들을 만나면 신경증이 더욱 도지게 될 거라는 이유로 그녀를 낡은 대저택의 커다란 방에 가둔다.

나는 인산염인가 아인산염인가 뭐 그런 것과 강장제를 복용하고 여행을 하고 바람을 쏘이고 운동도 합니다. 그런데 내가 다시 건강해질 때까지 '일'은 절대 금물이래요.

나는 생각이 달라요. 마음에 드는 일을 하면 신이 나고 변화를 주게 되어 내 건강에 좋을 것 같거든요. (중략) 나는 가끔씩 이런 생각을 해봐요. 주위에서 내가 하는 일을 반대하지 않아 내게 사람들을 더 만나고 신나는 일이 있으면 좋겠다고요. 그렇지만 남편은 그런 생각 자체가 내 건강을 제일 나쁘게 하는 것이라면서 난리예요. 사실은 나도 내 증세를 생각하면 항상 기분이 나빠져요.

그녀는 자신이 갇힌 곳이 육아실이라고 추측하지만 독자들은 그 방이 이전에도 정신병동으로 쓰였다는 사실을 짐작할 수 있다. 창에는 철창이 달려 있고 벽에는 고리 같은 것들이 박혀 있다. 햇빛에 누렇게 바랜 벽지는 손톱으로 긁은 듯 벗겨져 있으며, 육중한 침대는 바닥에 고정돼 있고, 방바닥도 많이 긁히고 금이 가 있다. 그녀는 무엇보다 벽지에 관심이 많다. 이상하게 꼬여 있는 데다 눈알 같은 것들이 그려진 무늬도 신경에 거슬리지만, 무엇보다 그 무늬 뒤에 여자가 웅크리고 기어다니는 것 같았기 때문이다.

마침내 발견했어요. 그런 변화가 일어나는 밤에 아주 오랫동안 지켜본 결과 발견했어요. 겉무늬가 정말 움직인다는 것입니다. 그야 당연하죠! 뒤에 있는 여자가 그걸 흔들어대니까요! 간혹 여자가 겉무늬 뒤에 여러 명 있다는 생각이 들어요. 어떤 때는 여자가 한 사람만 있는데도, 빨리 기어다니니까 무늬가 흔들리는 거죠. (중략) 그러면서 쇠창살 사이로 기어나오려고 애를 썼어요. 하지만 아무도 그 무늬를 뚫고 나올 수가 없죠. 무늬가 목을 조이거든요. 그래서 저토록 많은 모가지들이 늘어져 있는 것이죠. 모가지가 무늬 사이로 나오면 무늬가 목을 조여 숨을 죽이니 거꾸로 매달리게 되고 눈의 흰자위만 번뜩거려요!

결국 그녀는 그 무늬 뒤에 갇힌 여자의 탈출을 돕기 위해 누런 벽지를 뜯어낸다. 자신의 존재를 벽에 투사하고, 벽 속의 그림자를 탈출시킴으로써 무력한 자신의 존재를 해방하려는 미친 여자의 몸부림인 것이다.

달이 비치고 그 불쌍한 여자가 기어다니며 무늬를 흔들기 시작하자마자, 난 일어나 달려가 그 여자를 도왔어요. 내가 창살을 잡아당기면 그녀가 흔들고, 내가 흔들면 그녀는 당겼어요. 그래서 아침이 되기까지 우린 여러 폭의 벽지를 뜯어냈어요.

한국에도 미친 여자를 주인공으로 한 소설이 있다. 1938년에 여성 작가 백신애가 발표한 단편소설 〈광인수기〉가 그것이다. 이 작품의 주인공인 미친 여자는 한국적 가부장제의 희생양이다. 그녀는 단 한 번도 얼굴을 보지 못한 남자와 전통적인 혼례를 올린 뒤 20년 동안 아이 셋을 낳고 온갖 시집살이를 참아내면서 살았다. 고생스러웠지만 현모양처로 살아온 지난 세월에 대해 자부심을 가졌던 그녀는 어느 날 '내 살을 베어 먹여도 아깝지가 않을 것 같은' 사랑하는 남편이 그녀가 잘 알던 지식인 여성과 바람이 났다는 사실을 알아냈다. 그리고 남편이 그 여자에게 하는 고백을 훔쳐 듣는다. 자신은 무지하고 야수 같은, 본능만 아는 아내와 오랜 세월 사느라 불행했노라고 말이다.

흑흑흑…….
나는 울었습니다. 울었어요. 그이의 하는 말이 용하게 꾸며내는 혓바닥의 장난일 줄은 알지마는 그 순간 나라는 존재는 그이에게 그만치 불행한 존재임을 느낄 때 무척 슬펐습니다.

그녀는 결국 미쳐버렸다. 그때까지 현모양처로 인내하며 살았던 자신의 삶이 완전히 무너져 버렸으며 무엇보다 남편의 이중성에 깊은 배신감을 느낀 것이다. 의사에게 붙들려 있던 그녀는 비가 쏟아지는 어느 날 탈출한다. 그리고 물이 불어난 냇가 다리 밑에 앉아서 하느님을 원망하는 넋두리를 시작한다.《미친년 넋두리》를 쓴 조주현은 주인공이 원망하는 하느님이 '하느님 질서' 즉 여성성을 인정하지 않는 이성적 사고의 정수면서, 가부장제 질서를 의미한다고 설명한다.

> 저 빌어먹다 낮잠이나 잘 하느님은, 저를 위해주고 두려워하면 할수록 점점 더 건방이 늘고 심술이 늘어가더라.
> 이 나를 점점 사람으로 여기지 않더라.
> 내가 모두를 팔자에 돌리고 조용히 굴며 좋다고만 하니까는 아주 나를 바보로 아는 모양이지. 나를 이 지경으로 만드는 것을 보면······. 아이고 흑흑······.

흥미로운 것은《제인 에어》,〈광인수기〉,《누런 벽지》에 등장하는 미친 여자들의 말하기·글쓰기 방식이다. 그들은 우리가 쓰는 언어와는 다른 언어를 가지고 있다. 기괴한 울음이나 웃음, 혹은 횡설수설이나 망상 같은 것들이다. 작품 속 그들의 말에는 논리성이나 일관성이 없다. 그들은 기존 질서와 바깥 질서를 오락가락한다. 숨기거나 감추는 것은 더더욱 없다. 그들은 자신의 욕망에 대해 얘기하고 있으며, 권위를 가진 존재를 인정하지 않는다. 신기한 것은, 기존의 논법과 말하기 방식을 벗어났어도 그들이 말하고자 하는 것을 충분히 알고 느낄 수 있다는 사실이다.

삶은 사실 미쳐 있다

사실, 우리 내면에도 그런 미친 여자들이 존재한다. 그런데 우리는 그런 내면의 존재에게 늘 이렇게 말한다. "야, 그게 말이 되니? 왜 넌 그렇게 한심하게 구는 거니? 어떻게 그런 생각을 할 수가 있지? 논리적이지도 못하고, 일관성도 없다니. 그렇게 막돼먹다니."

그러나 우리의 혼잣말, 혹은 잡념이라고 일컫는 부분을 모두 끄집어내 기록해본다면 미친 여자가 지껄이는 얘기만큼이나 아니, 그보다 더 난리법석일지도 모르겠다. 그게 우리의 내면이다. 그러니까 우리는 미치지 않은 것이 아니라, 미친 여자를 나오지 못하도록 통제하는 힘을 가졌다는 점에서 정상인 것이다.

다른 측면에서 보자면 우리가 미친 것이 아니라 세상이 미친 것이다. 삶이란 그다지 논리적이지도 일관되지도 않다. 논리적이고 일관됐으면 하고 바라는 것은 어디까지

나 머릿속 생각일 뿐이며, 세계를 통치하는 지배자들의 바람이자 강박일 뿐이다.

삶의 현장에 몸을 밀착시키고 치열하게 살아온 사람들은 알고 있다. 삶이란 동전의 양면이며 빛과 그림자처럼 서로 다른 측면을 가졌다는 것을. 아니, 좀더 깊게 들여다보면 세상의 모든 것은 수만 가지 측면과 그것을 바라보는 수만 가지 시선을 가지고 있다는 것을 말이다. 그런데 안타깝게도 그런 다양한 측면을 받아들이는 사람은 수용적이라기보다는 제정신이 아니라는 소리를 듣는다.

삶이 모순덩어리라는 것은 우리의 선조, 그중에서도 여성들이 아주 잘 알고 있었다. 아래의 민요는 시집간 지 사흘 만에 친정으로 쫓겨온 시누이를 지켜보며 올케가 부르는 노래다.

도리도리 삼간집에 딸하나를 고이길러

십리밖에 아들여워 시집간지 사흘만에

쫓김쫓김 쫓겨왔네

우리성님 내다보라 깃만남은 적삼에다

말만남은 치매에다 뒷축없는 짚세기에

안밖춤을 추는구나 니도간께 그르드냐

나도온께 그르드라 너그어미 너킬세라

179

울어머니 나킬세라 열이열이 같은세라

<시집살이노래>

　노랫말 속에서 우리 성님(형님)으로 등장하는 올케가
얼마나 혹독한 시집살이를 겪었는지 그의 외모에서 알 수
있다. 다 헤져 깃만 남은 저고리와 단만 남은 치마를 입고,
뒤축이 닳아빠진 짚신을 신은 모습이 딱 미친년이다. 그녀
가 미친년처럼 춤을 추면서 "너도 시집을 가니까 그렇더
냐. 나도 시집오니까 그렇더라. 너나 나나 다 부모에게는
귀한 자식인데, 며느리인 나는 얼마나 구박을 받았는지 아
는가"라고 말한다. 다 같은 여성으로서 시누이와 올케가
얼마나 모순된 관계이며, 부조리한 존재인지 깨우쳐주는
것이다.

　길디긴 서사민요 <첩노래>는 인생의 모순에 대해 더
욱 극적으로 묘사한다. 남편(방호방)이 고개 너머에 첩을
두고 밤낮으로 놀러 가는 것을 알게 된 본처(큰어머니)가
첩을 죽이기 위해 큰 칼 하나를 갈아서 품에 품고 독약을
가지고 첩의 집으로 향한다. 첩과 본처는 경쟁적이고 적대
적인 관계이니 둘 중에 누군가가 죽어야 삶의 일관성이 가
능해질 것 아닌가.

달이떴네 달이떴네 연당앞에 달이떴네

방호방은 어데가서 저달뜬줄 모르시나

방호방은 등 머다 첩을두고

낮으로는 놀러가고 밤으로는 자러가고

밤낮없이 가고없네 크다크다 큰어머니

큰칼갈아 손에들고 창칼갈아 품에품고

비상봉지 품에품고 함우고개 넘어가니……

〈첩노래〉

첩의 집에 당도하니 예쁜 얼굴의 첩이 본처에게 꽃방석을 내고 나비같이 엎드려 절을 한다. 뿐인가. 부엌으로 들어가 열두 가지 반찬으로 진수성찬을 차려서 본처를 대접한다. 결국 본처는 첩을 죽이지 못하고 다시 고개를 넘는다. 그러면서 이렇게 중얼거린다. "내 눈에도 저러한데 남편의 눈에 어떠하리." 본처가 보기에도 저렇게 예쁜데, 남자인 남편의 눈에는 얼마나 예뻐 보이겠느냐는 말이다.

첩의 집에 찾아가니 반달같은 실눈섭에

샛별같은 눈동자에 앵두같은 입수부리

반만웃고 썩나서며 꽃방석을 내어놓고

나비같이 절을하고 크다크다 큰어머님

오실줄을 알았다면 큰방준비 하올건데

오실줄을 영몰랐소 점심진지 하오리다

뒷산에 올라가서 부짓갱이 던져서

새한마리 잡아다가 열두접시 갈라놓고

외씨같은 전이밥에 앵두같은 팥을 넣어

진수성찬 차려오니 큰어머님 하신말씀

죽이러 내왔드니 나의눈에 저러한데

임자눈에 어떠하리……

〈첩노래〉

본처는 자신이 처한 상황에 대해서도 한 가지 시선만
가지고 있지 않다. 자신의 입장과 첩의 입장, 그리고 자신을
고통스럽게 만드는 남편의 시선까지 모두 이해한다. 그러니
그녀가 일관되고 논리정연한 생각을 갖지 못하는 것은 당연
하다. 머릿속이 복잡하고 분열된 것도 자연스러운 일이다.

다양한 언어는
약자의 생존전략이다

여성뿐 아니라 세상의 모든 약자들이 그렇다. 백인에

비해 흑인이, 비장애인보다 장애인이, 이성애자보다 동성애자가, 화이트칼라보다 블루칼라가, 임원보다 직원이, 부모보다는 자식이 더 다양한 생각과 언어를 가지고 있다. 약자들은 제도권의 교육과 훈련을 통해 강자들의 논리를 배웠을 뿐 아니라 자신의 존재 기반에서 약자로서의 삶의 원리도 터득했다. 그래서 그들은 강자와 약자가 가진 두 가지 언어를 구사할 수 있게 됐다. 두 가지 언어를 동시에 구사하면 일관되지 않고 비논리적으로 들릴 수 있지만 그것이 바로 분열된 상황을 살아가는 사람들의 언어다.

강자와 약자의 언어를 모두 구사한다는 게 처음에는 사회적 부조리의 흔적이었으나 차츰 생존전략이 된다. 일관되고 당당하게 자신의 주장을 펼칠 수 없는 약자들은 두 가지 언어를 사용해서 풍자하고 조롱하며 웃어넘긴다.

다음은 미운 남편을 달래고 칭찬하는 척하면서 '엿먹이거나' 은근슬쩍 조롱하는 여성들의 민요다. 꿀 바른 떡은 자신이 먹고, 꿀처럼 생긴 콧물을 발라서 주겠다며 남편을 달랜다(〈남편노래 1〉). 성적인 상징이기도 한 남편의 상투를 칭찬하는 듯하지만 상투를 고정하는 은동곳을 빼면 개좆처럼 별거 아니라고 놀려대기도 한다(〈남편노래 2〉). 〈남편노래 3〉은 옆집 김도령의 죽음을 애도하면서 남편이란 존재가 얼마나 의미 없었는지 신랄하게 풍자한다.

영감아 땡감아 죽지를 말어요

봄보리 개떡에 꿀발라 주께요

꿀일랑 발라서 내가 먹구요

코랑은 발라서 영감을 주리라

〈남편노래 1〉

우리남편 상투는 왜저리좋아

은동곳 빼게로 개좆같네

〈남편노래 2〉

죽어라는 본남편은 아니죽고

뒷집의 김도령 죽었다네

울라고 울으니 남이알고

몽상(상복)을 입을래도 남이알고

속상복 입어서 삼년났네

〈남편노래 3〉

남편과 시집 식구에 대한 신랄한 분노와 적개심을 드러낸 노래도 있다.

우리집 시어머니 염치도 좋네

저잘난걸 낳아놓고 날델러왔네

델러나 왔으면 볶지나 말지

요리볶고 조리볶고 콩볶듯 하네

〈시집살이노래 1〉

잘죽었네 잘죽었네 요망하던 요시누야

옥식기에 밥을뜨니 오복소복 잘죽었네

대접이라 국을뜨니 암싸밧기 잘죽었네

장종지리 장을뜨니 올랑촐랑 잘죽었네

〈시집살이노래 2〉

　미친년 글쓰기는 그런 것이다. 자신에 대해 논리적이고 일관되게 설명할 필요가 없고, 문제를 심각하게 받아들일 필요도 없다. 점잖은 척 분노를 가리지 않아도 된다. 내면에서 터져 나오는 대로, 하고 싶은 대로 말하면 된다. 이런 생각을 하는 내가 미친 것은 아닐까 걱정할 필요는 없다. 내면의 미친년을 의도적으로 활성화한 것이므로.

　주의할 점은, 글을 쓸 때 미친 여자에 대한 전형성에 갇히지 말아야 한다는 것이다. 예를 들어 '미친년은 발광하고 몸부림치며 눈에는 광기가 번득일 것이고, 저주의 악다구니를 퍼부을 것이다'라는 고정관념이 있다면 자기 내면의 독특한 미친년을 만나지 못할 수도 있다. 세상이 다양한 것처럼 미친년과 미친년의 언어 또한 다양하기 때문이다. 미친년 글쓰기를 하고 난 참여자가 카페에 올린 글을 보자.

그 사이 전 춤추는 취미가 생겼었어요. 춤추러 가면 거의 정말 미친 사람처럼 춤을 추곤 했는데... 그럴 때 마이너스 인격이 나오면서 저의 광기가 발산되는 느낌이 들지요. 어쨌든 내 안에 검은 광기의 에너지가 존재한다는 건 태생적으로든 후천적으로든 어쩔 수 없는 일이니 난 미친년과 함께 살아가는 방법을 찾아가려 하는 거예요.
그 미친년에도 정말 다양한 인격이 있고 잘 데꼬 살 수만 있다면 그리 마음에 들지 않는 얼굴들도 아니니까. 비트에 맞춰 미친 듯이 이성을 잃고 춤을 추는 게 하나의 방편이 되었습니다. 이젠 조금 그 열기가 가셨지만 또 어떤 걸 발견하게 될지 모르겠지요.

미친년 글쓰기 하면서 저는 몇 달 전에 내한공연 때 봤던 비욕 언니의 모습이 내내 생각나더군요. 추운데 앞에서 보고 싶어서 2시간이나 내내 기다려서 본 비욕의 모습은 야생의 여신, 바로 그 자체였어요. 천진하면서도 에너지가 넘치고 섹시하고 어쩔 땐 지혜로워 보이고... 마음이 너무 힘들 때 찾게 되는 여신은 자비의 관세음보살 - 권인이지만 제가 되고 싶어 하는 모습은 비욕 같아요.... 우주나 심해속으로 잠시 떠나는 것 같은 느낌, 정화되는 느낌.

ㅇ아이

자기 용서:
괜찮지 않아도 괜찮아

내가 안락하고 행복하고 평화롭기를 기원합니다.
내가 안락하고 행복하고 평화롭기를 기원하는 것처럼,
모든 존재들이 안락하고 행복하고 평화롭기를 기원합니다.
'자애명상' 중에서

영화 〈굿 윌 헌팅〉에서 윌 헌팅(맷 데이먼)은 MIT 공대에서 청소부로 일하는 젊은이다. 윌의 천재성을 알아본 수학자 램보 교수(스텔란 스칼스가드)는 그를 성공시키고 싶어서 물심양면으로 후원하고, 그 과정에서 심리학자인 숀 교수(로빈 윌리엄스)에게 심리상담을 받도록 조치한다.

상담에 대한 거부감을 가졌던 윌도 숀 교수의 솔직하고 진심 어린 태도에 조금씩 반응하기 시작한다. 그리고 어느 날 자신이 양아버지 밑에서 끔찍한 폭력을 당하면서 성장했음을 담담하게 고백한다. 그 이야기를 들은 숀 교수는 천천히 월에게 다가가서 그의 눈을 쳐다보며 나직하게 말한다.

"네 잘못이 아니야."

월은 당연하다는 듯이 웃으며 "알고 있다"고 대답한다. 그러나 숀은 다시 말한다.

"아냐, 넌 몰라. 네 잘못이 아니야."

네 잘못이 아니라는 얘기를 수없이 반복하는 숀에게 버럭 화를 낸 월은 곧이어 울상이 되고 결국 숀의 가슴에 파묻혀 울음을 터뜨린다.

우리는 자신의 감정에 대해서 아주 잘 안다고 생각한다. 나는 피해자이기 때문에 상처와 분노가 있을지언정 죄의식은 없다고 자신한다. 논리적이고 이성적인 차원에서는 그렇게 생각하는 게 맞다. 그러나 과거 그 상처를 입은 어린아이에겐 이성과 논리가 없었다. 그 아이에겐 공포와 두려움, 그리고 자신이 뭔가 잘못해서 이런 불행이 찾아온 것 같다는 죄의식이 있으며, 그 아이는 여전히 우리 내면에 깊숙이 숨어 있다. 그 아이에게 말해줘야 한다. 네 잘못이 아니라고 말이다.

괜찮아. 네 잘못이 아니야. 네 잘못이 아니야. 네 잘못이 아니야. 아이가 완전히 마음의 평화를 얻을 때까지 수 없이 반복해서 말해줘야 한다. 숀 교수가 윌에게 했던 것처럼. 가족의 불행이 모두 자기 탓이라고 생각하는 아이들의 죄의식은 유아적 나르시시즘에서 비롯된다. 아이들은 자아경계선이 분명치 않기 때문에 자신이 목격한 불행을 모두 자기 것으로 여긴다.

치유하는 글쓰기 프로그램에서 만난 참여자들도 어린 시절부터 줄곧 자신을 괴롭혀온 죄의식에 대해 이야기했다. 그들은 시부모나 아버지 때문에 고통스러워하는 어머니를 지켜주지 못해 괴로워했으며, 부모에게 유난히 혹독한 대우를 받는 형제나 자매를 보호해주지 못했다며 가슴 아파했다.

그 밖에도 우리에겐 죄의식이 많다. 누군가를 미워하거나 질투하거나 경쟁심을 가졌기 때문에, 주변의 불행한 사람을 돕지 못해서, 기대나 목표대로 열심히 살지 못해서, 성공하지 못해서, 속이 좁아서, 유능하지 못해서, 계획했던 바를 실천하지 못해서, 불행해서, 잘생기지 못해서, 야한 생각을 해서, 누군가를 저주해서, 친구를 떠나와서 등의 수없이 많은 이유로 죄의식을 갖는다.

나는 사람들을 여럿 배신했다. 그 사람들이 차곡차곡 쌓였다.
난 사람들을 배신할 때 나 자신이 아닌 누군가의 뒤에 숨어서 배신을 한다.

아주 잔인한 인간이다. 그 이유는 매번 비슷하다. 그 사람에 대해서 조바심이 나기 때문이다. 조바심이 나고 안절부절 못하기 때문이다. 사람들은 이제 나에게 질렸을 거야 아마 나를 다 알아버렸겠고

이젠 난 더 이상 재미가 없는 사람이고 필요가 없어졌을꺼야 생각하면서 의식적으로 거리를 둔다. 내가 또 배신할 걸 알기 때문에 또 괴로울 걸 알기 때문에...

중학교 꼬맹이 때 내가 나에 대해 서툴러 아무런 통제가 불가능할 때 난 아주 거짓말쟁이로 살았고 소중한 사람 둘을 제대로 잃었다. 착한 친구 둘이었는데... 아마 그런 것들이 뿌리일 것이다. 그때 난 그런 나를 인정할 수 없어 계속 가식을 떨며 멍청이 같이 살만 찐 것 같다. 난 억지로 웃길 잘했고 아주 활발한 척했지만 속은 아주 어두웠다. 그래서 웃고 있는 사진 속의 나는 항상 얼굴이 삐뚤어져 보이는 것 같다 지금도.

ㅇ길버트

괜찮아, 네 탓이 아니야

죄의식이 무조건 나쁜 건 아니다. 어떤 사람들에겐 자

기 성찰과 단련의 계기가 되기도 한다. 그런데 거듭 말하지만 죄의식으로 움츠러든 마음으로는 고통의 원인을 잘 들여다볼 수 없다. 죄의식 때문에 두려워져서 상황을 직면하지 못하는 것이다. 내 아픔과 상처가 어떤 상태인지 알 수 없을 뿐 아니라 내가 타인에게 준 것과 받은 것이 무엇이고, 어느 정도인지도 살펴볼 수 없다. 우리는 만성적으로 야단맞은 심정이 되어 늘 지쳐 있다.

그래서 우선 내면의 죄의식을 위로해주는 게 필요하다. "괜찮아, 네 탓이 아니야" 하고 말이다. 사실 어린 시절 일어난 대부분의 일은 내 탓이 아니다. 우리는 너무 무력했고, 세상에 대해 잘 몰랐을 뿐이다. 그리고 그것은 어린 아이들에게는 아주 자연스러운 일이다.

초등학교 2, 3학년쯤이었을까, 은영이랑 방과후엔가 주말인가에 학교에 놀러갔어. 봉숭아가 지천으로 피어 있는 뒤뜰이 있는데 그곳엘 간 거지. 봉숭아를 땄고 누군가에게 걸렸어. 다음날 수업시간에 담임에게 반친구들이 모두 있는 데서 도둑년이라며 손바닥을 맞았어.

난 손이 못생겼다고 생각했는데 꽃물을 들이면 내 손이 이뻐 보였거든. 그것뿐인데... 도둑년이라니...

o경은, 〈그건 네 탓이 아니야〉

세상의 기준으로 보면 자신이 한심하게 느껴질 때가 있다. 세상은 마음이 약하고 머뭇거리며 눈치 보는 습관 같은 것에 '약점'이라는 딱지를 붙이고, 어서 고치기를 원한다. 그럴 때 우리는 자기 자신에게 화를 낸다. "넌 왜 늘 그 모양이니? 한심하게 말이지. 그런 너 때문에 내가 얼마나 주변 사람들에게 죄스러운지 알고는 있니?"

야, 너는 정말 마음에 안 들어. 왠줄 아니? 너의 우유부단함이야. 너의 끈기 부족은 어떻고. 도대체 소신도 없고 확신도 없고 자신감도 없어.

넌 애가 왜 그러니. 항상 네 식구들이 너한테 그랬다며. 자기합리화 좀 그만하라고 말야. 너 스스로도 인정한다며. 네가 자기합리화를 한다고 말이야.

그런데도 왜 고치지 못하는 거니? 난 네가 정말 싫어. 자신도 없고 확신도 없고 왜 그렇게 사람들 눈치를 보냐고.

ㅇ가라데바보

그러나 좀 다르게 세상을 본다면 그런 게 그렇게 문제가 될까? 우유부단하고, 사람들의 눈치를 보는 게 그렇게 잘못하는 걸까? 우유부단함은 융통성으로 발전할 수 있고, 눈치 보다가 타인의 심정을 이해하게 될 수도 있지 않을까? 적어도 그런 모습이 누군가에게 상처를 주는 공격적인 행위는 아니지 않은가.

나는, 아빠를 닮은 내 모든 면들은 나쁘고 고쳐야 마땅한 것들이다...이렇게 인식하게 된 것 같아. 자아를 긍정적으로 볼수가 없었던 거지. 그리고 필사적으로 아빠와 다른 사람이 되기 위해 노력해야 했고.

지금도 아빠에겐 나쁜 점이 너무 많다고 생각해. 근데 그게 진짜 나쁜 점만 너무 많은 사람이어서인지 엄마에게 그렇게 세뇌되어서인지 객관적인 판단은 할 수가 없어. 사실 나쁜 점만 들쑤셔내면 끝도 없이 찾아지는 게 사람의 단점인 법이지만 아빠라는 사람은 내가 나의 시각으로 봐왔다기보다는 엄마의 부정적인 시각을 거쳐서 평가되었다는 게 맞기 때문에 잘 모르겠어. 지금은.

우선은 뭐 외모가 판박이지. 그리고 게으르다는 것. 어지르기만 하고 치우지를 않는다는 것. 사람을 적극적으로 대하지 못하고 무서워 한다는 것. 한 번 말하면 알아듣지 않고 여러 번 얘기하게 한다는 것. 일을 미루다가 닥치면 한다는 것. 귀찮고 어려운 일은 누가(엄마가) 대신 해주기만 바란다는 것.

○예지원

자기 인정과 자기 수용

　게으르고 미루며 잘 치우지 않고 어지르는 것은 어떤 사람들에겐 고역이고, 어떤 사람들에겐 아무 문제가 되지 않을 뿐 아니라 말끔하고 정돈된 것을 불안하게 느끼는 사람들도 있다. 어쩌면 기질상의 문제일 수 있다. 게으르고 잘 치우지 않는 사람들은 그 나름의 생존비법이 있다. 문제는 "너의 방식은 잘못됐으니 당장 고쳐야 한다"고 몰아붙이는 권위자가 있어서 그들이 자신만의 생존법을 터득할 수 없도록, 그래서 결국 정말 무능해지도록 만든다는 데 있다.

> 당신네 식구들은 모두 날 징그런 벌레취급을 하며 내 아이에게도 그런 감정들을 강요했지요. 똑같이 주고받은 상처. 죽지 않기 위해, 살기 위해 집을 나올 수밖에 없었던 것을.
> 그곳에 있을 수 있는 사람은 견딜 만한가보지요.
> ㅇ경은, 〈그건 네 탓이 아니야〉

　만약 누군가에게 구체적인 해를 입히고 상처를 줬다면 자기 용서가 어려울 것이다. 성인이 돼서도 우리는 여전히 미숙해서 잘못을 저지를 때가 있다. 알면서도 거짓

말할 때가 있고, 자신도 모르게, 무의식적인 부정적 감정으로 누군가를 공격할 때도 있다. 약자인 자신을 보호하기 위해 어쩔 수 없이 위선자가 될 때도 있지만 가끔은 나의 교활함과 이기심에 나도 몸서리칠 때가 있다. 그럴 때는 "괜찮아, 네 탓이 아니야"라고 말할 수 없다.

하지만 그런 내 모습조차 완전히 수용해야 한다. 타인들은 나를 비난하고 조롱할지라도 나는 잘못을 저지른 나를 있는 그대로 받아들여야 한다. 그래, 그게 바로 나야. 나에겐 이런 면도 있어, 하는 심정으로 말이다. 그건 오기가 아니라 완전한 자기 수용이다. 자기 수용을 통해, 잘못을 인정하지 않으려고 오랜 시간 발버둥 쳤던 자신을 안쓰럽게 여기고 위로해야 한다.

"네 탓이라고 해도 괜찮아"라는 말은 자기 변명과도 다르다. 그것은 '내가 잘못한 게 아니라 당신들이 잘못 받아들인 거야, 어쩔 수 없었어, 너라도 그랬을 거야' 하는 식의 변명이 아니다. 이런 변명은 잘못한 자신을 완전히 받아들이기 두려워 생각해낸 꼼수다. 변명의 여지 없이 잘못할 수 있다. 받고 싶지 않았던 고통을 누군가에게 줬을 수 있다. 사실 타인에게 상처를 주지 않고 살기란 낙타가 바늘구멍을 통과하기만큼 어렵다. 그런 나를 있는 그대로 인정해야 한다.

'그랬구나. 누군가에게 깊은 상처를 줬구나. 그게 나구나.'

참으로 아이러니하게도 그렇게 자신을 완전히 수용할 때, 그때 진정한 사죄의 마음도 가질 수 있다.

엄마는 늘 그랬어요. 나는 너무 외로워. 그럼 난 고개를 돌리고 묵묵부답했어요. 그리고 속으로 이렇게 말했답니다. 아, 또 저 소리. 징징거리는 거 너무 지겨워. 그래서 나보고 어쩌란 말이야....

엄마는 화려하거나 사치를 하는 사람은 아니었지만 반지나 목걸이 같은 걸 모으는 취미가 있었어요. 주로 16K나 18K 같은 싼 금으로 만든 거였는데, 남편도 없고, 자식들도 다 커서 주변에 없으니 그런 게 엄마의 낙이었나봐요. 내게 새로 한 반지를 보여주며 즐거워하던 엄마 모습이 지금 떠올라요. 그때 운동권 학생이었던 나는 그런 엄마를 참 한심하게 봤어요. 엄마, 지금이 어느 땐데, 그런 사치를 해.

그런 엄마가 평생 외로워하다가 돌아가셨어요. 나는 가슴을 치며 울었어요. 그때, 엄마의 외로움에, 엄마의 즐거움에 맞장구쳐줄걸. 그거 별것도 아니었는데.... 우리 엄마 참 가엽다, 불쌍해라, 엄마, 내 가슴에 기대서 울어, 울 엄마 무지 이쁘다, 새색시 같다... 그런 큰소리, 거짓말 실컷해줄걸... 한동안 자책감에 몸부림쳤어요.

엄마도 불쌍하지만 뼈가 시린 자책감에 시달려온 나... 이젠 용서해줄래요. ○○야, 그래도 괜찮아. 나만은 너를 사랑해줄게.

○커피향

영광의 생존자, 너를 칭찬한다

우리는 자신이 겪은 불행에 대해서도 부끄러워하고 죄의식을 갖는다. '불행해서 죄송합니다' 하는 심정으로 타인들을 향해 움츠러들고 죄스러워한다. 아버지나 어머니의 죽음, 혹은 가출이 자기 운명 탓이라며 슬퍼하고, 어린 시절 경험한 성폭력이나 가정폭력에 대해서도 자기 탓일지 모른다는 죄의식을 갖고 있다. 자신이 부모의 원치 않는 임신으로 태어난 아이라는 사실을 알게 됐을 때도, 어머니가 "너만 아니었으면 벌써 이혼했다"고 말할 때도 출생의 죄의식을 느낀다. 장애인의 삶을 살아온 경우는 더욱 그렇다. 타인의 조력과 희생이 절실하게 필요했기 때문에 삶이 더욱 죄스럽다. 불행해서 타인에게는 죄스럽고, 자신에게는 늘 화나 있는 경우도 있다.

그러나 다른 관점에서 보면 나는 그들이 참 위대하게 느껴진다. 우리가 작은 고통에 쩔쩔매면서 죽고 싶다고 생각할 때 누군가는 끝없는 가난과 장애와 강간과 폭력 속에서도 살아남고 버텨냈으며, 게다가 여전히 가슴에 따뜻한 온기까지 가졌다면 그의 삶은 기적이 아닌가. 가끔은 세상을 구원하는 구원자보다 자기 한 몸을 살아내는 생존자가 더 위대하게 느껴질 때가 있다. 특히 무력한 어린아이가 생명을 위협하는 온갖 어려움 속에서도 살아남았을 때 그렇다. 그럴 때는 자신에게 이렇게 말해줘야 한다. "너는 영광의 생존자야. 너를 칭찬해주고 싶다!" 그리고 오래 서성이느라 지친 자신의 삶에 이런 말도 해주자. "오래 서성인 너, 이제 짐을 내려놓고 편히 쉬기를."

며칠 전 점심 도시락을 혼자 먹다 울컥 눈물이 올라왔어요. 특별한 이유를 찾을 수 없었지만 우는 나를 그대로 두었지요. 아무도 없는 조그만 공간에서 눈물을 반찬삼아 밥을 꾸역꾸역 먹었지요. 그래요. 난 밥맛을 잘 몰라요.. 그저 꾸역꾸역 먹지요.

그렇게 눈물반찬에 점심을 먹은 후 며칠 지나 외할머니에 대한 생각을 이리저리 하다가 식충이, 밥벌레라는 단어가 떠올랐어요.

오래전 내 일기장 한구석에, 내 가슴 한구석에 쓰어 있던 그 단어. 누가 내게 가르쳐주었을까. 아니, 내가 스스로 터득한 걸까. 그 식충이가 그 밥벌레가 나의 오랜 눈물의 씨앗임을 알아냈지요.

먹는 것 앞에서 자연스럽지 못한 내 몸에 깃든 슬픔 한덩어리 식충이 밥벌레. 모든 것이 그 단어로 연결되어 있어 먹는 것 앞에서 머뭇거리고 울면서 꾸역꾸역 그것들을 삼켜야만 했던 거지요.

이 세상 모든 생명이 먹을 자격이 있음을 그것은 어머니 우주의 보살핌이라는 것을 그 식충이, 밥벌레에게 전하는 이 길고도 지루한 길 앞에 나는 서 있습니다.

하지만 이제 힘을 내야지요. 그 힘든 고난의 길을 뚜벅뚜벅 걸어서 지금 이렇게 살아남은 나는 위대한 생존자니까요. 그것은 기적이니까요.

(중략)

감사해요.. 나의 눈물을 지켜봐준 모든 분들. 그리고 당신들의 눈물에 나의 몫을 기꺼이 남겨주신 분들. 해질녘 들판 옆 길에서 목놓아 우는 그 길에서 다시 만날 수 있을까....

ㅇ다람쥐

그리하여 우리는 매 순간, 내게 다가오는 나의 현실을

용서하고 받아들일 필요가 있다. 내게 오는 모든 것이 한 치의 오차 없는 현실이란 사실을 허용해야 한다. "괜찮아. 그 모든 것이. 불행해졌더라도 그게 나라는 걸 인정해. 그런 나를 받아들이고 용서할 거야." 그리고 그에게 깊은 애도의 감정을 갖도록 한다. 충분히 슬퍼하고, 충분히 그리워하고 또 충분히 안타까워하며, 그런 자신을 있는 그대로 인정해주고 다독여주는 것, 그것은 일종의 진혼굿이다. 진정으로 나를 용서할 때, 다음 단계로 나갈 길이 어슴푸레한 빛 속에서 모습을 드러낼 것이다.

셀프 인터뷰:
나에게 나를 묻다

질문은 우리를 젊게 하고, 답변은 우리를 늙게 한다.
쿠르트 마르티

나는 기자로 활동하면서 많은 사람을 인터뷰했다. 또 국내 최초 페미니스트 잡지의 초대 편집장이라는 특이한 이력 덕분에 적지 않게 인터뷰의 대상이 되기도 했다. 그 두 가지 경험을 통해 내가 알게 된 사실은 사람들이 인터뷰를 무척 좋아한다는 것이다. 물론 취재하는 쪽보다 취재의 대상이 되는 쪽이 그렇다.

기사화되어 주목받는 걸 좋아하는 게 아니다. 누군가가 나를 주인공으로, 나에게 관심을 가지고 친절하게 물어준다는 게 기분 좋다. 인터뷰할 때는 너무 내 얘기만 하는 게 아닐까 걱정할 필요가 없다. 오늘 상대방의 임무는 나의 이야기를 충실하게 듣는 것이다. 그러므로 자기 생각에 집중해서 가장 편안한 마음으로 진솔하게 '나'의 이야기를 하면 된다.

우리에겐 종종 그런 인터뷰어가 필요하다. 온전히 나에 집중해서 나의 말을 경청하고, 가르치지 않으면서 스스로 발견할 수 있도록 질문해주는 존재. 그러나 그런 사람을 만나기는 쉽지 않다. 간혹 조용한 침묵 속에서 자문자답하기 위해 명상을 시도해보지만 생각은 잘 모이거나 이어지지 않고 뿔뿔이 흩어진다.

끈질기게 묻고
충분히 대답하라

명상으로도 안 되는 자문자답이 글쓰기로는 가능하다. 내가 나에게 묻고, 내 안의 또 다른 내가 대답하는 방식으로 글을 쓰는 것이다. 일종의 인터뷰 기사를 작성하듯 나 자신을 주인공으로 글을 쓴다. 하고 싶은 말을 다 할 수 있도록 끈질기게 묻고 또 충분히 대답해야 한다.

다음은 열일곱 살의 자신을 인터뷰한 삼십 대 초반 여성의 글이다. 갑작스러운 전학과 가난과 친구관계의 어려움 때문에 십 대 후반에 발랄한 젊음을 만끽하지 못했던 그 시절로 돌아가 그녀의 열망에 귀 기울였다.

교복 치마 속에 벽돌색 체육복 바지를 입은 그녀의 코 주변이 온통 헐어 있다. 기침을 하며 휴지로 흐르는 콧물을 닦는다. 그녀는 언제나 그렇게 감기에 걸려 있는 듯하다. 화학 수업 시간, 교사로부터 이름이 불린 그녀는 멍한 눈으로 칠판 앞에 나가 화학식 문제를 푼다. 그녀에게 익숙하고 쉬운 문제이지만 감기에 걸린 그녀는 틀린 답을 적고 만다.

내가 말한다. "우리 한번 만날까? 내가 너에게 도움을 좀 줄 수도 있을 것 같은데" 말꼬리가 흐려진다. 흐려지는 말꼬리를 댕강 잘라먹고 "왜요? 화학 잘하세요?" 하고 열일곱 살의 그녀는 말한다.

"술 마셔본 적은 있니?"

"네. 그런데 생각 같아선 정말 이빠이 마시고 뻗어버리고 싶은데 그게 잘 안 돼요. 토하기만 하고 많이 마실 돈도 없고. 또 술을 마실수록 정신이 더 명료해지는 것 같아요. 술 마신 티 안 내고 집에 가야 한다고 긴장해서 그런지는 몰라도."

"언니 집에선 맘대로 마셔도 돼. 토해도 괜찮고 자도 괜찮아.

내일은 일요일이니 학교 갈 걱정도 없고. 술은 냉장고에 가득

있어. 오렌지, 치즈, 오징어포 같은 안주도 많고.”

“전부. 다 내가 좋아하는 것들인데······.”

“그래, 맘껏 질리도록 먹어도 돼. 전에는 누구랑 마셨어?”

“재희라고 1학년 때 정말 친했던 애예요. 그런데 지금은 다른

세계로 가버렸어요.”

“다른 세계?”

“날날이계라고. 그나마 제일 친한 친구였는데 저는 범생이계

로 그 애는 날날이계로, 그렇게 됐어요. 그 애랑 같이 날날이

계에서 놀고 싶었는데 용기가 없어서 그냥 멀어져버린 거죠.

놀 돈도 없었고 성적 떨어지는 건 또 싫었고.”

(중략)

“진짜 제 성격이 제가 생각해도 이상해요. 속으로는 하고 싶

으면서도 괜히 유치하다고 생각해버리는 거예요. 남자친구

랑 스타일리시하게 차려입고, 그 프로그램 카메라가 보이면

손잡고 달려가서 인터뷰하고 선물받고 신청곡 신청하고 싶

어요.”

“그럼 같이 스타일리시하게 차려입고 강남역 근처 어슬렁거

려보자. 나도 강남역에서 그 프로그램 찍는 거 많이 봤어.”

“진짜요! 근데, 입을 옷이······.”

“잠깐만 기다려봐!”

나는 옷장에서 내가 가장 아끼는 청바지와 분홍색 가죽자켓을 가져온다. 그리고 속에 입을 분홍색 탑도 가져온다. 귀여운 펜던트 목걸이도 하나 챙긴다. 조그마한 크로스 가방까지 매놓고, 옅은 화장까지 해놓으니 영락없이 잘나가는 발랄한 고삐리 아가씨다. 그녀는 어색해하지만 싫은 내색을 하지는 않는다. 눈빛에 생기가 가득하다. 감기기운에 취한 멍한 눈동자는 어디론가 사라져버렸다.

그녀는 까르르 웃음을 터트리며 맥주캔을 딴다. 벌써 세 캔째다. 말려야 하는 것인지 그냥 놔둬도 좋을지 알 수 없다. 말이 많아지는 것은 좋은데 항상 피곤해하고 어딘가 아파하는 그녀가 걱정된다.

"괜찮아? 너무 많이 마시는 거 아냐?"

"네 괜찮아요. 조금만 피곤해도 벌레가 머리를 갉아 먹는 것처럼 아팠는데, 지금 이렇게 언니한테 평소 못했던 얘기하니까 속이 시원해서 그런지 괜찮아요. 하나도 안 아파요. 진짜 신기해요. 이렇게 하나도 안 피곤하고 몸이 말짱하단 느낌 정말 오랜만인 것 같아요.

이 밤은 술에 젖어가고 열일곱 살 상처받은 아가씨가 하고 싶은 것들에 대한 시시콜콜한 이야기는 끝이 없다. 영원히 그 이야기를 들어주고 싶다.

ㅇ하루, 〈17살 그녀가 원하는 것〉

대부분의 글쓰기 치료 전문가들이 대화기법 글쓰기를 권한다. 우리는 대화기법의 글쓰기를 통해 나를 성찰하고 또 타인의 입장을 이해할 수 있게 된다. 그리고 나와 상대의 대화를 통해서 둘 사이의 역학관계도 파악할 수 있다.

내면의 그 무엇과도 대화할 수 있다

어떤 존재든 대화의 상대가 될 수 있다. 심리학자인 프로고프 박사는 저널쓰기 집중훈련에서 다섯 가지 유형의 대화기법을 제안한다. 즉 사람과의 대화, 사건·상황과의 대화, 일과의 대화, 몸과의 대화, 사회와의 대화가 그것이다. 거기에 《저널치료》를 쓴 캐슬린 아담스는 자신의 감정이나 느낌과의 대화, 자신이 소유한 물건과의 대화, 저항과 방해 요소와의 대화를 추가한다.

외부의 사람이나 현상, 물건 등과 대화할 수도 있지만 나는 주로 자신의 몸이나 내면의 다양한 심리적 측면과 대화하기를 권한다.

대화기법 글쓰기의 워밍업으로 자신의 소지품과 대화하는 걸 안내하곤 한다. 주위에 있는 익숙한 소지품을 하나 골라 글쓰기로 대화를 나눠보라. 아래의 글은 내가 이사한 지 얼마 안 된 집에서 의자와 대화한 글쓰기다. 익숙한 물건과 대화하면 낯선 글쓰기 기법에도 쉽게 적응할 수 있다.

나: 안녕, 의자야. 지금도 네 위에 앉아 있는데, 언제나 든든하게 받쳐줘서 고마워.

의자: 그래. 도움이 된다니 좋다. 네가 좀더 안락하게 앉을 수 있으면 좋을 텐데… 그런데 너 너무 의자에만 앉아 있어서 걱정이야. 가끔은 내게서 일어나 산책하러 나가면 좋겠다.

나: ㅋㅋ 의자가 산책 얘기를 하니 좀 재미있다. 요즘 일이 너무 많아서 내내 너에게 앉아 있다.

의자: 나야 너랑 같이 있으니 심심하지 않아서 좋지만 그렇게 일만 하는 네가 안쓰러워.

나: 어떻게 하면 일을 줄이고 산책을 할 수 있을까.

의자: 가볍게 시작해. 동네에서 두 정류장만 걷다 돌아와. 오는 길에 네가 좋아하는 산채비빔밥을 사 먹을 수도 있잖아.

(중략)

나: 고마워. 내 얘기에 응해줘서. 그리고 좋은 조언이야. 다음에 또 만나자!

대화기법 글쓰기는 다음과 같은 방식으로 진행한다. 첫째, 나 자신과 대화 상대의 입장을 번갈아 취하면서 글을 쓴다. 둘째, 그래서 글의 형식은 시나리오나 대본과 같다. 셋째, 대화기법 글쓰기 또한 고민하거나 머리로 계획하지 말고, 떠오르는 생각을 바로 글로 옮긴다. 넷째, 마무리할 때는 대화에 응해준 상대에게 정중하게 감사를 표하고 다음을 기약한다. '다시는 보고 싶지 않아' 같은 태도를 보이는 것은 대화기법 글쓰기에서 적절하지 않다.

앞선 예처럼 외부에 존재하는 사물이나 사람과 대화하는 것도 흥미롭지만 대화기법 글쓰기는 자기 자신과 대화하는 데 매우 유용한 글쓰기다. 예를 들어 유난히 부끄럽게 여기는 내 신체의 어느 부분, 열두 살 때의 나, 다혈질의 성격, 융이 말하는 그림자 인격, 나의 남성성이나 여성성, 현재 가장 골치 아픈 문제와도 대화할 수 있다. 현실 속에서 나는 대화를 잘 못 하거나 흥분해서 상대의 말을 자르곤 하지만 글 속에서는 시간을 가지고 얼마든지 충분히 얘기할 수 있다.

인터뷰에 무한 상상력을 동원하라

인터뷰 역시 일종의 대화기법 글쓰기다. 다만 질문하는 이와 대답하는 이를 좀더 명확하게 구분해서, 대답하는 이에게 더 많은 지면을 할애한다. 대답하는 이가 상대에게 압도당하지 않고 표현할 기회를 충분히 가질 수 있게 하기 위해서다. 그리고 대답하는 이가 질문하는 사람에게서 충분한 사랑과 존중을 받는다는 사실을 느끼게 하려는 의도이기도 하다. 인터뷰 대상도 아주 다양해서 그 무엇을 대상으로도 인터뷰할 수 있다. 글을 쓰기 시작하면 창조성의 문이 열리면서 무한한 얘기들이 쏟아져 나온다.

형식도 아주 다양하고 기발하다. 질문하는 쪽이 대체로 나 자신이지만 아버지나 어머니를 비롯해 나와 갈등을 겪는 사람이 반대로 내게 질문할 수도 있다. 지금은 잘 기억나지 않는 어린 시절 가족관계나 추억에 대해 물어볼 수도 있다. 어떤 참여자는 내면의 극단적인 두 측면, 그러니까 덤벙대고 실수 많은 측면과 깐깐하고 빈틈없는 또 다른 측면을 모두 인터뷰한 뒤에 두 측면을 서로에게 이해시키는 과정을 글로 썼다.

다음은 반복해서 자살 시도를 했던 이십 대 초반의

여성이 쓴 인터뷰 형식의 글이다. 그녀는 원치 않는 임신으로 낙태한 뒤 죄책감에 시달리고 있었는데, 이 글을 쓰면서 왜 그토록 자살 충동에 시달렸는지 알게 된다.

= 자살시도를 한 날 어땠는지 묻고 싶어. 특별히 우울하거나 기분이 안 좋았어?

- 사실 기억이 잘 안나. 잊혀지지 않는 날일텐데... 날짜도 가물가물하고... 그 날 아침에도 무엇을 했는지 기억이 아예 안나.. 그냥 그날 갑자기 타나토스가 날 덮쳤다는 거지. 유서를 쓰고 약을 먹었다는 거밖에 기억이 안나.

= 왜 기억이 안 나는 거야?

- 기억하기 싫어서 기억에서 지운 거 같아.

= 왜 기억하기 싫은 거지?

- 자랑할 만한 일을 한 것도 아닌 데다가, 그 날을 생각하려고 하면 나쁜 일들을 다 떠올려야 하잖아. 내가 자살을 한 이유가 먼저 떠오르게 되고, 그럼 다시 우울한 상태가 되니까 말이야. 기억하기 싫은 건 당연하다고 봐..

= 자살시도하면서 떠오른 사람 없어? 특별히 마음에 걸리는 사람 말이야.

- 그 전에는 자살을 하려고 해도 엄마가 마음에 걸려서 자살을 하지 못 했는데. 그날은 엄마 생각보다 타나토스가 더 컸

기 때문에 실행할 수 있었다고 생각해. 또, 침대에 누우면서 내 아기가 보고 싶다는 생각이 들었어. 내 아기는 나보다 먼저 죽었으니까. 내가 죽으면 바로 볼 수 있다고 생각했거든..

= 자살시도는 왜 했다고 생각해?

- 왜냐고 물으면 나도 당황하게 돼. 삶의 의욕이 없어서 죽었다고 말하고 다녔지만... 나중에 생각해보니 그 말은 생각 있어 보이기 위해서, 멋져 보이기 위해서 다른 사람뿐 아니라 나 자신도 속인 말이었더라... 무의식중에는 죽은 아기가 살아 있다면 10월에 태어날 꺼라는 걸 기억했었나봐.. 가끔씩 10월이 오는 걸 두려워하기도 하면서 기다리기도 했으니까.. 그 10월에 자살을 시도한 거지. 또 아빠에 대한 반발심도 있었고, 내가 죽으면 날 힘들게 했던 사람들이 조금이나마 양심의 가책을 느끼지 않을까 싶은 것도 있었고, 내가 힘들어하기만 한 게 아니라 고통에서 벗어나려고 노력해서 결국에는 죽음으로 고통을 벗어났다는 걸 표현하고 싶기도 했고.. 조금은 부끄러운 이유이기도 하지만 수능도 얼마 안 남았었거든.. 날 아는 모든 사람들이 내가 1년 동안 어떻게 공부했는지 알게 되는 날이잖아.. 그 날이 오는 게 숨막히게 두렵기도 했고..!

= 자살이 도피라는 생각이 들지는 않았어?

- 글쎄.. 도피라기보다는 최후의 선택이라고 생각했어.. 자살은 용기 없는 사람이 하는 행동은 아니니까.. 자살도 용기가

있어야 한다고 생각을 하거든..

= 자살시도 후 너가 얻은 건 뭐야?

- 나는 자살시도 했다고 하지 않아.. 자살했다고 하지.. 나는
슬픔을 죽였다고 생각해.. 또 다시는 자살할 마음이 없어졌다
는 거지.....

ㅇ로즈마리

다음 글은 어머니에게 깊은 연민의 감정을 느끼던 한
남성 참여자가 인터뷰 글쓰기를 통해서 어머니와 자신의
관계를 새롭게 바라보게 된 과정을 담고 있다.

Q 당신에게 어머니는 어떤 존재인가?

A 지금까지 어머니에 대한 이미지는 안쓰럽고 불쌍하고 고
생 많이 하고 심성이 착하다는 것이다. 아버지 병석에서부터
고생하시고 아버지 돌아가신 후 자식 둘 대학 보내느라 성격
에도 안 맞는 일 하시면서 애쓰신 걸 알기 때문에 불쌍하다는
이미지가 지배적인 것 같다. 그 반면 성격이 급하고, 선이 굵
은 편이고, 잔 감정에 치우치지 않는 분이라는 건 알지만... 앞
서 언급한 이미지들 때문에 그냥 '안쓰럽고 불쌍한 우리 엄니'
로 굳어져 있다.

Q 지금 언급한 이미지는 주로 아버지가 돌아가신 후의 어머

니에 대한 이미지인 것 같다. 그 이전의 이미지는 없는가?

A 그러고 보니 그렇다. 사실 아버지 돌아가시기 전의 어머니는 항상 수동적인 이미지였다. 가장은 아버지라는 강한 인식 때문일 수도 있겠지만, 어머니가 전면에 부각된 기억은 없다. 어머니와 연관된 기억 몇 가지를 시간 순서에 따라 얘기해보겠다.

세 살 혹은 네 살 즈음에 어머니한테 구두주걱으로 엄청나게 맞았다. 그 하얀색 구두주걱 손잡이 부분의 문양이 아직도 생각나려고 한다. 잘못했다면서 울면서 맞고는 훌쩍이면서 동생 기저귀를 갰다.

훈련소에서 엄마한테 장문의 편지를 쓸 때, 편지지 뒤에다 내 삐삐 조작법을 세세히 쓰고 어떻게 해달라고 했는데... 너무 길고 뭐라고 하는지 몰라서 제대로 읽지도 않고 시도도 안하셨다는 말을 듣고 서운했다.

Q 듣고 보니 아버지 돌아가시기 전 어머니의 이미지는 '안쓰럽고 불쌍한' 것과는 거리가 있는 듯하다. 오히려 강하고 억센 느낌이 드는데, 어머니가 고생하셨다는 외적인 환경 말고 어머니의 기본 성격에 대해서는 어떻게 생각하나?

A 앞선 질문에 대한 답을 하다 보니 나 스스로도 놀라운 부분이 있다. 내가 상황논리에 맞춰 어머니를 판단해 왔다는 생각이 든다. 안쓰럽고 불쌍한 상황적 이미지 때문에 어머니 원래

214

의 캐릭터를 오해하고 있을 수도 있다는 거다.

어머니는 성격이 급하고, 직설적이고, 실행력이 강하다. 그리고 쉽게 상처받거나 감수성이 여린 편은 아니다.

Q 어머니와 기본적인 캐릭터 차이가 많이 남에도 불구하고 어머니한테 특별한 불만도 없으며 미운 감정도 전혀 없는 걸로 알고 있다. 어떻게 그럴 수 있나?

A 인터뷰 전까지는 내가 어머니한테 불만을 가진다거나 증오심을 갖는다는 건 상상할 수 없는 일이었다. (중략) 내가 객관성을 상실한 채 어머니를 대해 왔다는 걸 알게 됐다. 우리 어머니가 너무 불쌍해서, 다른 사람들은 말로만 그러더라도, 나는 정말 어머니를 아껴야 된다는 생각을 했었다.....

○해이

앞에서 글쓰기가 가진 직면의 힘에 대해 얘기한 적이 있다. 인터뷰 글쓰기는 직면하기의 성격이 그 무엇보다 강하다. 누구보다 나를 잘 아는 내가 나에게 묻는 질문은 핵심적일 수밖에 없다. 나는 내면의 내가 무엇을 물어주기를 원하는지 잘 알고 있다. 이런 직면하기를 통해서 삶의 커다란 수수께끼를 풀게 된다. 로즈마리나 해이의 경우가 모두 해당된다.

인터뷰 글쓰기는 또한 관심이자 사랑이며 위로다. 아

주 오래전부터 내면의 나는 그런 사랑을 받기를 간절히 원했다. 로즈마리의 글에서처럼 거두절미하고 왜 죽고 싶었는지, 그때 떠오른 사람은 누구였는지, 자살 시도를 한 후에 얻은 것은 무엇인지 나에게 물을 수 있는 사람은 오직 나뿐이다. 내가 말하고 싶은 것들을 물어볼 때, 말하고 있는 나를 가만히 지켜보는 상대가 있을 때, 우리는 사랑받고 있다는 사실을 깨닫는다. 그래서 인터뷰 글쓰기를 하면서 많은 사람이 새로운 사실을 알아차리고, 또 충만한 사랑의 힘을 느낀다. 사실 인간은 사랑받을 때 자신을 가장 잘 성찰할 수 있다. 그것이 인터뷰 글쓰기의 미덕이다.

떠나보내기:
충분히 사랑한 것은
스스로 떠나간다

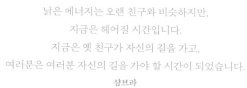

낡은 에너지는 오랜 친구와 비슷하지만,
지금은 헤어질 시간입니다.
지금은 옛 친구가 자신의 길을 가고,
여러분은 여러분 자신의 길을 가야 할 시간이 되었습니다.
삼브라

인간의식 연구의 대가인 데이비드 호킨스는 《의식혁명》이라는 책의 저자로 잘 알려져 있다. 그가 깨달음에 이르는 길에 대해 저술한 《나의 눈》을 읽다가 서러움에 울컥했던 기억이 있다. 아마도 에고를 넘어서 에고를 해체하라는 부분에서였을 거다.

그는 사람들이 깨달음의 경지에 오르기 위해서, 그러니까 영적인 선을 추구하기 위해서는 에고의 판단과 집착을 버릴 필요가 있다고 강조한다. 왜냐하면 우리가 경험하는 이 세계는 실상도 본질도 아닌, 단지 의식이 만들어 낸 에너지장의 환영에 불과하기 때문이다. 그에 의하면 자신이 독립된 정체성을 가졌다는 생각, 시시비비 판단하고 평가하는 마음, 자신이 울고 웃는 인생 모두 '나'라고 하는 에고가 만들어낸 착각일 뿐이다.

착각과 환영이라……. 갑자기 분하고 억울해졌는지도 모르겠다. 사랑하고 미워하고 생각하고 판단하고 고통을 겪으며 간단없이 살아왔던 나의 에고, 그렇게 오래 서성이고 달리고 싸우느라 상처 입고 지칠 대로 지쳐 있는데, 그걸 버리라고 한다. 모든 것이 진실이 아닌 환영인데, 우리는 그 환영에 놀아난 것이라고 말한다. 그것이 환영이거나 착각이거나, 어쨌든 나는 그 힘으로 살아왔는데, 그런 에고의 작용에서 벗어나기 위해 포기와 희생이 필요하다고 말한다.

호킨스가 아니더라도 우리는 이런 류의 주장과 가르침을 많이 만난다. 이른바 세상의 영적 스승이나 구루라고 하는 이들은 에고와, 에고가 만들어낸 생각과 판단과 감정을 미련 없이 끊고 버리고 죽이라고 주장한다. 그래야만 참자아와 만날 수 있다는 것이다. 학자와 이론에 따라서 매우 다양하지만 대체로 에고는 인간이 자기 자신이라고 여기는 영역이다. 에고는 현실에서 적응하고 살아남기 위해 수많은 생각과 감정을 만들어내는데, 대표적으로는 나와 너의 구별과 비교, 위계화, 옳고 그름에 대한 판단과 같은 사고 활동이 있으며 집착, 분노, 미움, 적대감, 고통, 질투, 우울 등의 부정적인 감정도 에고의 영역에서 만들어진다고 본다.

그런데 우리 내면의 부정적인 생각이나 감정은 우리 의지대로 끊고 버리고 죽일 수 있는 게 아니다. 그것들과의 결별을 다짐할수록 의식은 더욱 긴장해서 그 무엇도 포기하려 하지 않는다. 다이어트를 하겠다고 조바심칠수록 최대한 경제적으로 에너지를 소비하려고 비상체제에 돌입하는 몸처럼 말이다. 끊어야 한다고 다짐하고 나면 더 애착이 생기는 술이나 담배처럼.

죽이고 끊고 버려야 한다는 의식은 어찌 보면 남성적이고 폭력적인 사고방식의 다른 표현이라는 느낌도 든다. 실제로 자아존중감이 낮는 사람들에게 그런 방식을 가르치는 것은 또 다른 자기 학대를 조장하는 것에 지나지 않는다. 그들은 버릴 게 없다. 잘못 죽이고 버렸다가는 인격 전체가 붕괴될 수도 있다.

게다가 자아의 경계선조차 분명하지 않아서 고통을 겪는 우리 사회의 많은 사람, 그중에서도 여성들, 그리고 이른바 착하다고 칭찬받는 사람들에겐 버리고 끊기 전에 건강한 자아를 만들어주는 일이 더 중요하다. 자아가 있어야, 그러니까 스스로 자아의 윤곽이 느껴져야 버리든지 끊어낼 것이 아닌가. 나는 의식의 변증법을 믿는다. 우선 자아를 건강하게 구축하고 나서 그것의 허상을 봐야 한다. 자아가 아이처럼 유약한 우리에게 그것을 버리라고 하다니, 대체 자아가 무엇인지 그 아이가 알기나 하는가 말이다.

건강한 자아만이
건강한 이별을 할 수 있다

불교의 〈십우도(심우도)〉는 소를 마음에 비유해서 마음 수련의 단계를 보여주는 그림으로 널리 알려져 있다. 〈심우도〉가 말하는 마지막 단계도 '개체성'이 사라진 상태, 즉 더 이상 '나'라는 생각이 없는 텅 빈 상태를 말한다. 하지만 우리는 아직 소를 찾고 있거나 다스리는 방법을 겨우 터득한 낮은 의식 단계에 머물러 있다. 그 수준에서 너무 뛰어난 스승들의 절대 경지를 배우느라 우왕좌왕하면서 말이다. 마음공부의 과정에서 눈높이 학습이 되지 않는 부작용을 앓고 있는 것이다.

그렇다면 우리는 어떻게 우리의 의식을 성장시키는

가? 어떻게 이전 자아를 떠나보내고 좀더 성숙한 다음 단계의 자아를 맞이할 것인가?

켄윌버는 인간의 의식 수준을 아홉 단계로 나누고, 단계마다 그에 맞는 자아가 형성된다고 말한다. 한 단계에서 형성된 자아는 그 단계의 정체성을 나타내면서 동시에 다음 단계로 나아가는 발판이 된다. 의식의 성장이란 각 단계에 주어진 과제를 해결하고 다음 단계로 나아가는 것을 말하는데, 그때 우리는 과거에 만들어놓은 자아와 이별하고 다음 단계의 자아를 만나게 된다.

나는, 충분히 사랑한 것들은 스스로 떠나가게 된다고 믿는다. 다음 단계로 나아가기 위해서 가차 없이 쳐내고 모질게 잘라내지 않아도 된다. 내 안의 부정적인 부분을 바라봐주고 그들의 이야기를 주의 깊게 들어주고 공감하면 그들은 어느 순간 길 떠날 채비를 한다.

사실 문제는 부정적인 감정이나 태도를 무의식적으로, 습관적으로 붙잡고 있는 경우다. 우울과 분노가 나를 붙잡고 있어서 고통스럽다고 아우성치지만 가만히 들여다보면 그것을 놓지 않는 쪽은 오히려 우리 자신이다. 우울과 분노라는 감정을 대체할 다른 감정을 알지 못하고, 자신의 정체성이 달라지는 것에 대해 불안을 느끼기 때문이다. 에크하르트 톨레는《지금 이 순간을 살아라》에서 다음과 같이 말한다.

당신이 만약 어떤 종류의 부정적 감정을 자신과 동일시하게 되면 당신은 그것을 떠나보내고 싶어하지 않게 됩니다. 깊은 무의식 속에서도 긍정적인 변화를 원하지 않게 됩니다. 절망하고 분노하고 산전수전 다 겪은 사람이라는 당신의 정체성이 위협받기 때문입니다. (중략) 이렇게 해서 당신 자신의 필수적인 일부가 되어버린 고통을 떠나보낼 수 없게 되는 것입니다.

고통이 나를 붙잡는 게 아니라, 내가 고통을 놓지 못한다는 알아차림은 안타깝게도 빨리 찾아오지 않는다. 이런 집착은 거의 무의식적인 차원의 일이기 때문에 알아차리기 쉽지 않다. 우리는 대부분 부정적인 감정에 시달리고 그 고통에 몸부림치면서 누군가를 원망하거나, 혹은 어떻게 그런 감정에서 벗어나야 할지 모르는 상태로 살아간다. 그럴 땐 저 위대한 스승들이 말하는 방식으로 끊거나 버리거나 죽이려고 하지 말고 가만히 자신의 고통에 귀를 기울여야 한다(직면). 그 고통이 어디서 비롯됐는지, 무엇을 힘들어하는지 스스로 얘기해줄 때까지 말이다(공감과 경청). 그리고 나의 고통에 대해 세상에 대고 말해야 한다(발설). 고통의 이야기를 들으면서 나는 자신에 대해 이해하게 될 것이고 할 말을 모두 마친 고통은 스스로 떠나갈 것이다. 그때, 이별을 무서워하며 붙잡아서는 안 된다. 우리에게는 곧 다른 감정, 그러니까 다음 단계에 맞는 감정이 찾아올 것이기 때문이다.

이처럼 치유하는 글쓰기에서 떠나보내기는 '충분히 사랑하고 잘 떠나보내기'라는 의미다. 우선 자신의 일상에서 떠나보내고 싶었던 것들을 정리해본다. 무엇이든 가능하다. 치유하는 글쓰기를 통해서 발견했던 불편한 감정이나 인간관계 중에서 뭔가를 떠나보내고 싶다면 그것을 글로 적어둔다. 그리고 다음과 같은 소주제로 나누어 글 쓰는 시간을 갖는다.

떠나보내기

떠나보내고 싶은 것은 무엇입니까?

그것은 이제까지 나에게 어떤 힘이 되어주었나요?

혹은 어떤 체험과 깨달음을 주었나요?

떠나보내려는 이유는 무엇입니까?

그것에 잘 가라는 인사를 하고, 마음으로부터 놓아준다고 상상합니다.

아래의 두 글은 이런 안내에 따라 쓴 것이다. 과거 자신의 일부였을 측면을 미워하거나 외면하지 말고, 충분히 성찰한 뒤에 떠나보내는 것이다.

걱정, 고민, 불안, 나에 대한 부정적인 생각…. 그동안 나를 지탱해온 그 모든 것들.

걱정하지 않으면 안 된다고 생각한 적도 있었다. 그것이 옳은 삶의 방식이라고, 걱정이 없는 건 아무렇게나 막 사는 삶이라고 생각했었다(그것보다는 정말로 미래가 두려워서였다).

그래서 나는 여기까지 왔다. 걱정하고 불안해하면서. 늘 조마조마해하면서. '언제 나쁜 일이 닥칠지 모르니 늘 대비하는 자세로.' 우리 집안에서 살아남으려면 언제 무슨 일이 일어날지 늘 대비하고 준비해야 했다. 갑작스런 상황 변화가 너무 많았으므로. 나는 일을 되도록 벌이지 않으려고 조심하면서 그렇게 여기까지 왔다. 결혼에 대해서도 얼마나 머뭇거리고 주저하고 한 발자국 앞으로 나가길 고민했었나.

때론 그런 불안과 걱정은 내가 경솔하게 행동하지 않도록 모든 말과 행동을 치밀하게 생각하고 머릿속에 그릴 수 있도록 해주었다. 그것이 나에게는 불확실한 미래에 대한 하나의 준비과정이었고, 어떤 순간에도 당황하지 않으려는 필사적인 노력이기도 했다.

나를 둘러싼 모든 것에 대한 걱정, 불안을 이제는 놓아야지.

"앉아 있을 때 앉(아 있)고, 서 있을 때 서고, 걷고 있을 때 걷는 그런 삶을 살아야지." 앉아 있을 때 서 있을 것을 걱정하고, 서 있을 때 걸을 때를 걱정하지 말아야지. "지금 이 순간을 살기 위해" 지금까지 오랫동안 나를 지배해 온 걱정, 불안과 나에 대한 부정을 떠나보내련다. 이제는 나의 일부가 되어 떠나보내기가 쉽지 않지만 더 이상은 놓아주지 않으려 애쓰지 않으련다. 걱정과 불안이 떠난 그 자리에 무엇을 채울지는 아직 잘 모르지만, 긍정적인 에너지로 새롭게 채우고 싶다. 누가 뭐라든 이건 "나의 삶"이니까. "나의 삶"이라는 걸 깨닫는 데 꽤 오랜 시간에 걸쳐 먼길을 돌고 돌아왔다. "나의 삶"이라...

○꿈꾸는식물

공포 → 마비 → 우울함의 사이클.

내겐 모든 일이 다 무섭지. 그러면 일단 도망쳐. 도망친다고 문제가 해결되는 건 아니니 난 그 피한 문제의 무게에 짓눌려 우울해지지. 무서워서 마비되어 도망치고, 마비된 채로 우울해져. 어릴 때 학대당할 때 난 도망칠 데가 없었고 마음속으로 도망칠 수밖에 없었지만... 그래서 간신히 죽지 않았지만... 이젠 좀 덜 무서워하고 싶다. 무조건 겁만 내지 않았으면... 내 목숨을 구해준 '마비'야, 고마워. 하지만 이젠 새로워지고 싶구나.

○아이

이 외에도 떠나보내야 할 것은 많다. 나의 마음을 늘 분주하고 불편하게 만드는, 소소하게 미뤄둔 일상의 일거리들도 여기에 해당된다. '나는 서류 정리를 너무 안 해. 정리 안 하고 밀쳐두는 습관을 떠나보내고 싶어', '커피를 너무 많이 마셔. 커피를 줄여봐야지', '아직도 미뤄둔 공과금 고지서가 있어. 반드시 자동이체 신청을 하고 말 거야', '식사를 제때 안 해. 이젠 그런 습관을 바꿀 거야' 같은 것들이다.

작은 문제부터 시작하라

작은 문제부터 떠나보내는 게 좋다. 오랫동안 끈질기게 나를 괴롭혀온 문제, 근본적인 문제들은 쉽게 떠나보낼 수 없다. 시간을 두고 천천히 해결해야 물러간다. 작은 문제를 정리하다 보면 마음의 여유가 생겨서 중요한 이슈를 다루는 데 훨씬 도움이 된다. 마치 집 안의 사소한 물건들을 정리하고 나면 그것만으로도 집이 넓어지는 것과 같다.

골치 아픈 문제를 떠나보내는 대신 정반대의 반전을 시도해보는 것도 좋다. 예를 들어 '고쳐야지, 달라져야지, 변화해야지' 다짐했던 마음 자체를 떠나보내는 것이다. 우리는 고치고 달라지려고 쉼 없이 자신을 채찍질하면서 살아왔다. 문제투성이인 자신 때문에 안절부절못하면서 말이다. 난 말을 너무 많이 해서 문제야, 너무 내성적이어서 문제야, 물건을 정리하지 않아, 게을러, 우유부단해, 부모에게 소홀해, 너무 착해, 너무 도전적이야…… 그럴 때는 문제들을 떠나보낼 게 아니라 자신을 문제투성이라고 야단치는 그 사고방식을 떠나보내야 한다. 사사건건 자신을 문제라고 생각하는 마음이 자신을 더 괴롭히고, 문제를 악화시킬 뿐이다.

'나는 혼자다'라고 느낀 것. 그것은 나에게 혼자서 결정하고 내가 못하면 내 탓이라고 생각하게 했다. 그래서 나를 이해해 줄 사람이 많지 않을 것이라고 생각하고 많은 자책감과 소심함을 갖게 했다. 그 소심함은 용기없음으로 나타나고 할 수 있는 것만 하려고 했다. 상처받을까봐 두려웠다.

나의 두려움은 무표정과 비판으로 가리어졌다. 상처가 되지 않기 위해 심사숙고하고 또 생각하고 가능여부를 현실적으로 판단하는 가운데 나는 꽤나 이성적인 사람이 되었고 유능함으로 칭찬받았다. 나에게 기대하는 사람도 생겼다. 그 고통을 감내하면서 얻어진 유능함은 언제나 나에게 부담이 되었고 싫었다.

좋은 평가를 위해서 외톨이가 되고 싶진 않다. 나의 완벽하지 못한 모습과 생각들을 편하게 자연스럽게 드러내고 싶다. 실수도 하고 말도 더듬거리곤 하는 내 모습도 그냥 보일테다(어쩌면 발음이 정확하지 않은 사람을 내가 싫어했던 이유가 여기에 있을지도 모르겠다). 남에게 폐도 끼치고 개기기도 하고 응석도 부리고...

거절당해도 다시 한번 얘기해보고 필요하다고 옆구리를 찔러가며 소통하고 싶다. 혼자라고 생각했던 나의 마음아. 이제는 내 곁에서 떠나가도 좋아.

○노을

충분히 슬퍼하며
이별을 허용하라

그 어떤 것을 떠나보내든 허용하는 마음가짐이 필요하다. 오늘 이후로 나는 너를 떠나보낼 것이며, 이미 시작된 이별의 기운을 되돌리려고 애쓰지 않겠다, 이별의 슬픔도, 이별의 시작도 모두 수용하겠다, 하는 마음가짐이다.

그런 마음가짐으로 글을 쓰기 시작한다. 글을 쓰면서 마음속에 강물이 흐른다고 상상해보라. 그 강물은 머리와 가슴을 거쳐 몸 밖으로 흘러나간다. 그 물길을 막지 않고 그냥 느껴보라. 혹은 바람이어도 좋겠다. 부드러운 바람이 온몸의 구석구석을 휘돌아 내 손과 발끝으로 빠져나간다. 그 바람이 내 몸 안에서 맴돌지 않고 천천히 빠져나가도록 허용하면서 글을 쓴다.

가슴이 허허롭게 느껴질지도 모르겠다. 끊어내거나 죽이는 것이 아닐지라도 이별은 가슴 아픈 일이다. 그래서 떠나보내기 글은 새로운 시작에 대해 쓰는 글보다 훨씬 따뜻하고 정성스러운 의식과 함께하면 좋겠다. 편안한 음악이나 마음을 가라앉혀주는 촛불과 함께할 수도 있다. 글을 쓰고 나서 소리 내어 읽어보고 눈을 감은 뒤 떠나가는 것을 상상하며 잘 가라고 기원해준다. 일종의 의식을 거행하는 것이다. 잘 떠나보내기 위해 쓰고 읽고 마음속으로 상상하는 다양한 행위를 시도하면서.

떠나보내기가 인상적이었던 카자흐족의 이야기를 마지막으로 하고 싶다. 몽골 벌판에서 살아가는 카자흐족은 독수리를 길들여 늑대나 여우 등의 맹수를 사냥하도록 훈련한다. 이렇게 독수리 사냥을 하면서 살아가는 이들을 '베르쿠치'라고 한다. 베르쿠치가 한 마리의 독수리를 길들이고 훈련하는 기간은 근 6개월이며, 10여 년을 그 독수리와 살아가다가 시간이 흐르면 떠나보낸다.

떠나보낼 때 베르쿠치는 자기들만의 의식을 거행한
다. 가장 좋은 옷을 차려입고 높은 산에 올라가 자기 손 위
에 앉은 독수리에게 몇 번씩 반복해서 말한다. 그동안 너
로 인해 잘 살아왔으며, 이제 우리가 헤어질 때가 왔다고.
그리고 눈물을 닦으며 오랜 친구인 독수리를 떠나보낸다.

그 장면을 보면서 나는 생각했다. 떠나보낼 때 충분히
슬퍼하고 정성을 들인다면 그리 오래 미련이 남거나 괴롭
지는 않을 거라고.

핵심가치 찾기:
나다운 나를 찾는 방법

이런저런 일들로 늘 분주한데도 공허한 심정에서 벗어나기 쉽지 않을 때, '도대체 삶이 왜 이렇지?' 하면서 일상을 뒤돌아보게 된다. 그럴 때일수록 일에 파묻혀 성마른 심정으로 하루하루를 버텨낸다. 가까이 있는 사람들이나 만만한 가족에게 화풀이하는 경우가 종종 있는데, 그건 다시 나를 자괴감에 빠뜨린다. 악순환이다.

마음의 상처를 치유하고 고통을 떠나보내기 위해서는 과거에 집중하는 노력도 필요하지만 현재의 나 자신이 어떤 상태이고 어떤 모습인가 살펴보는 것도 중요하다.

지금 나는 어떤가? 나는 나다운 삶을 사는가? 나는 지금의 일상에 이물감을 느끼지 않고 이 삶을 완전히 받아들이는가? 직장이나 사회에서 만족스럽게 일하는가? 나를 가장 나답게 하는 비전이나 진로를 찾았는가? 만약 그렇다면 과거의 고통은 상대적으로 작아진다. 더 긍정적인 상태라면, 과거의 고통이 나를 단련시키는 일종의 도전이자 안내자였다고 적극적으로 받아들이게 될 것이다.

그런데 우리의 현재는 늘 불행하다. 평생을 살아가면서 내적인 충만감을 경험하기가 쉽지 않다. 그것은 우리가 해야 할 일에 매달릴 뿐 영혼이 원하는 가치를 추구하지 않기 때문이다. 우리는 자라면서 가족원으로서, 사회 구성원으로서 마땅히 해야 할 일을 하도록 교육받는다. 그것이 바로 인간이 추구해야 하는 지고의 가치라고 주입당했기 때문이다. 인간적 도리를 다했을 때 칭찬을 받았으며 그러지 못했을 때 비인간적이라거나 반인륜적이라고 비난받았다. 또 행복하려면 적어도 이 세상에서 어떤 사회적 계층과 지위에 올라야 한다고 세뇌당하며 살았다.

결국 우리는 평생 해야 할 일들의 목록에 짓눌려 살아간다. 한편으로는 어서 빨리 목록상의 일을 해치워버리고 싶고, 다른 한편으로는 그것에서 벗어나고 싶다는 강렬한 저항감을 느끼면서 전전긍긍한다. 해야만 하는 것들과 원하는 것 사이에서 방황하기도 한다. 아니, 대다수 사람이 진정으로 원하는 게 무엇인지 모르고 살아간다. 해야하는 일이 너무 많아서 진정으로 원하던 일은 진즉에 지워버렸거나 잃어버렸을 수 있다. 또 마음 깊은 곳에서 자신의 욕구와 열망이 이글거리고 있지만 그걸 알면 더 불행해질까 봐, 다시 말해 알고서도 그렇게 살지 못하면 더 고통스러울까 봐 의식화하려는 시도조차 포기했을 수 있다.

코칭 프로그램은 개인이 잠재능력을 개발해서 최대한의 능력을 발휘하도록 돕는 일종의 리더십 프로그램이다. 코칭은 사람들에게 자신의 진정한 '가치'를 찾으라고 독려한다. 가치란 인간이 본래부터 추구하던 어떤 지향성이나 삶의 방향이라고 할 수 있다. 한 사람의 잠재능력을 계발하려면 그가 진정 원하는 게 무엇인지 찾아야 한다. 자신이 진정으로 원하는 가치와 일치하는 일을 할 때 능력이 배가되고 자기 회의가 줄어든다. 그렇다면 내면 깊숙이 저장된 나의 가치는 도대체 어떻게 찾아야 할까?

가치관은 당신의 일부다. 가치관은 우리가 노력하지 않아도 심지어 목표를 설정하지 않아도, 자연스럽게 행하고 마음이 이끌리거나 열의가 느껴지는 것이다. 예를 들면, 어떤 사람들은 타고난 탐험가들이다. 그들은 6살 때부터 모험가 기질을 보이고, 40살이 돼서도 탐험여행을 계속한다. 그들의 가치관은 탐험이다. 그는 억지로 탐험해야겠다고 생각하지 않는다. 그냥 탐험에 나서는 것이다.

〈Core Essential Program(CEP)〉 교재

어렸을 때 탐험을 즐기던 아이가 그 욕구를 훼손당하지 않았다면 그는 성장해서도 탐험을 즐기게 될 것이다. 세계를 여행하는 여행가가 될 수도 있고, 굳이 여행이 아니라도 새로운 영역을 탐색하고 그것을 체험하는 일을 자신의 직업으로 삼을 수도 있다. 그럴 땐 새로운 일, 미지의 세계를 앞에 두고 가슴 설레며, 위기와 위험이 도사리고 있더라도 바로 그 점 때문에 힘이 솟는다.

누가 가르치거나 독려하지 않았어도 어렸을 때부터 가졌던 세상에 대한 태도는 무엇인가? 새로운 아이디어, 새로운 창작물을 만들어내는 일이 당신을 행복하게 하지 않는가? 사람들 사이에서 사랑받고 주목받을 때 살아 있음을 느끼지 않는가? 어떤 일을 할 때 가장 편안하고 나답게 느껴지는가?

그런데 아쉽게도 우리는 그런 기억을 많이 가지지 못했다. 우리가 뭔가에 빠져들려고 할 때마다 다른 일을 요

구하는 간섭이 끊임없이 있었다. 숙제도 해야 하고, 피아노나 태권도 학원에도 가야 했다. 아니면 우리가 우리의 일에 몰두할 수 없을 정도로 집안이 늘 공포스런 분위기였을 수도 있다.

내 가슴을 설레게 하는
단 한 가지

전문 코치과정을 이수하면서 내가 찾아낸 핵심가치는 '신과 관련되기'였다. 그건 민망하고도 당황스러운 일이었다. 나는 오랜 기간 페미니스트로 살았고, 무엇보다 내가 공부하던 코칭이란 사람들이 현실에서 행복하게 적응할 수 있도록 돕는 일이 아닌가. 그런데 뜬금없이 '신과 관련되기'라니. 그러나 나는 핵심가치라고 나열된 백 개가 훨씬 넘는 항목들 가운데 '신과 관련되기'에서 눈을 뗄 수가 없었다. 그 외에도 '독창성'이나 '전문가' 같은 단어에도 끌렸지만 이보다 더 나의 가슴을 두근거리게 하는 건 없었다. 시간이 수개월 흐르자 독창성이라는 단어에는 점점 더 시들해졌다. 그런데 '신과 관련되기'는 여전히 내 가슴을 뭉클하게 했다. 그 후 나는 '신과 관련되기'를 '신과 함께하기'라는 문장으로 고쳐 가슴에 품고 산다. 그리고 대학원에 진학해 몸과 마음과 영성을 공부했다. 마흔 살이 넘어서 핵심가치를 찾았고 그제야 내 일과 나의 가치를 일치시키는 일을 시작했다.

> 원하는 것을 얻는 것이 사람을 행복하게 만들고, 욕구를 충족시키는 것이 만족감을 가져온다면, 가치관에 기초한 삶은 충족감을 가져다준다. 충족감은 행복이나 만족감을 넘어서는 내적 감정이다. 그것은 지속적인 도취감이고 온전하게 자기 자신이 되었다는 느낌이다.
> 〈Core Essential Program(CEP)〉 교재

'온전하게 자기 자신이 되는 기분'을 느끼는 것은 아주 중요하다. 온전하게 자기 자신이 되었을 때 우리는 현실을 있는 그대로 받아들이며, 비로소 현실에 안착하게 된다. 많은 사람이 과거에 집착하지 말고, 미래 때문에 전전긍긍하지도 말라고 충고한다. 존재하는 것은 지금 이 순간뿐이므로 주어진 지금 이 순간을 살아가라고 말한다. 정작 어떻게 해야 하는지 그들도 잘 모르면서 말이다. 위파사나 명상은 그런 훈련을 하는 데 아주 좋은 도구지만 세상 모든 사람이 명상을 훈련할 수는 없는 일이다.

지금 원하는 것을 하라

지금 이 순간에 몰두하려면 지금 이 순간이 가장 행복해야 한다. 우리는 주어진 환경이 행복하지 않기 때문에 지금 이곳을 거부하고 대신 과거나 미래에 가 있다. 그러므로 현재의 욕구를 만족시키는 것이 중요하다. 나는 어떤 사람들에게는 "세속적인 성공을 과감하게 선택하고 추구하라"고 권한다. 마음속으로 늘 타인의 성공을 탐내면서도 자신의 그런 욕구나 욕망을 인정하지 못하는 사람들에게 말이다.

성공, 하면 떠오르는 것들이 있다. 돈, 명성, 리더, 정신적 타락 등. 무엇보다 성공은 사람들로부터 주목받고 인정받는 기회를 얻는 것이다. 만약 모든 사람에게서 미움받고 외면당하는 성공이라면 사람들은 결코 그 길을 선택하지 않을 것이다. 사람들로부터 많은 관심과 애정을 받은 사람은 자신감과 만족감을 회복할 수 있다. 그래서 성공이 치유의 효과를 내기도 한다. 만약 세속의 성공에 별 미련이 없는 사람이라면 자신의 가치를 찾아서 그와 일치되는 일을 시작하고 그것과 함께 살아가는 길을 선택해야 한다. 어떤 사람들에겐 이런 것이야말로 진정한 성공이다.

자신의 핵심가치를 찾을 때는 우선, '해야만 하는 일'

과 연관된 가치를 고르지 않도록 주의해야 한다. 해야만 하는 일에 너무 시달리는 사람들은 차라리 그걸 해버리면 행복할 거라 생각하면서 의무사항을 서둘러 수행하려고 한다. 그리고 그게 행복이라고 착각하기도 한다. 어떤 사람은 자신의 가치와 그걸 이루기 위한 도구를 혼돈하기도 한다. 예를 들어 '고상함'이 핵심가치인 사람이 자신의 고상함을 추구하기 위해서 돈을 많이 벌어야 한다고 생각하는 식이다. 그는 고상함이 아니라 '돈' 또는 '부유함'이 자신에게 필요한 핵심가치라고 생각할 수 있다. 그러나 돈을 벌거나 부유함을 얻기 위해 뭔가를 시도했는데 그 일이 고단하게 느껴진다면 그것은 핵심가치가 아니다. 핵심가치에 충실한 삶을 살기 위해 시간이나 노력이 필요하다면 그것은 진짜 핵심가치가 아닌 '해야만 하는 일(should)'일 가능성이 높다. 자신의 가치란, 바로 지금부터 적용할 수 있는 것들이어야 하며, 그 가치를 향한 길에 들어서면서부터 자기 자신이 됐다는 안도감과 편안함, 그리고 삶의 의욕을 느껴야 한다.

핵심가치 찾기

모험	아름다움	촉진하기	기여하기	창조하기	발견하기	느끼기	리드하기
☐ 위험 무릅쓰기 ☐ 스릴을 즐김 ☐ 위험 ☐ 투기 ☐ 용기 ☐ 도박 ☐ 노력 ☐ 탐구 ☐ 실험 ☐ 활력소 ☐ 모험	☐ 우아함 ☐ 세련됨 ☐ 고상함 ☐ 매력적임 ☐ 사랑스러움 ☐ 빛남 ☐ 웅장하고 화려함 ☐ 영광스러움 ☐ 취향	☐ 영향을 미침 ☐ 전진하게 함 ☐ 감동을 줌 ☐ 움직이게 함 ☐ 정체를 벗어나게 함 ☐ 코칭 ☐ 격려 ☐ 영향력 ☐ 자극 ☐ 활력 ☐ 바로잡기	☐ 이익을 줌 ☐ 향상시킴 ☐ 증대시킴 ☐ 도와줌 ☐ 증여함 ☐ 강화시킴 ☐ 촉진시킴 ☐ 봉사함 ☐ 양도함 ☐ 제공함 ☐ 육성함 ☐ 변경	☐ 설계 ☐ 고안 ☐ 시너지 ☐ 상상력 ☐ 천재성 ☐ 독창성 ☐ 구상 ☐ 계획 ☐ 건설 ☐ 완전함 ☐ 조립 ☐ 고무하기	☐ 배우기 ☐ 탐지하기 ☐ 인식하기 ☐ 찾기 ☐ 깨닫기 ☐ 드러내기 ☐ 식별하기 ☐ 구별하기 ☐ 관찰하기	☐ 감정 드러내기 ☐ 감각 ☐ 열광하기 ☐ 기분 좋음 ☐ 함께함 ☐ 에너지 분출 ☐ 감각과 접함	☐ 안내하기 ☐ 고무하기 ☐ 영향력 ☐ 관심 ☐ 통치 ☐ 지배 ☐ 규칙 ☐ 설득 ☐ 격려 ☐ 모델이 되기

숙달됨	즐거움	관련되기	예민함	영적인 삶	가르치기	승리하기	기타
☐ 전문가 ☐ 능숙함 ☐ 우월함 ☐ 탁월함 ☐ 걸출함 ☐ 위대함 ☐ 베스트 ☐ 능가함 ☐ 기준을 정함 ☐ 우수함	☐ 재미있음 ☐ 감각적 ☐ 신체적 ☐ 축복 ☐ 오락 ☐ 환대받음 ☐ 게임 ☐ 스포츠	☐ 연결됨 ☐ 커뮤니티의 일원 ☐ 가족 ☐ 단합 ☐ 기르기 ☐ 연결고리 ☐ 결합됨 ☐ 통합됨 ☐ 함께함	☐ 부드러움 ☐ 터치 ☐ 지각하기 ☐ 현재에 집중 ☐ 공감 ☐ 지원 ☐ 동정심을 보여주기 ☐ 응답 ☐ 보기	☐ 의식 있는 삶 ☐ 수용적 태도 ☐ 깨어 있기 ☐ 신과 관련되기 ☐ 경건함 ☐ 성스러움 ☐ 존경함 ☐ 열정적임 ☐ 종교	☐ 교육 ☐ 지도 ☐ 계몽 ☐ 지식 ☐ 제공 ☐ 준비 ☐ 교화 ☐ 촉진 ☐ 함양 ☐ 설명	☐ 우세함 ☐ 달성 ☐ 도달 ☐ 점수 ☐ 획득 ☐ 이김 ☐ 승리 ☐ 지배 ☐ 흡인력	☐ ☐ ☐ ☐ ☐ ☐ ☐ ☐ ☐

〈CEP〉교재 중 일부 수정

다음은 핵심가치를 찾아가는 과정이다.

첫 번째, 앞의 표 '핵심가치 찾기'에 나열된 항목 가운데 끌리는 단어 열 개를 먼저 고른다. 이때 머리와 가슴을 모두 사용해서 선택하는 게 좋다.

두 번째, 그 열 개 가운데 세 개만 추려낸다. 그리고 마지막으로 세 개 중에서 한 개만 남긴다. 단어를 추려낼수록 자신의 가치를 선택하기가 어렵다. 모두 다 포기하고 싶지 않은 가치들이기 때문이다. 그럴 때는 젊은 시절, 혹은 어린 시절을 떠올리며 자신이 추구하던 것이 무엇이었는지 생각해볼 필요가 있다. 어린 시절 무엇을 할 때 가장 몰두하고 행복했는지 생각해보라.

그럼에도 꼭 맞는 가치를 찾지 못할 때가 있다. 그건 당연하다. 이제 막 가치 찾기를 시작했다면 자신이 어떤 가치를 추구하는지 명확하지 않을 것이다. 혹은 찾았지만 지금의 여러 상황 때문에 그 가치를 완전히 받아들이지 못할 수도 있다. 그럴 때는 아직은 때가 아닌가 보다, 하는 생각으로 잠시 접어두었다가 몇 개월 혹은 몇 년 후 다시 찾아보는 것도 좋다. 내면에 얽히고설킨 복잡한 감정과 생각이 정리될수록 자신의 가치를 찾기 쉬워진다. 마음 성찰을 오래 할수록 그렇게 될 수 있다.

그러나 잘못 찾았다거나, 확연하지 않은 느낌의 가치를 선택했다고 해서 작업을 중단할 필요는 없다. 우리 내면엔 수많은 가치가 내재해 있다. 나는 단일 성분으로 만들어진 존재가 아니기 때문이다. 단지 그중에서 핵심적인 가치를 찾지 못했을 뿐. 그러니까 지금 내가 선택한 가치가 진짜 핵심가치일까 의심하지 말고 그것을 주제로 일단 글쓰기를 시작해본다. 선택한 가치에 대해 글을 쓰면서 그것을 좀더 구체화할 수도 있고 또 확신을 가질 수도 있기 때문이다. 가치를 의식화하는 작업이다.

반갑다. '탁월함'!

이제야 뭔가 탁 풀리는 것 같은 기분. 그랬구나. 난 탁월한 존재가 되고 싶었어. 그래서 탁월한 사람들이 그렇게 자꾸 눈에 들어오고 부러웠나봐. 이 세상에 탁월한 사람들, 범접하기 어려운 능력자들, 전문가들... 난 탁월한 전문가들이 좋아. 그들은 한때 자기 분야에서 미친 듯이 노력하고 공부했을 거야. 그리고 지금은 그걸 토대로 자기만의 독특한 영역을 만들어내는 사람... 앗. 또 하나의 통찰! 나는 천부적 재능으로 탁월한 사람보다 노력을 해서 그렇게 된 사람이 좋아~! 내가 직장일을 하면서 자꾸 부족하단 느낌, 부끄럽단 느낌... 이건 탁월함을 추구하기 때문이야. 그래야겠다. 이 일에서 나는 탁월함을 추구할 거야. 그리고 지금의 내 취미.. 웹디자인 공부도 더 잘해볼 거야. 전문가 소리 듣게. 이 글을 쓰고 있는데도 막막 가슴이 벅차오른다.

○벼락

가치를 의식화하고 나면 그것을 실현하기 위한 구체적이고 실천적인 작업이 필요하다. 현실적이고 실천적인 계획을 쓰는 것은 즐거운 일이 아니다. 학교나 직장에서 강제적으로 했던, 목표 달성에는 대체로 실패한 작업이기 때문이다. 그러나 가치를 실현하며 사는 일은 학교 성적을 올리거나 생산성을 높이는 일과는 다르다. 그것은 삶의 질을 높이는 일이며, 숙명에 관한 일이다.

핵심가치를 추구하는 데 방해가 되는 요소 다섯 가지와 핵심가치를 실현하기 위한 약속 다섯 가지를 다음과 같이 구체적으로 정리해본다.

'탁월함'라는 핵심가치의 실현을 방해하는 다섯 가지 요소

첫째, 주목받는 사람이 되고 싶다는 욕구를 위험시했던 내 생각

둘째, 체력적 한계를 느끼게 하는 직장에서 맡은 보직

셋째, 시간적 여유를 빼앗는 잡다한 집안일

넷째, 관련 정보의 부족

다섯째, 내 생각을 지지하지 않는 인간관계

○토마토

만약 '창조성'이라는 핵심가치를 가진 사람이라면 그 가치를 실현하기 위한 다섯 가지 약속을 이렇게 정리해보자.

'창조성'이라는 핵심가치 실현을 위한 다섯 가지 약속

첫째, 6개월 안에 창조성을 길러주는 강의를 찾아서 듣겠다. 1개월 안에 나에게 맞는 강의를 하는 곳을 알아보고 목록을 만들겠다. (추가할 내용: 찾아볼 곳은 ○○○ 사이트, 유튜브, ○○○ 모임 등)

둘째, 2개월 안에 나만의 작품을 만들어보겠다. (추가할 내용: 작품을 만들 수 있는 작업장 찾기, 비용과 시간을 확보할 방안 찾기)

셋째, 하루에 한 번 이상 외출하며, 일주일에 세 번 이상 친구나 선후배 등을 만나 그들의 살아가는 얘기에 귀 기울이겠다. (추가할 내용: 외출해서 주로 가고 싶은 곳 또는 가야 할 곳, 나의 창조성에 도움이 될 만한 인간관계 등 생각해보기)

넷째, 1년 동안 새로운 직장을 탐색한 뒤 직업/직장을 바꾸겠다. (추가할 내용: 내가 원하는 직업/직장, 내가 탐색해보고 싶은 분야, 어떤 방법으로 탐색할 것인가? 시기는 어떻게 잡을 것인가?)

다섯째, 6개월 이내에 창조적인 사람들과 커뮤니티를 만들거나 기존 커뮤니티에 가입하겠다. (추가할 내용: 온오프라인 동호회 검색, 친구들의 소개나 조언, 커뮤니티 활동에 방해가 되는 나의 장애, 약점은?)

ㅇ봄비

구체적일수록 좋다. 또 실행 가능한 현실적인 방안을 모색해야 한다. 현실을 변화시키기 위한 실천을 전제로 하지 않는다면 핵심가치를 찾는다 해도 의미가 없다. 그래서 다른 사람들에게 자신이 작성한 실천 약속을 보이고 그들의 격려와 조언을 받는 것이 중요하다. 만약 멘토나 절친한 친구가 있다면 자신이 쓴 것을 보여주고, 블로그나 SNS에 알려서 부담을 느끼는 것도 필요하다.

"내 문제를 알았는데 왜 고쳐지지 않죠?"라고 묻는 사람들이 있다. 원인을 알게 되면 바로 극복되고 해소되는 문제가 있는가 하면, 어떤 것들은 일정 기간의 '훈련'과 '노력'을 필요로 한다. 특히 어린 시절 습관화된 감정이나 태도를 변화시키기 위해서는 그것이 형성된 시기보다 몇 배의 시간이 필요할 수도 있다. 그 노력의 시간을 어떻게 현명하게 계획하느냐 하는 것은 무척 중요하다. 그리고 기꺼이 노력하도록 독려하고 등대 역할을 해주는 것이 바로 자신의 핵심가치다. 그 가치대로 살 수 있다면 우리는 누구보다 적극적으로 변화할 수 있을 것이다.

핵심가치 찾기는 한국코칭센터에서 진행되는 전문 코치 양성과정인 〈Core Essential Program〉의 일부 이며, 필자는 그 프로그램에 참가한 경험으로 이 글을 썼다. 위에 인용한 인용문과 표는 모두 〈CEP〉 교재에 서 나왔으며 일부 수정했음을 밝힌다.

그 밖의 글쓰기

온라인 글쓰기

　　　　　　　　　　앞에서 소개한 글쓰기 방법 외에도 치유하는 글쓰기 프로그램에서는 다양한 글쓰기를 시도한다. 우선 온라인을 활용한 여러 가지 글쓰기가 있다. 글쓰기 프로그램을 위해 개설된 비공개 카페에서 참여자들이 함께 글을 쓰며 서로 댓글을 주고받기도 하고, 공개 카페에서 일정 시간에 글을 올리는 방식으로 프로그램에 참여하기도 한다. 책의 정해진 분량을 읽어나가면서 소감과 함께 자신의 경험을 자유롭게 글로 써서 게시판에 올리는 방식이 그것이다. 아래의 글은 《행복을 묻는 당신에게》(김아리 엮음)라는 책의 내용을 매일 한 편씩 읽고 떠오르는 생각을 글로 옮기는 보름간의 작업을 마치고 마지막에 올린 소감 글이다.

2주 가까이 매일 아침 이 책과 함께 했다. 하루를 스스로 들여다보며 시작하니 하루를 마칠 때쯤이면 마음의 키가 조금 커져있는 것 같았다. 콩나물을 키워본 사람은 알 것이다. 얼마나 빨리 자라는지! 지난 보름동안 내 기분이 그러했다. 마음에 물을 주고 조금씩 싹이 트고 자라나는 걸 지켜보는 듯 했다.

프로그램에 참가하며 써내려갔던 글들은 모두 자기 반성이자 내 자신에게 거는 대화였다. 그 시간들로 인해 지금의 내 상태와 생각들을 더 또렷이 바라볼 수 있었다.

틈틈이 다른 분들의 글을 읽으며 깊은 공감에 눈물 흘릴 때도 있었고, 앞서 살아간 인생 선배들의 주옥같은 이야기를 나눠 듣는 기분이 들 때도 있었다. 얼굴은 뵙지 못했지만 마음 깊이 응원하고 기도합니다!! ^^

ㅇ산다

책을 읽고 나면 기억하고 싶었던 많은 내용이 망각 속으로 사라진다. 밑줄을 긋고 몇 번씩 다시 읽어도 잊어 버리기는 마찬가지다. 그럴 때 정해진 분량의 내용을 읽고 그 부분과 연관된 내 삶의 이야기를 글로 쓰면 글의 내용이 더 명확해지고 충분히 소화돼서 마음의 깊은 곳에 저장된다. 책에 대한 소감을 쓸 때 어떤 형식에 구애되지 않았으면 좋겠다. 형식적인 글에는 무의식의 말이 담겨 있지 않다.

구조화한 글쓰기

자유연상기법에서 유래한 '떠오르는 대로 자유롭게 쓰기'의 중요성에 대해서는 앞에서 충분히 이야기했다. 이번엔 미완성의 문장을 제시해서 글을 쓰는 방식을 소개하려고 한다. 나는 이것을 '구조화한 글쓰기'라고 부른다. 구조화한 글쓰기는 우리가 익히 알고 있는 '문장 완성하기', 또는 '빈칸 채우기' 방식의 글쓰기다. 글의 서두나 문장의 일정 부분을 제시하고 나머지 부분을 각자 완성하게 하는 것이다. 다음의 예가 그것이다.

✦ 나에게 글쓰기란 _____ 이다.

✦ 글쓰기, 하면 떠오르는 장면이 있는데, 그것은

_____ 이다.

위의 미완성 문장은 글쓰기 프로그램 첫 시간에 제시되는 것이다. 그뿐만 아니다. 글을 시작하기 위한 다음과 같이 짧은 문구도 제시한다.

✦ 나 사실은

✦ 나의 생년월일은

✦ 내가 시를 쓴다면

✦ 잊지 말아야 할 것은

✦ 당신이 떠나간 날

이런 문장이나 구절이 제시되면 그동안 자유롭게 글을 쓰던 참여자들은 당황스러워한다. 긴장하고 말문이 막혀서 아무 생각도 떠오르지 않는다는 것이다. 그럴 때 나는 이렇게 이야기한다.

"긴장해서 아무 생각도 떠오르지 않는 건 정답을 말해야 한다고 생각하기 때문일 거예요. 정확히 쓰려고 고민하지 말고, 문득 떠오르는 걸 잡아서 문장을 완성하세요."

그리고 문장을 완성하고 나면 완성한 문장 중에서 하나를 골라 그 문장을 시작으로 자유롭게 글을 쓰도록 한다.

《저널치료》의 캐슬린 아담스도 비슷한 방식을 사용한다. 그가 '스프링보드'라고 부르는 서술형이나 질문형 문장을 제시해서 그 문장을 시작으로 하는 글을 쓰게 하는 것이다. 예를 들면 다음과 같다.

- ✦ 그는 나를 미치게 한다.
- ✦ 내가 꼭 이루고 싶은 것 세 가지는……
- ✦ 내 여정에서 난 지금 어디쯤 와 있을까?
- ✦ 내가 힘을 인정한다면 그것을 빼앗길까?

스프링보드는 높이 뛰거나 멀리 뛸 때 도움을 주는 발판이다. 이 명칭에서 알 수 있듯, 스프링보드로 제시된 문장은 글쓰기가 막막할 때 일단 시작하게 해주는 역할을 한다. 그런데 그 밖의 중요한 효과가 있다. 다른 사람이 만든 낯선 문구를 제시함으로써 내가 늘 쓰는 말, 늘 하던 생각에서 벗어나도록 조건화하는 것이다.

우리 머릿속이 수많은 생각으로 꽉 채워져 있다고 해

도 대체로 내가 늘 하던 생각과 감정이다. 어젯밤 들은 노
랫말을 오늘 온종일 중얼거리고 있거나 만나는 사람마다
똑같은 충고를 하거나 또는 반복해서 같은 고민을 말하고
싶어 하는 자신의 모습을 알아차린 적이 있는가? 인생의
더 중요한 문제를 직면하기 싫어서, 낯선 것이 두려워서,
틀에 박힌 사고 때문에 익숙한 생각만 붙잡고 있는 것이다.

그럴 때 낯선 글귀가 제시되면 그것에 자극받은 낯선
내면이 의식 위로 튀어나올 수 있다. 이제까지 만난 적 없
던 무의식의 한 조각일 거다. 그렇다면 성공이다. 마음공
부는 내가 모르던 나의 모습을 만나기 위함이 아닌가? 그
러니 문득 떠오른 생각, 이미지, 단어를 함부로 버리지 말
고, 불편해하지 말고 주의 깊게 살펴야 한다. 내가 왜 이런
생각을 떠올렸지? 하면서 말이다.

참여자들이 이 사실을 알고 나면 이후부터는 구조화
한 글쓰기를 좋아하게 된다. 내가 낯선 것 앞에서 어떤 반
응을 할지, 내면의 어떤 것과 만나게 될지 호기심을 느끼
며 마치 퀴즈를 풀듯 흥미롭게 글을 완성해나간다.

명상
글쓰기

　　　　　　　　이번엔 명상 경험을 글로 옮
기는 작업을 소개해본다. '버스명상'이나 '내 인생의 집 한
채' 명상을 글로 옮겨서 우리가 본 마음속의 이미지를 글
과 비교해보고 다른 참여자들과 공유하는 것이다. 버스명
상은 앞서 소개했던 MBSR 프로그램(마음챙김에 기반한 스
트레스 완화 프로그램)을 응용한 것으로, 자신을 버스의 운
전자면서 주인이라고 전제한 뒤 그 버스를 몰고 가는 상황
을 마음껏 상상해보는 것이다. 그 과정에서 내가 나의 인
생을 어떤 식으로 살아가는지, 어떤 사람들과 함께하는지
알게 된다.

　난 초록색 마을버스를 타고 달린다. 야호, 내가 운짱이란다.
내가 사는 서식지의 골목들을 누비다가 마음에 드는 여자, 아
이, 남자는 태울까말까(난 남성혐오증이 다소 있다). 에라 기분
이다. 남자도 태우자. 다들 손에 화초를 심은 분을 하나씩 들
고 있거나 고양이, 개, 오리, 닭, 염소들을 데리고 버스에 오른
다. 풍선과 솜사탕을 들고 있는 아이도 보인다.

난 신나는 음악을 크게 틀고 버스노선을 무시하고 내가 가고 싶은 곳을 달린다. 시골길. 보은에 있는 엄마의 무덤에 간다. 엄마의 땅에 꽃과 동물과 사람들이 가득하다.(엄마는 이혼으로 오랫동안 혼자 사셨는데 투병 중에 "사람이 그립다"는 말씀을 하셨다.) 한바탕 놀고 모두 버스에 태워 또 시골길을 달린다. 버스는 어느 순간 나비로 변신한다. 노오란 나비. 나비는 엄마에게 간다. 엄마는 이미 새가 되어서 나를 기다리고 있다. 모녀 공중 상봉. 둘은 수다를 떨면서 못다한 얘기를 한다.

그리고 또 다시 작별

"안녕~ 안녕 엄마."

"안녕 영미야. 잘 살아."

◦담쟁이B

'내 영혼의 집 한 채'라는 주제의 명상시간에는, 상상할 수 있는 가장 아름다운 나만의 공간을 상상하도록 유도한다. 그곳은 오로지 나만을 위한 공간이다. 누군가를 위해 양보하거나 배려하지 않아도 되는 곳이다. 통상 볼 수 있는 집 모양일 수도 있고, 구름이나 크리스털, 따뜻한 에너지 등으로 만들어진 집일 수도 있다. 그 집의 안팎을 상세하게 묘사한 뒤 글로 옮겨 적는다. 궁극적으로 그 집은 이후에 내가 힘들고 고단할 때면 명상을 통해서 찾아가 삶의 에너지를 받을 수 있는 안식처가 된다.

난, 파도 소리 들리는 바닷가 벼랑 위에 집을 짓는다. 사방 투명한 유리창으로 햇살이 집안 가득 차고, 창밖으로는 하늘과 바다와 늙은 떡갈나무 한 그루 그리고 소나무 숲이 보인다. 소나무 숲 사이 좁은 오솔길이 세상과 나를 이어주는 통로이다. 소나무 숲에서는 솔향이 은은히 풍기고 바닷바람은 짜고 건강한 생명의 내음을 실어 나른다.

나는 거실 바닥에 누워 하늘 보기를 좋아한다. 비가 오는 날은 빗소리를 들으며 빗방울이 내 몸으로 후두둑 떨어져내리는 것 같은 느낌을 즐긴다. 해가 뜨고 놀이 지고 달이 뜨고 달무리 지는 모습, 그리고 별들이 까르르까르르 소리 내며 노는 모습도 볼 것이다.

그리고 바다를 볼 것이다. 시시각각 변하는 바다의 온갖 모습을 바라보며 나는 잠시 넋을 놓을 것이다. 내 영혼의 집에서는 넋을 놓아도 좋으리라.

○반디

지금 여기,
나의 과제와
각오

　　　　　　치유하는 글쓰기는 평생 하게 될 작업이지만 치유하는 글쓰기 프로그램에는 끝이 있다. 프로그램의 마지막 시간에 참여자들이 낭독한 글을 소개하면서 이 장을 마치려고 한다. 마지막 주에 발표되는 이 글이 타인에게 공개하는 것을 목적으로 쓰는 유일한 글이다.

> 돌이켜보면 늘 그랬습니다. 항상 내가 아닌 다른 나를 꿈꾸고, 여기가 아닌 다른 곳을 갈망했지요. 그리고 끊임없이 그러한 생각을 하는 나 자신을 '지금의 나는 엉망이니까'라며 당연하다고 여겼지요.
> 그래서 저는 오늘부로, 예지원이라는 닉네임을 버릴 겁니다. 이 시간 이후에는 저는 그냥 은영이라고 불러주세요. 내가 아닌 타인의 모습을 꿈꾸기 이전에, 나 자신으로서 행복해지는 법, 나답게 사는 법, 있는 그대로의 나를 인정하는 것부터 시작해야겠습니다. 지금 이대로도 괜찮다고 누구 같지 않아도

괜찮다고 비교하지 않고, 혼내지 않고, 토닥여주면서 말이죠.
○예지원

글을 읽는 것보다 쓰는 것이 나에게 더 도움이 됨을 알았습니다.
글을 통해 삶을 읽기도 하고 삶을 풀어가기도 함을 알았습니
다. 그래서 좋습니다.
나는 지금 거리두기를 시도 중이고, 2년 넘게 만나고 있는 내
애인을 더 사랑하려 용쓰고 있습니다. 모험을 좋아함을 인정
하고서 그 모험을 즐길 줄 아는 용기가 필요함을 알았습니다.
○저냥, 〈나는 배웠다. 내가 간절히 나이길 바란다는 것을!〉

　프로그램이 끝나더라도 참여자들은 성찰과 직면으로
이루어진 자기 찾기 여정을 계속할 것이다. 그 외로운 여
정에 친구가 되어줄, 간단하지만 유용한 글쓰기라는 도구
하나씩을 챙기고.

3부

어떻게 쓸까:

글쓰기 방법

떠오르는 대로
자유롭게 써라

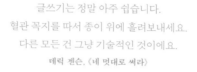

글쓰기는 정말 아주 쉽습니다.
혈관 꼭지를 따서 종이 위에 흘려보내세요.
다른 모든 건 그냥 기술적인 것이에요.
데릭 젠슨, 〈네 멋대로 써라〉

"머리로 쓰지 말고 손으로 쓰세요. 여러분의 손이 가는 대로 맡기세요."

치유하는 글쓰기 프로그램에서 맨 처음 참여자들에게 하는 말이다. 손으로 글을 쓰는 수기(手記)를 말하는 게 아니다. 펜이든 컴퓨터 키보드든 상관없다. 중요한 건, 뭘 쓸까 머리로 계획하거나 궁리하지 않고 떠오르는 대로 받아 적는다는 데 있다. 굳이 노하우라고 할 게 없는 글쓰기다.

글쓰기를 안내한다고 하니, 어떻게 하면 글을 잘 쓸

수 있냐고 묻는 사람들이 있다. 그럴 때 참 난감하다. 솔직히 나에겐 '~해야만 하는' 특별한 글쓰기 노하우가 없다. 치유적 글쓰기이기 때문만은 아니다. 내 경우엔 '글을 잘 쓰려면 ~해야 한다'는 세상의 글쓰기 방법이나 원칙을 버리고서야 글 쓰는 작업이 행복해졌다.

사회에 나와서 글을 처음 배운 곳은 신문사였다. 알다시피 기사는 지극히 경제적인 글이다. 방송 드라마나 광고와 마찬가지로 기사도 첫 줄에서 독자들의 관심을 끌지 못하면 끝이다. 독자의 시선은 이미 다른 기사, 다른 면으로 넘어가 있기 때문이다.

그러므로 기사는 '~해야 하는' 게 많다. 일단 좋은 기사는 첫 문장이 흥미로우면서 그 속에 핵심적인 주제까지 담고 있어야 한다. 독자가 알아듣기 쉬워야 하며, 전달하는 바가 정확히 표현돼야 하고, 중립적·객관적 관점을 유지해야 하며, 구체적인 사실을 적시해야 한다. 문장이나 단어에 군더더기가 있어서도 안 되고 문법적인 오류는 더더욱 조심해야 한다. 원고 분량을 맞추기 위해서 조사나 어미에서 몇 자라도 빼려고 안간힘을 쓰는 일은 예사다. 보통 2~3매에서 길게는 20~30매를 쓰지만, 때로는 200자 원고지 한 매에 한 편의 완결된 기사를 써야 한다.

그때는 글쓰기가 얼마나 괴로웠는지 모른다. 제약이

많은 기사체 글쓰기가 나와는 맞지 않았다. 내가 가진 속도대로 원하는 주제에 대해, 나의 성격을 가장 잘 드러내는 방식으로 말하고 싶었다. 그래서 직업을 바꾸고 글쓰기 방식도 바꾸었더니 그제야 다시 글쓰기에 애착이 생겼다.

희한하게도 그때부터 서두만 잡고 바로 써 내려가는 방식이 가능해졌다. 미리 생각해둔 첫 문장을 적어넣은 뒤에는 꼬리에 꼬리를 물고 떠오르는 생각을 그냥 받아 적었다. 처음엔 바빠서 그랬을 것이다. 글을 미리 구상하고 기획할 시간도 없었다. 그때 막 아이가 태어났는데, 유난히 잠이 없던 아이가 잠시 잠든 틈을 타서 벼락 글을 쓰곤 했다. 의도하지 않은 방식이었는데도 의외로 아이디어가 이전보다 많이 떠올랐다.

감정의 흐름을 끊지 않고 쓰니 나의 감정을 고스란히 담은 글이 가능해졌다. 그 전에는 서론, 본론, 결론으로 전체 얼개를 완벽하게 짠 뒤에 그에 맞춰 글을 써 내려갔다. 글을 쓰다 보면 애초에 기획한 구성에서 벗어날 수도 있는데 그럴 땐 억지로 끼워 맞추고 잘라내느라 애를 먹었다. 그렇게 해서 완성된 한 편의 글은 마치 만화에서 본 프랑켄슈타인처럼 이리저리 꿰맞춘 이상한 꼴이 되어 있었다.

이쯤에서 독자들은 의아해할지 모르겠다. '아니, 신의 손인가? 어떻게 처음부터 끝까지 손이 알아서 쓰게 한단

261

말이야?' 그런데 나 말고도 많은 사람들이 그게 가능하다고 하니, 참 신기한 일이다. 물론 다 쓰고 나서 고쳐 쓰기는 한다. 급하게 쏟아내느라 중언부언한 내용을 정리하고 다듬는다. 그러나 고쳐 쓰기는 외부에 발표할 글일 경우에 한한 것이고, 사실 나는 다듬지 않은 글을 더 좋아한다. 다듬지 않은 글에서 자신이 더 많이 보이기 때문이다.

의식과 무의식이 만나는 글쓰기 작업

치유 글쓰기도 마찬가지다. 주제에 맞는 글이 생각나지 않으면 아무 말이라도 떠오르는 대로 옮겨 적는다. 그러다 보면 어느새 주제와 관련한 아이디어가 떠오른다. 다음은 '무의식이 보내는 신호'를 주제로 글을 쓰기 시작하면서 적당한 글거리를 찾기까지 떠오르는 이런저런 생각을 모두 받아쓴 것이다.

월요일부터는 시간 내기가 어려우니 일요일에 미리 숙제를 해야지. 느긋하게 쫓기는 기분 없이…. 딱 마음을 먹고 지난 일 을 내내 컴 앞에 앉아 있었건만 도통 떠오르지가 않았다.

뭐지? 무의식이 내게 보내오는 사인이 뭐징~ 기억될 만큼 반복되는 꿈도 없고, 유난히 못 견디게 싫은 소리도, 냄새도, 시각적인 이미지도 없는 거 같고. 열 받게 하는 인간관계? 백수로 청춘을 보내고 직장생활을 해본 적이 없으니 갈등할 만한 동료나 상사의 관계를 맺어볼 기회도 없었고... 아~ 진짜 뭐냐... 그놈의 무의식이 내게 보내오는 사인이 대체 뭐냐고. 이렇게 생각 안 나는 이것이 혹시 사인인 걸까? 자~ 자, 다시 생각해보자. 생각을 해야만 해, 너는...

혹시 이건가? 지금까지 나와 친했던 사람들이 아픔이 많은 사람들이었다는 거. 근데 지금 생각하니 그 정도 사연쯤은 누구나 있을 것 같아서 아닌 것도 같고... 모르겠다. 일단 이걸로 밀고나가 보자.
ㅇ물처럼

　　'머리로 계산하지 말고 떠오르는 대로 자유롭게 쓰기'는 글쓰기 치료와 성찰적 글쓰기를 추구하는 거의 모든 글쓰기 안내서가 권하는 방법이다. 형식이나 맞춤법 등에 구애되지 않는 '자유로운 글쓰기'는 의식의 흐름 기법, 자동적 글쓰기, 자유직관적 글쓰기, 연속 글쓰기, 자동기술법, 무의식적 글쓰기 기법 등 필자와 번역자에 따라 다양한 용어로 설명된다. 이런 글쓰기가 한결같이 말하는 것은 '일단 손을 들어 뭔가를 쓰기 시작하면 이미지든 단어든 떠오르는 대로 계속 써 내려가라'는 것이다. 일단 시작하라고. 그리고 글을 쓰기 시작하면 떠오르는 생각과 감정을 모두 써 내려가라고. 더 이상 쓸 수 없을 때까지, 저 아래 밑바닥이 드러날 때까지 계속 써야 한다고.

> 글쓰기는 어떤 생각을 떠올리는 것이 아니라 어떤 생각을 붙잡아내는 것이다…. 어떤 이야기를 붙잡아서 적어내리는 데 몰두하면 일종의 주의집중상태가 된다. 어찌 보면 글쓰기는… 받아쓰는 예술이다. 들리는 이야기에 귀를 기울여 단순히 받아적을 때, 생각의 흐름은 내가 만드는 것이 아니라 듣고 글로 옮겨 적어야 할 대상이 된다.
>
> 줄리아 카메론, 《나를 치유하는 글쓰기》

이런 글쓰기는 사실 프로이트의 자유연상기법에서 비롯됐다. 자유연상기법이란 머릿속에 떠오르는 것은 무엇이든 놓치지 않고 말하게 하는 것이다. 순식간에 떠올랐다 사라지는 것 중에서 전의식이나 무의식에서 올라온 언어를 발견할 수 있기 때문이다.

자유연상기법은 나중에 문학의 한 글쓰기 기법으로

도 사용되었는데, 20세기 최대의 실험소설로 평가받는 제임스 조이스의 《율리시즈》가 대표적이다. 후에 버지니아 울프나 엘리엇 등도 이 의식의 흐름 기법을 이용한 소설과 시를 쓰게 된다.

물론 그 이전에도 내면에서 흘러나오는 메시지를 있는 그대로 기록한 이들의 이야기가 전해진다. 17세기 프랑스의 대주교이자 신학자였던 페늘롱 등을 제자로 삼았던 기용이라는 여성 신비주의자, 16세기 로마 가톨릭의 성인인 아빌라의 테레사 등도 의식의 흐름에 따라 빠른 속도로 글을 쓰는 무의식적 글쓰기에 대해 언급했다고 한다.

무의식에는 많은 것이 포함돼 있다. 우리가 숨겨놓았던 충격적인 기억들, 비난받을까 봐 두려워 억눌러놨던 질투, 이기심, 분노 등의 부정적 감정과 다양한 욕망, 욕구들이 그것이다. 그뿐만 아니다. 심층심리학자들에 의하면, 에고의 노력으로는 절대 성취할 수 없는 창조성과 인류의 보편적이고 원형적인 정신성이 이 무의식 영역에 존재한다.

따라서 무의식을 글로 옮겨 의식화하는 작업은 치유적 글쓰기에서 무엇보다 중요하다. 글쓰기를 통해 무의식에 숨어 있던 중요한 심리적 단서들, 특정 생각과 감정의 뿌리, 그리고 신성을 만나도록 안내하는 것이, 그래서 최종적으로는 우리의 온전한 정신, 즉 의식과 무의식을 모두 만나게 하는 것이 바로 치유하는 글쓰기의 목적이기 때문이다.

그런 점에서 치유적 글쓰기는 이성과 직관, 의식과 무의식이라고 하는 대극적 요소가 만나는 작업이다. 로고스, 즉 이성의 산물이며 총화인 글을 이용해서 이성과 상반되는 감정이나 무의식, 또는 직관에 접촉하고 그것을 이해하는 과정이다. 우리는 글을 씀으로써 전문가의 해석을 빌지 않고도 깊은 내면의 이야기를 들을 수 있다. 내면과 만나는 과정에서 종종 황홀감이나 놀람, 또는 두려움, 깊은 고통, 해방감 같은, 신체적인 느낌을 동반한 감정을 경험하기도 한다. 그것이 바로 정서성이며 우리가 무의식을 만났다는 표시이다.

내면의 비판자를
다룰 방법이 필요하다

무의식을 만나는 데 있어서 가장 큰 적은 내면의 비판자다. 내면의 비판자는 치유적 글쓰기를 하는 동안 끊임없이 잔소리한다. '이런 내용은 너무 황당한 거 아냐? 비약이 심해. 이렇게 자기 중심적이라니. 또 똑같은 이야기를 하는군. 너무 유치한 표현이야. 언제까지 징징댈 거니. 넌

변한 게 없구나.' 심지어는 이런 참견까지 한다. '맞춤법이 틀렸네. 문장은 제대로 써야지.'

좀더 객관적으로, 이성적으로 쓰라고 재촉하니 무의식을 만나는 일이 어려워진다. 객관적이고 이성적인 것은 어디까지나 의식의 영역이며 무의식은 이성과 논리 너머에 있다. 거기다 내면의 고통을 직면하기에도 힘이 부치는데 자기 비난의 목소리가 거세고 신랄하니 치유는커녕 상처에 소금까지 뿌리는 글쓰기가 될 게 뻔하다. 결국 펼쳤던 종이를 엎고 글쓰기를 포기하게 되는 것이다.

그러니 글쓰기를 방해하는 내면의 비판자를 인식하고 그를 다룰 방법을 각자 찾는 게 필요하다. 가장 근본적인 처방은 편견이나 보수적인 생각, 지나치게 엄격한 가치관에서 벗어나는 것이다. 지나치게 엄격한 잣대로, 편협함으로, 잘못된 가치관으로 세상을 깐깐하게 바라볼 때 그 칼끝은 종종 자신을 겨누게 된다. 하지만 가치관을 바꾸는 일은 마음공부가 더 돼야 하기에 시간이 필요하다. 그래서 나는, 내면 비판자가 딴죽을 걸 때마다 이렇게 말한다. '알았어. 이 글을 다 쓰고 나면 너의 말도 들어줄게. 지금은 입 좀 다물고 있을래?'

무의식을 언어로 끌어올리기 위해 다양한 방법들이 제시된다. 앞서 소개한 구조화한 글쓰기도 그 좋은 예가 된다. 익숙하지 않은 방식으로 글쓰기를 하도록 조건화함으로써 이제까지 만나보지 못했던 낯선 감정을, 생각을 떠오르게 하는 것이다.

《상처받은 내면아이 치유》를 쓴 존 브래드쇼는 내면의 갓난아이로 돌아갈 때는 그때까지 주로 글을 쓰던 손이 아닌 반대편 손으로 글쓰기를 권한다. 잘 쓰지 않던 손으로 서툴게 글을 쓰다 보면 짧은 글일지라도 어리고 미숙한 내면아이의 감정과 생각을 만나는 놀라운 경험을 하게 된다.

《아티스트 웨이》의 저자 줄리아 카메론은 '모닝페이지'라는, 아침에 쓰는 일기를 권한다. 잠자리에서 빠져나오자마자 노트를 펼쳐 들고 세 쪽의 종이를 채울 때까지 생각나는 말은 무엇이든 쉬지 않고 써 내려가는 것이다. 무엇을 써야 할지 생각나지 않을 땐, 아무것도 쓸 게 없다고 반복해서 써도 된다. 그러다 보면 차츰 내면의 이야기가 쏟아져 나올 것이며, 마침내 자기 검열 장치를 해제하고 더욱 심도 있는 글을 쓸 수 있게 된다고 설명한다. 처음엔 배설처럼 느껴지는 어둡고 추한 측면과 바보 같은 내면이 활자화될 수도 있지만 그러는 사이에 번뜩이는 창조성이 되살아난다는 것이다.

무의식의 이야기를 글로 옮기는 가장 쉽고 대중적인 방법은 정해진 시간 동안 쉬지 않고 계속해서 글을 써 내려가는 것이다. 잡념이 머릿속에 들어와서 또는 어떤 단어를 사용할까 고민하느라 손을 멈출 때가 있다. 그럴 땐 그런 자신의 모습을 자각하고 다시 글쓰기를 시작하라. '잠시 생각이 끊겼다. 펜을 잡은 손이 뭘 써야 할지 몰라 멈칫거린다'라고 쓰면서라도 가능하면 계속 손을 움직이는 게 좋다.

> 손을 계속 움직인다. 10분을 쓰기로 결심했다면, 또는 20분이나 한 시간을 쓰기로 결심했다면 멈추지 말고 계속 쓰도록 한다. 펜을 꼭 잡고 신들린 듯 써 내려가라는 말이 아니다. 그냥 멈추지 않으면 된다. 그래야 마음이 미개척지까지 뚫고 들어갈 수 있으며, 생각하고 보고 느껴야 한다고 여기는 곳이 아니라 정말 생각하고 느끼는 곳에 가닿을 수 있다.
> 나탈리 골드버그, 《인생을 쓰는 법》

손을 움직이면서 분주해지면, 분석적이고 이성적이며 판단력이 좋은 좌뇌가 일하게 되고, 그 틈에 창조적이고 자유로운 우뇌가 발언 기회를 얻게 된다고 말하는 사람도 있다. 분명한 것은 손을 끊임없이 움직여서 글을 쓰는 시간이 길어질수록 내면에 담겼던 감정과 생각이 자연스럽게 흘러나오고, 자신에 대한 놀라운 통찰이 글로 드러나게 된다는 것이다. 이런 글쓰기가 습관화되면 글을 쓰려고 펜을 잡는 순간부터 통찰이 올라온다. 이게 바로 글쓰기 명상이 아닐까.

글을 쓰는 시간은 2~20분 정도가 적당하다. 글쓰기 초보자라면 5분 내외의 짧은 글쓰기로 시작하고, 글쓰기가 익숙해지면 점차 시간을 늘려나가는 게 좋다. 스톱워치로 시간을 정해놓고 알람이 울릴 때까지 글쓰기에 집중하면 된다. 30분 이상의 긴 글쓰기는 너무 자주 하지 않는 걸 권한다. 긴 시간 동안 글을 쓰면 자신도 모르는 사이 부담을 느껴 오래 지속하기 어렵다. 글쓰기를 마친 뒤, 아쉽다, 하는 느낌이 남아 있어야 다음에도 기꺼이 펜을 잡을 수 있다.

물론 치유 글쓰기를 1~2년 이상 꾸준히 한 사람이라면 상황과 조건에 따라 시간을 자율적으로 결정할 수 있다. 과거 한 참여자는 아버지의 유골을 모셔놓은 봉안당에서 아버지에 관한 글을 쓰기 시작해 시외버스를 타고 집으로 돌아오는 내내 몇 시간을 쉼 없이 글을 썼다. 자신도 제

어할 수 없이 내면에서 이야기가 쏟아져 나온 것이다. 그는 그렇게 부성 콤플렉스의 중요한 것들을 글을 통해 이해할 수 있었다. 그럴 땐 어쩌겠는가. 자신을 드러내고자 하는 내면의 요구를 그저 받아 적는 수밖에.

휴대폰은 글쓰기에 집중하는 데 가장 큰 방해꾼이다. 메시지 도착 알림 소리나 번쩍이는 화면에 마음을 빼앗겨 글을 중단하면 다시 집중하기 어려워진다. 그래서 글쓰기 프로그램이 진행되는 시간에는 휴대폰을 아예 끄거나 무음인 상태로 가방에 넣어두도록 안내한다.

자, 이제 백지를 앞에 두고 앉아 숨을 고른 뒤 마음속으로 이렇게 말해보자.

'지금부터 글을 쓸 거야. 내면이 말하는 걸 그저 받아 적는다는 심정으로 말이지. 그 어떤 말을 하더라도 모두 받아들일 거야. 설사 별로 쓸 게 없더라도 그것조차 인정해줄 거야. 자, 이제 편하게 시작해보자. 괜찮겠지?'

가슴으로
써라

예술의 언어는 심장의 언어이며,
그것은 정서적 구조의 언어이다.
마가렛 미드

한 사람이 아버지 문제로 나와 상담하고 있었다. 이야기를 듣던 내가 물었다.

"아버지를 미워하지만, 그래도 한편으로는 아버지의 사랑이 그리우신가 봐요."

그러자 그의 눈에서 바로 눈물이 주르륵 흘러내렸다. 대답도 하기 전, 순식간에 일어난 일이었다. 그가 눈물을 훔치며 이렇게 말했다.

"그렇게 생각해보지 않았는데 가슴이 뭉클하면서 눈

물이 흐르는 걸 보니, 뭐가 있긴 한가 봐요."

그의 말이 맞다. 눈물은 거짓말을 하지 않는다. 입은 웃으면서 명랑한 소리로 말해도 눈가가 촉촉한 사람들이 있다. 그런 사람을 마주 보고 있으면 나는 마음속으로 이런 말을 중얼거린다. '그냥 울어도 돼요. 눈물을 흘리면 당신도 모르던 마음의 진실이 드러나요.' 나도 예외가 아니다. 나잇값을 하느라 슬픔이 고인 걸까, 심지어는 상담 중에 내담자를 앞에 두고 갑자기 울컥해서 당황스러울 때가 종종 있다.

가슴이 내보내는
신호를 자각하라

나는 그 눈물이 가슴에서 나오는 거라고 말한다. 상담을 하거나 치유 글을 쓸 때 나타나는 여러 신체적인 증상들도 가슴이 내보내는 신호다. 그런 신호가 나타나면 그 순간을 예의주시해야 한다. 그곳에 많은 단서가 묻혀 있을 수 있기 때문이다. 구체적인 어떤 신호가, 왜 하필 그 순간에 나타났는지 세심하게 묻고 답하듯 써 내려가는 방법도 있다.

앞에서 나는 머리가 아닌 손으로 쓰라고 충고했다. 물론 완전히 머리를 비운 상태에서 글을 쓸 수는 없다. 손으로 쓰고 있는 동안에도 머리는 계속 인식하고 판단할 것이다. 그래서 손이 가는 대로 쓰다가 갑자기, 지금 내가 잘하고 있는 걸까 의심스러워질 때가 있다. 그럴 때, 자신이 제대로 하는 건지 알려주는 센서가 바로 가슴의 울림이다. '가슴의 울림'은 이성적인 판단이나 분석과는 다른, '좀더 본능적이고 근원적인 내면의 신호'라고 할 수 있다. 일종의 정서적 반응이다. 정서는 무의식, 그리고 신체와 연관된 강한 감정으로, 보통 신체적 자극을 동반해서 경험된다.

글을 쓰다가 가슴에서 어떤 느낌이 온다면 당신이 가고 있는 길이 맞다. 그 길을 따라가면 된다. 또 어떤 글쓰기 대목에서 유난히 가슴과 몸이 반응한다면 해결되지 않은 문제가 무의식에 남았을 수 있다는 것을 알아차려야 한다. 머릿속으로는 이미 해결됐다고 생각했는데 여전히 감정적인 반응이 따라온다면 또 다른 차원의 의식에서 어떤 문제가 해결을 기다리고 있는 것이다.

가슴의 울림이란 여러 가지 형태로 나타난다. 위에서 말한 눈물을 비롯해 온몸을 휘도는 열감, 근육경련, 통증이나 목이 메는 것과 같은 신체적 증상도 있지만 가슴이 쿵쾅거리는 느낌일 수도 있고, 분노 때문에 터질 것 같은 상태일 수도 있다. 가슴이 싸하게 아려오거나 서늘해지거나 따뜻해지는 느낌, 환희에 벅차오를 수도 있고, 쥐어짜는 느낌일 수도 있다. 그 어떤 것이든 반갑게 맞이하고 충분히 느끼면서 글을 써야 한다. 글을 쓰다가 가슴의 울림이 느껴지거든 자신의 느낌을 종이의 여백에 기록해도 좋다. 글을 다 써야 한다는 목적의식 때문에 서두르지 말고 이 아픔이 어디서 오는지 가만히 들여다볼 수 있다면 더욱 좋다.

심리학은 인간의 의식을 크게 의식과 무의식, 전의식 등의 영역으로 분류하지만 사실 인간의 의식은 수없이 많은 층과 겹을 가지고 있다. 비교적 어린 시절의 상처라면, 그리고 오랜 기간 반복해서 고통을 경험했다면 그 상흔은 여러 층위의 의식에 남아 있을 것이다.

우리는 종종 이런 경험을 한다. 고통과 직면하고 상담하고 갈등을 조정함으로써 문제도 해결하고 치유도 이루어졌다고 생각했는데, 세월이 흐른 뒤에 문득 상처가 도진 것 같은 아픔을 느낄 때가 있다. 그럴 때 우리는 과거의 노력이 수포로 돌아간 듯한 낭패감을 느낀다. 그러나 당황하지 않아도 된다. 퇴행한 게 아니라 이전보다 좀더 깊은 곳에 숨겨져 있던 상처가 드러난 것이다. 다시 찾아온 아픔은 이전보다 더 깊은 통찰을 우리에게 준다. 그 상처를 외면하거나 부정하지 않고 받아들인다면 말이다.

상처가 나를 더 깊은
내면으로 안내한다

나는 아주 어렸을 때 아버지가 돌아가셨다. 십 대 초반까지 나의 가장 큰 아픔은 아버지에 대한 그리움보다는 아버지가 없는 가족의 구성원이라는 사실에 있었다. 어린 나는 깊은 수치심을 느꼈기에 아주 친한 친구들에게도 아버지가 돌아가셨다는 사실을 이야기할 수 없었다.

6학년 때쯤, 나의 수치심은 거의 벼랑 끝까지 와버렸고 결국은 절박함이 나를 구원했다. 수치심을 견딜 힘이 없어지자 오기가 생긴 것이다. '그래, 어쩌라고. 아버지가 없는 아이라는 게 뭐가 문제인데? 나의 아버지가 없다는 사실이 누군가를 공격하거나 해를 입히는 일도 아니지 않나? 나는 친구들을 잘 돕고 배려하는 아이가 아닌가. 이렇게 오랫동안 아버지 부재를 숨기며 떨고 있을 이유가 무엇인가?'

이런 생각의 전환으로 고통이 극복되고, 상처도 치유

됐다고 생각했다. 그런 내가 참으로 자랑스러웠던 적도 있다. 그러나 사춘기 때는 자상한 아버지가 있는 가정에 대한 그리움에 시달렸고, 더 성장해서는 아버지의 부재가 남성성의 왜곡이라는 결과로 작용한다는 사실을 알게 됐다. 그 후에도 나는 아버지의 죽음과 연관된 많은 그림자가 내면에 존재한다는 것을 경험했다. 머릿속의 아버지는 분명히 돌아가셨는데, 마음속 아버지의 죽음은 여전히 인정하지 못하고 있음을 안 것도 서른이 훌쩍 넘어서였다.

아버지의 죽음을 가까스로 받아들이고 나를 위로하자 더 깊은 내면에 숨어 있던 두려움이 또 드러났다. 나는 지극한 사랑을 주는 존재에게 버림받을 운명을 타고났을지도 모른다는 비극적인 인생의 각본을 오랫동안 가졌던 것이다. 그리고 아버지에 대한 그리움이 완전하고 절대적인 사랑에 대한 선망과 기다림으로 오래 고착돼 있다는 것도 깨달았다. 아버지의 죽음에 얽힌 그 많은 것들을 보고 깨달았음에도 이 글을 쓰는 지금 이 순간, 다시 가슴이 먹먹해지는 걸 느낀다. 아직도 어린 시절 겪었던 아버지의 상실이 완전히 치유되지 않은 것이다.

부정적인 것일지라도 어떤 감정을 느끼고, 그걸 자각한다는 것은 아무 느낌이 없는 것보다 훨씬 긍정적이다. 감정을 억압하지 않았다는 말이기 때문이다. 언젠가 미처 깨닫지 못한 또 다른 앎이 찾아오면 그 또한 거부하지 않고 받아들일 것이다. 수많은 상처들이 나를 더 깊은 내면으로 안내했다는 사실을 이제는 알기에……. 내면의 깊은 차원으로 들어간다는 것은 영혼의 더 높은 차원으로 올라가는 것을 의미한다.

심장의 소리를 들어라

다시 '가슴으로 글쓰기'라는 주제로 돌아오자. '가슴으로 글을 쓰라'는 말은 시적 표현처럼 느껴져서 다소 주관적인 주장으로 들릴 수도 있다. 모호하고 주관적이지만 그 느낌이 전달됐다면 그대로 좋다. 그게 바로 가슴이 인식하고 느끼는 방식이다. 가슴은 귀납이나 연역의 설명 과정을 필요로 하지 않는다.

이참에 가슴의 역할이나 기능과 관련한 고대와 현대의 지혜를 공부해보는 것도 도움이 될 것이다. 먼저 인도의 고대 비전 가운데 하나인 '차크라'에 관한 이야기다. 요가에서 차크라는 몸의 에너지를 순환시키는 에너지 시스템의 중심 또는 의식의 중심축으로, 그리고 우주나 외부 환경과 소통하는 에너지의 통로로 중요하게 여겨진다. 비전이 전하는 차크라의 수는 아주 다양하지만, 일반적으로는 항문 주위에 있는 첫 번째 차크라부터 정수리 부분의 차크라까지 모두 일곱 개가 척추 부위를 따라서 수직으로 나열되어 있다고 알려져 있다.

그중 가슴 차크라는 네 번째에 위치한, 일곱 개의 차크라 중 중심에 있는 차크라다. 구체적으로는 횡경막 바로 위로, 심장과 폐가 위치한 곳쯤이다. 가운데라는 위치가 의미하듯 가슴 차크라는 아주 중요한 곳이다. 그곳은 위와 아래, 그리고 오른쪽과 왼쪽이라는 대극이 만나는 십자가의 교차점이다. 달리 해석하면 이성과 감성, 여성성과 남성성이 교차하는 지점으로, 양극성을 통합하는 센터라고 할 수 있다. 즉 가슴 차크라는 서로 다른 영역들, 도저히 이해할 수 없거나 공통점을 찾을 수 없다고 생각되는 범주를 서로 소통하게 만드는 역할을 한다. 가슴 차크라는 또한 '양육의 센터'로 이해와 공감의 모성적 역할을 맡고 있기도 하다.

자연 현상에 비유하자면 가슴 차크라는 횡경막이라는 지구의 대지 위로 떠오르는 태양과 같은 위치에 있다. 태양이 떠오르면서 대지에 빛이 퍼지면 사랑과 자비, 연민과 같은 따뜻함이 밤새 식어버린 지구를 따뜻하게 만든다. 가슴 차크라와 비슷한 위치의 심장과 폐가 인간의 몸 전체에 양분과 공기를 공급해주는 것과 유사하다.

고대 비전이 강조했던 가슴의 역할은 현대 신경과학에 의해서 새롭게 증명되고 있다. 과학자이면서 신비체험가인 조셉 칠턴 피어스는 인간의 지성(intelligence)이 어떻게 발달하는지 연구해서 흥미로운 결론을 얻었다. 즉 우리 인간에게는 머리 두뇌(head brain: intellect)와 심장 두뇌(heart brain: intelligence)라는 두 개의 두뇌가 있으며, 이 둘이 긴밀하게 연결되어 인간의 정신적인 성장을 도모한다는 것이다.

그가 이런 사실을 유추해낼 수 있었던 데는 분자생물학의 공로가 컸다. 분자생물학은 심장이 두뇌와 여러모로 유사하다는 것을 과학적으로 증명해낸 바 있다. 즉 심장을 구성하는 세포의 60퍼센트 이상이 두뇌와 똑같은 신경세포로 이루어졌으며, 두뇌와 마찬가지로 신경전달물질을 통해서 작용한다. 게다가 심장세포도 인간의 온몸과 연결되어 신체가 조화롭게 기능하도록 관여한다는 점에서 두뇌와 유사하다. 그 심장의 절반은 이른바 감정 두뇌라고 하는 뇌의 변연계에 연결돼 있고 나머지는 신체 모든 장기와 근육들에 연결돼 신체와 정서, 감정 등이 상호작용하도록 돕는다.

그뿐 아니다. 그는 생리학 시간에 쥐의 심장세포를 연구하다가 재미있는 사실을 목격했다. 심장세포 한 개를 떼어놓으면 규칙적으로 박동하다가 서서히 약해지면서 죽어갔는데, 죽어가는 세포 옆에 또 다른 심장세포를 가까이 가져다 놓으면 둘은 다시 규칙적으로 박동하기 시작했다. 서로 붙여놓은 것이 아닌데도 말이다. 이렇게 두 세포가 서로 조응할 수 있는 것은 심장세포가 만들어내는 강력한 전자기장 때문이다. 심장박동은 작은 전구를 밝힐 수 있을 만큼의 전자기장을 인간의 몸 바깥 3.5미터에서 4.5미터까지 방사하며, 이때의 파장은 두뇌가 가진 전기 파동의 40~60배에 이른다고 한다.

따라서 조셉 칠턴 피어스는 인간의 두뇌, 그중에서도 감정이나 정서를 관장하는 부분이 심장의 영향력 아래 있을 것으로 추정한다. 한편으로는 심장에서 뇌로 흘러드는 호르몬에 의해, 다른 한편으로는 심장이 방사하는 전자기장에 의해서다.

글쓰기로 가슴 에너지를 되살릴 수 있다

그의 주장을 참고한다면 심리적인 상태를 설명하는 여러 가지 표현들, 즉 가슴이 아프다, 마음을 울린다, 가슴을 열어라 등은 전혀 근거 없는 표현이 아니다. 우리는 두뇌를 통해서가 아니라 심장을 통해서 감정과 정서를 느낀다. 보통은 생각이 특정 감정을 느끼게 하지만 생각과 독립적으로 어떤 기분이나 감정, 정서를 느낄 때도 있다.

조셉 칠턴 피어스가 말하는 심장 두뇌는 차크라 이론이 말하는 가슴 차크라와 일맥상통하는 부분이 있다. 심장 두뇌를 중심으로 몸과 머리 두뇌가 연결되어 있으며, 심장 두뇌가 몸 전체에 에너지를 방사한다는 점에서 그렇다.

경험적으로 보면, 머리 두뇌에 모든 사고기능을 맡기게 될 때 느끼는 감정은 복잡하고 혼란스럽다. 분석하고 판단하고 비판하고 통제하려는 이성적 뇌의 작동이 이루어지기 때문이다. 누군가에 대한 연민의 감정을 느끼면서, 한편으로는 '이 감정이 진짜야? 위선은 아니야? 연민 속에 감추어진 건 뭐지?' 하는 식으로 분석하고 회의한다. 결국 감정은 주저하다가 희석되고 만다. 내면엔 슬픔이 가득한데 그걸 웃음이나 과장된 씩씩함으로 위장해버리거나 타인을 헷갈리게 만드는 보호색을 만들기도 한다. 이에 반해 심장 두뇌 혹은 가슴을 통해 경험되는 감정은 느끼는 즉시 우리 몸과 마음을 통해 발산되기 때문에 분명하고 빠르며 무엇보다 솔직하다.

합리와 이성의 시대를 살면서 우리는 지나치게 이성

적 두뇌를 강조하게 되었고, 거기다 겉으로 드러나는 신체나 외모를 강조하면서 내적인 가슴의 파동을 감지할 수 없게 됐다. 그 결과 가슴이 반응하는 글, 감정과 느낌을 담은 글을 쓸 수 없게 됐다.

하지만 낙심할 일은 아니다. 가슴 에너지의 존재를 믿고 자주 주의를 집중한다면 얼마든지 회복할 수 있다. '가슴에 와닿는' 혹은 '가슴을 따뜻하게 하는' 음악을 들으며 가슴에 집중해서 조용히 앉아 있는 것만으로 충분하다.

특히 치유하는 글쓰기는 가슴의 반응을 등대 삼아 글을 쓰는 것이지만, 반대로 가슴 에너지를 활성화하는 강력한 도구가 될 수도 있다. 자신의 감정과 정서에 주의를 집중하고 말하고자 하는 것을 그대로 글로 옮기면 된다.

상대에게
말 걸듯이 써라

이제는 정말 일하는 사람들이 글을 써야 한다.
농사꾼과 행상과 어부와 노동자가 글을 써야 한다.
공연히 어려운 말로 젠체하는 글이 아니라,
삶 속에서 절로 터져 나오는 내 생각과 내 느낌과
내 이야기를 쉽게 풀어내는 글을 써야 한다.
그리하여 글이 온 세상에 강물처럼 흘러넘쳐야 한다.
서정오, 〈글장이는 별종인가?〉

십 대와 이십 대에 연극에 열중했던 적이 있다. 학교 연극 동아리 활동을 하면서 나름대로 터득한 연기의 기본은 바로 '제대로 말하기'였다. 연기 초보자들은 처음 대본을 읽을 때 등장인물이 가진 전형적인 말투를 흉내 내기 바쁘다. 할아버지나 어린아이, 수다쟁이 아줌마 등 텔레비전이나 라디오에서 들었음 직한, 뻔하지만 사실적이지 않은 말투가 그것이다. 특히 외국 번안극의 경우 배우들의 연기는 이른바 '쪼(調)'라고 하는 상투적인 말투로 정형화

된다.

　사실 우리 주변에 사는 노인이나 아이들, 또는 아줌마들이 하는 말을 가만히 들어보면 성우나 배우들이 구사하는 상투적인 말투를 가진 경우는 거의 없다. 그런데도 연기 초보자들은 아무 의심 없이 틀에 박힌 말투를 흉내 내고 그게 연기라고 믿는다. 그 상투성이 심해지면 좋은 연기는 기대하기 힘들고, 관객을 몰입시키기도 어려워진다.

　이런 말투가 고쳐지지 않은 채 연습으로 굳어지면 정말 골치 아프다. 고정된 말투의 회로에서 벗어나기 어려울 뿐 아니라 이렇게 저렇게 말투를 고쳐봐도 여전히 어색함은 남는다. 그럴 때 배우가 느끼는 답답함과 불안감이란……

　그런 괴로움이 극에 달했을 때 퍼뜩 떠오른 질문이 하나 있었다. 나는 왜 대사를 외우는가? 무대 위에 오른 배우가 말하는 목적은 무엇인가? 굳이 연극 이론서를 뒤적일 필요도 없었다. 답은 아주 간단했다. 배우의 대사는 결국 '관객에게 말 걸기'다. 대사는 배우들끼리 주고받는 대화로 설정돼 있지만 사실 모든 상황은 관객을 향해 말을 거는 행위일 뿐이다. 그렇다면 연극에서 가장 중요한 것은, 배우가 관객에게 제대로 말하는 것 아닌가. 그 연극이 무슨 말을 하려는지 관객이 잘 알아듣도록 말하고 연기하면 되는 것이다.

나는 초심으로 돌아가 다시 대본을 읽기 시작했다. 상투적인 감정과 억양을 모두 빼고, 내 앞에 앉은 친구에게 말을 걸듯 편안하게 대사를 읽으려고 노력했다. 가장 편한 상대와 마주 앉아 진술한 대화를 나눌 때 우리의 모습은 어떤가? 특별히 위축되지도 않을 것이고 또 지나치게 과장하지도 않을 것이다. 우리에겐 그저 이해와 소통만 있을 뿐이다. 연기의 기교는, 이처럼 기본적인 말하기와 소통하기의 태도가 안착돼야 가능해진다.

글도 마찬가지다. 글쓰기도 결국은 자신을 비롯해 누군가에게 말을 거는 행위이고, 또 자신의 이야기를 상대에게 이해시키기 위한 것이다. 제대로 말 걸기, 온전한 소통하기가 가장 중요한 글의 역할이고 목적이다. 그러려면 우선 두 가지를 고려해야 한다. 먼저 내 글을 읽는 사람을 향해 적극적인 태도를 취하는 것이다. '나는 당신에게 관심이 있고, 그래서 내 얘기를 하고 싶어요' 하는 태도다. 그 다음은 이해하기 쉽도록 기술하는 것이다.

그런데 글이란 앞서 언급했듯이 말보다 지적인 매체다. 그러다 보니 말하기보다 글쓰기를 더 두려워하고 긴장하는 사람들이 많다. 말은 본능적으로 구사하면서도 글을 쓸 때는 갑자기 위축돼서 막막해하는 것이다. 글을 어떻게 써야 할지 모르겠어요. 백지를 앞에 두면 막막해져요. 나는 원래 글쓰기 재주가 없나 봐요, 라고 호소하는 사람들이 그들이다. 그런 사람들에게 나는, 말하듯이 글 쓰는 방법을 제안한다.

글쓰기는 소통이다

먼저 내 앞에 가장 친한 사람이 앉아 있다고 상상해보자. 그는 내가 하는 말을 잘 들을 준비가 된, 편안한 사람이다. 그런 사람과 마주 앉아 있을 때 얼마나 행복한지 잠시 상상해보는 것도 좋겠다. 드디어 내가 말을 시작한다. 하고 싶은 말을 가장 효과적으로 전달하리라 마음먹고. 그러면 말이 저절로 꼬리에 꼬리를 물며 터져 나온다. 그걸 손으로 옮겨 쓰면 된다.

글이 잘 안 써지거나 문장이 자꾸 꼬일 때 나도 이런 방법을 쓴다. 내 앞에 앉은 사람을 상상하면서 그에게 내 얘기를 들려주는 것처럼 소리 내서 중얼거려보는 것이다. "자, 내 얘기를 잘 들어봐. 내가 하고 싶은 말은 바로, 어떻게 쓰는가에 관한 거야. 물론 쓰는 데 무슨 특별한 방법이 있는 건 아니라고 생각해. 하지만 굳이 잘 쓰는 방법을 하나 정도 알려준다면 그건 말하듯이 편하게 쉽게 쓰라는 거야." 그리고 그 내용을 받아 적는다. 강조하기 위해서 쉬어 갈 때는 쉼표를 찍어주고, 좀더 설명이 필요할 때는 '그러니까'라는 단어도 넣어준다.

'누군가에게 말하듯 편하게.'

이것이 글쓰기에 어려움을 느끼는 사람들에게 권하는 제1원칙이다.

얼마 전에 동료들과 만나 학창시절 얘기도 하고 자신의 결혼 스토리도 얘기하며 수다 떨고 놀다가 내가, "난 지금까지 왜 좀 번듯한 사람을 못 만났냐. 나두 좀 기대고픈데 말이쥐~" 했더니 누가 그랬다. "뭐, 얘기 들어보니 자기 스스로가 그런 사람들을 밀어냈구만…" 순간, 띵~하면서 '그랬나, 내가?' 하는 생각이 들었더랬다. 그러고 보니 그런 듯도….

나는 왜 그랬을까. 왜 그럴까. 반듯하고, 여유로워 보이는 그런 것엔 별 관심이 안 가고, 왜 부족해 보이고 약해 보이는 쪽에 마음이 쓰이는 걸까? 그렇다고 소외된 사람들을 위해 발 벗고 나선 적도, 그들의 삶에 직접 뛰어들 용기도 없으면서, 지금까지 만나온 사람들에게 내가 기댈 수 있는 언덕이 되어준 것도 아니면서, 내게 어떤 사명감이나 넓은 마음이나 따뜻한 배려가 있느냐, 그것도 아닌데, 아픈 사람들을 내가 보듬어

쥐야지...라는 마음은 더욱 아닌데...

작년인가, 재작년인가 '사람들은 비슷한 기운을 가진 사람끼리
만난다'는 얘기를 듣고 조금 놀란 적이 있다. 그래? 그렇다면
내가 슬프고, 상처가 많다는? 내가 모르는, 내가 기억 못하는
내 속의 어두움이 있다는? 아니면 내 열등의식일까?
나는 아주 보잘 것 없어서 주류 쪽은 아예 나와는 상관없는
사람들이라고 생각해서 내겐 관심 없을 거라고 생각해서 그
래서 나는 그들을 외면하는 척, 관심 없는 척하는 것일까, 그
러는 걸까? 내가 알지 못하는 내 무의식은 바로 그런 것일까.
○ 물처럼, 〈이건가, 무의식이 내게 보내는 사인이?〉

소통하기 쉬운 글이
잘 쓴 글이다

위의 글은 자신에게 말하듯, 혼자서 중얼거리듯 써 내
려갔다. 읽는 동안 우리는 글쓴이의 고민에 함께 빠져들게
된다. 어떤 사람들은 그가 왜 그렇게 살았을까 생각하게
되고, 또 어떤 사람들은 어, 내 얘긴데? 하면서 놀랄 것이
다. 자신에게 간절한 문제를 말하듯이 썼을 뿐이다. 사람

들의 공감을 불러일으키는 데 특별히 대단한 문체나 심오한 학식, 화려한 문장력이 필요한 것은 아니다.

말하듯이 쓰는 글은 단문이다. 문장이 길어지면 자칫 꼬이기 쉽고, 주어와 술어가 일치하지 않는 경우도 생겨난다. 또한 말하듯이 쓰는 글은 구체적이고 쉽다. 난해한 용어나 추상 용어를 지나치게 많이 쓰는 사람들과 있으면 솔직히 졸음이 쏟아진다. 도대체 무슨 말인지 알아듣기 어렵고 생생하게 느껴지지도 않는다. 그러니 쉬운 말로 단순하고 짧게 쓰면 된다.

글의 기교는 그다음에 생각할 문제다. 비유나 은유, 화려한 수사, 압축과 상징 등의 문제는 기본적인 의사전달이 가능해진 다음에 생각하는 게 좋다. 간혹 기교가 지나쳐서 글의 진정한 호소력을 잃어버릴 때가 있다. 기교에 홀려서 독자가 글쓴이와 진심으로 만나는 일이 방해받기 때문이다. 그럴 때 기교는 상담에서 내담자가 사용하는 방어기제와 닮았다. 방어기제란 상담과정에서 내담자가 자신의 마음을 보호하거나 감추기 위해 사용하는 심리적인 수단인데, 치유하는 글쓰기 과정에서는 글의 기교도 그런 역할을 할 수 있다.

물론 기교 속에서도 발견되는 글쓴이의 내면이 있다. 그가 어떤 대목에서 왜 그런 기교를 사용했는지, 어떻게 문장이 꼬이게 됐는지, 어느 지점에서 해답을 얻지 못하고 착종상태에 놓였는지 발견할 수도 있다.

우리가 글을 잘 쓰고 싶다고 생각할 때 그것은 무슨 의미인가? 우리 자신을 위장하기 위해 글을 잘 쓰려는 게 아니다. 글을 쓰는 이유는, 그가 위대한 작가든 아니면 치유를 위해 글을 쓰는 사람이든 누군가와 가장 자기답게 소통하기 위해서다.

가장 자기답기 위해서, 그리고 그런 모습으로 상대와 소통하기 위해서 기교도 사용하는 것이다. 자기가 하고자 하는 말의 울림을 크게 하는 수단으로 문학적 기교를 도입하는 것이다. 그래서 기교도 타인의 것을 흉내 내기보다는 자신에게 가장 잘 맞는 것으로 선택해야 한다. 그런 게 아니라면 다시 기본으로 돌아와야 한다. 상대와 진솔하게 의사소통하기 위한 글로 고쳐 쓰기를 해야 한다.

누군가에게 감동을 주려면
먼저 이해시켜라

앞에서 나는 '몸으로 쓴 글의 감동'에 대해 언급한 적이 있다. 글의 기교가 없어도 충분히 상대에게 다가갈 수 있는데, 바로 자신의 삶을 구체적으로 이해하기 쉽게 기록한 경우다. 여기, 자신의 고통스러운 경험을 기록하기 시작한 성매매 피해 여성의 글이 있다.

열다섯 살 때 정말 집이 싫었다. 우리 집은 내가 어릴 때부터 돈돈돈이란 말만 듣고 살아왔다. 그래서 나는 집에서 처음으로 가출을 했다. 양아치 오빠들을 만났는데 오빠들이 돈을 많이 버는 데가 있다고 했다. 그래서 나는 오빠들한테 소개시켜 달라고 했다. 여관발이었다. (…) 99년 18세. 집에 들어갔다. 큰오빠한테 좆나게 맞고 작은오빠한테도 좆나게 맞았다. 하루종일 맞았나보다. 맞다가 오빠들한테 그랬다. 씨발 죽었어. 다시는 집에 안 들어와. 씨발, 하고 나는 다시 집을 나갔다.

그래서 신문을 보고 내 발로 다방을 갔다. 갔는데 여관발이랑 똑같다. 시간 끊고 연애하는 것이 똑같다. 단지 차를 배달하는 것만 다르고. 사장이 나한테 그랬다. 시간도 잘 나가고 일 잘한다고 했다. 나는 그때 너무 기분이 좋았다. 칭찬을 받아서. 그러고 나서 나는 정말 열심히 일을 했다.

백설공주, 《너희는 봄을 사지만 우리는 봄을 판다》

이 글은 지은이가 바로 앞에서 이야기한다는 생각이 들 정도로 구어체에 가깝다. 우리는 글을 읽으면서 그녀가 어떻게 살았는지 충분히 이해할 수 있으며, 무엇이 고통스러웠고 가장 듣고 싶었던 말이 무엇인지도 알 수 있다. 돈 때문에 잃어버린 가족 간의 사랑과 오빠들의 폭력이 가장 견디기 힘들었을 테고, 그녀가 간절히 원한 것은 가족들의 칭찬과 인정이었을 것이다. 그 어린 시절, 가족 중에 누구라도 칭찬이라는 걸 해줬더라면 그녀는 아마 가출까지는 하지 않았을 것이다.

다시 말하지만 멋진 글을 쓰고 싶다면, 그리고 내 삶의 이야기로 누군가를 감동시키고 싶다면 우선 해야 할 일이 있다. 상대를 어떻게 이해시킬 것인가를 고민하는 것이다. 결국 이해하기 쉽게 쓰기, 누군가에게 말 걸듯이 쓰기란 상대를 고려한 글쓰기이며, 상대와 관계 맺기를 시작하는 글쓰기라고 할 수 있다. 치유하는 글쓰기에서 관계 맺기를 염두에 둔 글쓰기는 중요하다. 상대를 이해시키고 이해하려는 노력, 그리고 상대에게 말 거는 시도는 상처 때문에 얻게 된 자기폐쇄성을 극복하고 자신의 인간관계를 되돌아보도록 도울 것이다. 그 첫 번째 연습은 쉽게 쓰기, 쉬운 말로 쓰기다.

솔직하게
써라

"여러분이 쓰는 글은 공개되지 않을 겁니다. 쓴 글을 낭독하는 일은 없을 거예요. 그러니 남들이 알까 걱정하지 말고 솔직하게 쓰세요. 이 세상 누구보다 자기 자신에게 솔직해지세요."

글쓰기 프로그램을 진행할 때 참여자들에게 하는 말이다. 자신의 내면을 다른 사람들에게 낱낱이 밝힐 필요는 없다. 억압돼 있던 것의 '발설'이 중요하다고 하나 가장 중요한 발설의 대상은 나 자신이다. 당신 자신에게 솔직하게 털어놓으라는 말이다. 나에게 발설한다는 것은, 무의식의 층에 있던 심리적 조각들을 자신이 목격해야 한다는 의미다. 나는 나에 대해 충분히 알아야 한다. 가능한 한 많이 알아야 한다. 나에 대해 많이 알수록 더 평화로워지고, 모르는 부분이 많을수록 혼란스럽고 삶을 통제하기 어려워진다. 그러니 치유하는 글쓰기를 할 때는 무엇보다 솔직하게 써야 한다.

하지만 솔직하게 쓰는 일은 생각보다 어렵다. 먼저 안전한 공간이 필요하다. 누구에게도 방해받지 않을 글 쓰는 공간, 그리고 쓴 글을 안전하게 보관할 수 있는 공간 말이다. 그렇지 않으면 누군가 내 글을 읽을지도 모른다는 감시의 눈초리를 지속해서 느끼며 글을 쓰게 된다. 그렇게 해서는 나의 내면을 충분히 드러낼 수 없다.

더 큰 문제는, 내 마음의 검열 장치가 나의 글을 감시한다는 데 있다. 어린 시절부터 부모와 선생님에게 일기 검사를 받았기 때문일까. 성인이 되어 일기를 쓸 때도 누군가의 시선을 의식하는 자신을 종종 발견하게 된다. 이 글을 남들이 보면 뭐라고 할까, 생각하면서 말이다. 타인의 시선에서 벗어난 글쓰기가 그토록 어렵다 보니 더 내밀한 이야기를 더 적나라하게 쓴다는 게 정말 어렵다.

솔직하지 못한 글을 쓰게 될 때, 글은 뻔한 결론으로

귀결되거나 이미 아는 내용으로만 채워진다. 더 깊은 층의 생각과 뿌리가 되는 감정이 드러나야 하는데, 그래야 근원적인 감정이 해소되고, 사고 패턴의 인과관계가 밝혀지는데 심층으로 들어가는 입구에서 한없이 서성인다.

마음은 낯선 이야기를 드러내고 싶어 한다

잘해보자, 그래 넌 잘할 수 있어, 하는 식의 긍정적인 마무리로 글을 끝맺는 사람도 있다. 기껏 고민을 털어놨는데 친구가 '우울해하지 말고 힘내!'라고 위로하는 것과 같다. 힘이 나지 않아서 고민인데 힘내라고 하다니. 그런데 우리가 자신에게 그렇게 한다. '더 이상의 고백은 곤란해. 다 잘 될 거야. 그러니까 고민 그만!' 하는 것이다. 우리 인생에서 고통이 현재진행형이라는 것을 인정하고 싶지 않기 때문이다. 반대로 비관적인 하소연을 반복하는 것도 진실을 감추는 무의식적인 태도일 수 있다. 이제까지 한번도 만나지 않았던 나를 맞닥뜨릴까 두려워서, 그것이 성장이나 발전일지라도 변화하는 게 두려워서 진실의 계단으로 내려가지 못하고 주위를 맴돌고 있을 것이다.

마음은 보유하고 있던 낯선 이야기, 어두운 부위를 드러내서 이제 그만 가벼워지고 싶어 한다. 자신이 털어놓은 이야기가 그리 수치스러운 게 아니라는 걸 확인하고 싶어 한다. 그러려면 내가 그 이야기에 귀 기울이고, 더 얘기해 달라고 요청해야 한다. 너의 이야기가 흥미롭다고, 그동안 네가 그걸 어떻게 감당했는지 더 알고 싶다고 말이다. 내가 나의 내면 이야기에 대해 우호적인 태도를 보이는 것만으로 통증은 감소하고 삶을 살아갈 의욕은 높아진다.

글을 쓰다가, 뭔가 더 솔직히 고백하고 싶다는 생각, 더 깊게 내려가 보고 싶다는 생각이 든다면 문장의 서두에 이렇게 써보자. 나 사실은, 솔직히 고백하자면, 더 위험한 이야기를 하자면, 수치스러웠던 건……, 이라고 말이다. 이 문구에 이어 적나라한 마음을 글로 써보는 거다. 심장이 두근거릴 거다. 그러나 당신은 자신이 어떤 사람인지 알 필요가 있으며, 아무리 외면해도 결국은 알게 된다. 그러니 기왕이면 능동적으로 직면해보길 권한다.

처음부터 너무 애쓰지는 말자. 더 많이, 명명백백하게 털어놓으라고 자신에게 강요하지 말자. 진실을 말하지 못하고 맴돌고 있는 것 같다는 느낌, 더 내밀한 이야기가 남았다는 사실을 인정하기만 하면 된다. 네(내)가 말할 수 있을 때까지 기다릴 거야, 하면서 말이다. 그러면 언젠가 용기를 내서 그 사실들을 글로 옮기게 될 것이다.

한 번에 다 털어놓겠다고 애쓰지 말고 고백의 수위를 조금씩 높이는 것도 방법이다. 시간이 흐를수록 더 깊은 이야기가 가능해질 것이다. 그리고 글을 쓰면서 자신이 어떤 이야기를 감추고 싶어 하는지, 무엇을 망설이는지, 어느 대목에서 이야기를 꾸미려 하는지 알아차리면 된다. 거짓말하는 자기를 '아, 내가 이렇구나!' 하고 알아차린다면 치유하는 글쓰기는 성공이다. 솔직하게 쓰는 것도 중요하지만 치유하는 글쓰기의 궁극적인 목적은 자신의 모습을 직면하고 알아차리는 것이다.

만약 그 글을 누군가에게 보여줘야 한다면 두 편의 글로 분리하자. 자신만 볼 수 있는 솔직한 글을 충분히 쓴 뒤 안전한 곳에 보관하고, 고백의 수위를 조정한 공개용 수정본을 따로 만드는 것이다.

균형 감각 갖기

글쓰기를 할 때 균형 감각을 갖는 것도 필요하다. 첫 번째는 이성과 감성을 두루 사용하는 글쓰기다. 페니베이커 박사는 《털어놓기와 건강》에서 이와 관련해 아주 재미

있는 글쓰기 실험을 했다. 글쓰기 집단을 셋으로 나눈 뒤 첫 번째 집단은 자신의 심리적 상처를 감정적인 측면에서만 쓰도록 했고, 두 번째 집단은 심리적 상처에 대한 사실만 기록하게 했으며, 세 번째 집단은 사실에 대해 쓰고 감정적인 측면도 고백하게 했다. 실험 결과 첫 번째와 두 번째 집단은 나흘 동안 글을 쓴 뒤 더 우울해졌지만 세 번째 집단은 기분이 훨씬 좋아졌을 뿐 아니라 이후 6개월 동안 건강상태도 다른 집단에 비해 좋았다.

치유하는 글쓰기를 진행해보면 주로 감성적인 측면에 대해서만 글을 쓰는 참여자들이 있다. 그들은 우울한 상태, 외롭고 공허한 심경을 누구보다 문학적으로 잘 표현한다. 하지만 그렇게 글을 쓸 경우 감정의 해소와 위무는 가능할지언정 상처와의 직면은 불가능하다. 반복되는 고통에서 벗어나는 것 또한 어려워진다. 그럴 때 나는 참여자에게 상처가 된 사건을 좀더 구체적으로 묘사하고 그에 대한 자기 생각도 기록해보라고 요구한다. 반대로 감정 표현은 전혀 하지 않은 채 당시의 상황만 객관적으로 묘사하는 이들도 있다. 그들에게는 반대의 제안을 한다. 그때 느낌은 어땠는지, 지금 글을 쓰면서 느끼는 감정이나 정서적 상태는 어떤지 알고 싶으니 표현해보라고 말이다.

치유 글쓰기를 시도하는 사람이라면 자신의 글이 어

떤 측면에 치우쳐 있는지 한번 살펴볼 일이다. 일기장에 주로 감정적인 표현만 쓰지 않는가? 그럴 경우 일기를 아무리 써도 별로 달라지는 게 없이 늘 그저그런 감정을 되풀이해서 느낄 뿐이다, 안타깝게도. 반대로 설명문이나 조서를 꾸미듯이 사실만 기록하지 않는가? 자신의 고통을 남의 이야기하듯 말하지는 않는가? 만약 자신의 글쓰기 패턴을 발견하게 된다면 그건 커다란 성과다. 자신이 왜 그런 패턴 속에 있는지 알게 된다면 문제 해결의 실마리를 찾아낸 셈이다.

글보다 삶이 우선이다

마지막으로 삶과 글쓰기의 균형에 대해서 말하고자 한다. 치유하는 글쓰기는 삶을 잘 살기 위해서 쓰는 것이다. 삶이 우선이지 글이 우선이 아니라는 말이다. 심리적 문제를 치유하고 자신을 성찰하기 위한 여러 가지 방법 가운데 글쓰기는 혼자서도 할 수 있다는 특성을 가진다. 그점이 장점이기도 하지만 단점이기도 하다. 현실로 나가 인간관계를 맺는 일이 거추장스럽게 느껴져 자족적으로 '글쓰기'를 하면서 치유와 성장을 기대하는 것이다. 홀로 굴

속에 들어가 사람에게 받은 상처를 제 혀로 핥으며 치유해야 할 때가 필요하긴 하다. 그러나 그 기간이 너무 오래 걸리는 건 바람직하지 않다. 자신을 돌아보자. 어두운 방에서 홀로 쓰는 글이 치유를 위한 것이 아니라 혹시 세상으로 나가는 걸 회피하기 위한 구실이 아닌지 말이다.

상처의 완벽한 치유와 어떤 공격에도 끄떡없는 강력한 내공을 꿈꾸며 혼자 글을 써봤자 현실 속에서 얼마나 무력한지 금방 깨닫게 된다. 글의 치유력이 놀랍다고 해도 만병통치약은 아니라는 말이다. 그러니 삶과 글쓰기라는 재료를 함께 버무려 치유의 약을 만들어야 한다. 주재료는 '적극적인 삶'이고 보조 재료가 '글쓰기'다. 세상으로 나가서 사람을 만나고, 현실을 충분히 경험한 뒤 돌아와 그 경험을 반추하며 글로 써야 한다. 그리고 글을 써서 얻은 지혜를 다시 세상에 가지고 나가 행동으로 펼쳐야 한다. 삶과 글을 병행하면서 그리고 반복해 시행착오를 겪으며 천천히 우리는 변화한다.

또한 '혼자 쓰기'와 '함께 쓰기'를 병행하는 것도 중요하다. 매일 꾸준히 하는 글쓰기, 글쓰기 욕구가 강해졌을 때 언제 어디서나 할 수 있는 글쓰기는 혼자가 좋지만 때로는 모임에 참여해 다른 이들의 이야기에서 배우고, 안내자의 도움을 받아야 한다.

그 모든 균형감각을 유지하는 주체는 글을 쓰는 나 자신이다. 지금까지 이 책에서 주문한 여러 가지 글쓰기 방법도 마찬가지다. 스스로 알아차리고 선택해야 한다. 자신의 상태는 자신이 가장 잘 알기 때문이다. 그리고 선택의 기준은 물론 '더 행복해지기'다.

graedobom

상처 입은
당신에게
글쓰기를
권합니다   ⓒ 박미라

초판 1쇄 발행 2021년 10월 19일
초판 3쇄 발행 2023년 10월 30일

지은이 박미라
펴낸이 오혜영
디자인 여만엽
마케팅 한정원

펴낸곳 그래도봄
출판등록 제2021-000137호
주소 04051 서울 마포구 신촌로2길 19, 316호
전화 070-8691-0072
팩스 02-6442-0875
이메일 book@gbom.kr
홈페이지 www.gbom.kr
블로그 blog.naver.com/graedobom
인스타그램 @graedobom.pub

ISBN 979-11-975721-1-1 03800